Mirjam Mous

Crazy Games

Der perfekte Tag, der in der Hölle endet

Mirjam Mous,
geboren 1963 in Made in den Niederlanden,
arbeitete als Sonderschullehrerin, bevor sie hauptberuflich Schriftstellerin wurde. Sie schreibt Bücher für Kinder und Jugendliche und ist besonders bekannt für ihre mitreißenden Thriller. Ihr erster Jugendroman »Boy 7« kommt 2015 in die deutschen Kinos.

Weitere Bücher von Mirjam Mous im Arena Verlag:
Boy 7 – Vertraue niemandem. Nicht einmal dir selbst
Room 27 – Zur falschen Zeit am falschen Ort
Password – Zugriff für immer verweigert

»Boy 7« ist auch als gleichnamiges Hörbuch erhältlich.

Mirjam Mous

Crazy Games

Der perfekte Tag, der in der Hölle endet

Aus dem Niederländischen
von Verena Kiefer

Arena

FSC
www.fsc.org
MIX
Papier aus verantwortungsvollen Quellen
FSC® C110508

1. Auflage 2015

Die Originalausgabe erschien 2013 unter dem Titel »TEST.« bei
Van Holkema & Warendorf, Houten.

Aus dem Niederländischen von Verena Kiefer
Covergestaltung: Frauke Schneider
Gesamtherstellung: Westermann Druck Zwickau GmbH
ISBN 978-3-401-06979-1

www.arena-verlag.de
Mitreden unter forum.arena-verlag.de

1

Words

Der letzte Samstag im Juli versprach, fantastisch zu werden. Alle Vorzeichen waren günstig.

1. Die Ferien hatten angefangen.

2. Ich brauchte deshalb meine Schuluniform nicht anziehen: einen schwarzen Anzug mit schwarzem Schlips und einem weißen Hemd, was einen schon in Beerdigungsstimmung bringt, bevor man auch nur einen einzigen Lehrer gesehen hat.

3. Ich konnte stattdessen mein Lieblingsshirt anziehen: nicht schwarz, sondern blau und dann auch noch genau so ein Blau, das mich fröhlich macht.

4. Plötzlich hatten wir Sommerwetter, aber so richtig. Wie auf den Bahamas, meine ich, sodass man sich mit Lichtschutzfaktor 100 eincremen muss, damit man keinen Hautkrebs bekommt. So heiß war es hier nur alle Jubeljahre mal.

5. In einer Woche würden *The Comet Cowboys* in Low auftreten und Talishas Vater konnte über seine Arbeit an Freikarten kommen.

6. *Last but not least* hatte ich auch noch die ganze Zeit diesen einen Satz von Talisha im Kopf: Sie hatte gesagt, mit meiner neuen Brille sähe ich glatt aus wie der jüngere Bruder von Johnny Depp.

Tipp: Lass dich von günstigen Vorzeichen nicht zum Narren halten.

Ich hatte mich mit Talisha auf dem Pier verabredet. Um elf Uhr und mit Plan. Ich wollte endlich Nägel mit Köpfen machen. Das versuchte ich schon seit Monaten, aber es ging immer wieder schief, weil Privatsphäre auf St. Michael in etwa so selten ist wie eine ordentliche Schulmahlzeit. Erstens hat Talisha hundert Freundinnen, die jede Pause an ihr kleben wie Schnecken an einem Auto nach einem Regenschauer. Und die wenigen Male, die wir allein waren, hängten sich Simon und Peter wie die Kletten an uns. Angeblich um mich zu retten, weil Mädchen total bescheuert sind. Aber das sagen sie nur, weil sie selbst keine Freundin abbekommen, was im Übrigen nicht verwunderlich ist, weil sie sich wie Babys benehmen, sobald Mädchen in der Nähe sind.

Aber an diesem Samstag sollte alles anders laufen. Die einzigen Störenfriede am Linfertpier waren Möwen, die einem die Fritten klauen wollten, also zog ich pfeifend die Haustür hinter mir zu und ging auf die Straße.

Ein paar Meter entfernt stand ein Mann auf dem Bürgersteig. Oder besser gesagt: Irgend so ein schräger Typ, denn obwohl es knallheiß war, trug er einen dicken gestreiften Pullover, eine lange Hose und Snowboots. Seine Haare – Modell aufgedröselter Strick – fielen ihm bis auf die Schultern. Er hatte weder eine Tasche noch einen Koffer bei sich, sondern so eine schwarze Plastikmülltüte, in denen Obdachlose gern ihre Sachen transportieren. Vermutlich hatte er sich verlaufen, denn normalerweise sieht man nie Obdachlose in unserem Viertel. Meistens hängen sie bei den Fischhütten rum – so nennt man hier die abgeblätterten Hütten, in denen die Fischer früher ihre Netze aufbewahrten. Aber auf St. Michael nennen wir sie immer Pisshütten, weil es dort so schrecklich stinkt.

Schon nach wenigen Schritten vibrierte mein Smartphone in der Hosentasche. Augenblicklich vergaß ich den Typen. Das könnte Talisha sein!

Es war eine SMS von Simon: WO BIST DU?

Das würde ich ihm bestimmt nicht auf die Nase binden.

Ich wollte das Smartphone gerade wieder einstecken, aber plötzlich stand Mr Obdachlos vor mir und streckte einen Arm nach mir aus.

Er wollte mich beklauen! Vor Schreck wich ich zurück.

Aber zu meinem großen Erstaunen nahm mir Mr Obdachlos mein Smartphone nicht weg. Im Gegenteil, er wollte mir etwas geben. Seine schmuddeligen Finger versuchten, mir einen schlampig zusammengefalteten Zettel zuzustecken. Igitt! Vielleicht kam der geradewegs aus irgendeinem Mülleimer, in dem er gewühlt hatte!

Ich schlug ihm den Zettel aus der Hand und schnauzte ihn an: »Was willst du?«

»*Don't shoot the messenger*«, sagte er und überquerte die Straße.

»Vollidiot!«, rief ich ihm nach.

Er hörte mich nicht oder tat so, als würde er mich nicht hören, auf jeden Fall schlurfte er einfach weiter, die Plastiktüte an sich gepresst, als wäre sie ein kostbarer Schatz, den er hüten musste. Ich starrte ihm nach, bis er in der kleinen Grünanlage verschwand.

Creep!

Dann erst schaute ich nach dem Zettel, der zu Boden gefallen war.

Hä? Stand da etwa mein Name drauf?

Ich ging in die Hocke, damit ich den Text besser lesen konnte und trotzdem nichts anzufassen brauchte.

Tatsächlich: ELVIS LONG – das war ich.

Das Blut rauschte mir in den Ohren. Es war also nicht einfach irgendein Zettel, sondern eine Nachricht. Aber woher wusste der Penner meinen Namen?

Meine Neugier war stärker als mein Ekel. Ich hob den Zettel auf und faltete ihn auseinander. Schwarze, von Hand geschriebene Buchstaben im Layout eines Einkaufszettels. Mein Blick glitt über den Text.

DAS IST EIN TEST.

WIR HABEN DEINEN VATER.

ERZÄHL ES NIEMANDEM.

SONST UNTERZEICHNEST DU SEIN TODESURTEIL.

2

Trying to get to you

Das musste ein Irrtum sein. Mr Obdachlos hatte mich bestimmt mit jemandem verwechselt – mit irgendeinem Söhnchen reicher Leute, das mir zufällig ähnlich sah. Ich meine, warum sollte jemand meinen Vater kidnappen wollen? Meistens hatte er mehr Schulden als Geld.

Andererseits: Das war *mein* Name auf diesem Zettel. Auf St. Michael gab es noch einen Bob Long – nicht verwandt – und ein paar Straßen weiter wohnte Martin Long – ein entfernter Neffe –, aber ich kannte niemanden, der wie ich Elvis hieß. Nur wenige Eltern sind so gestört, ihr Kind nach einem hüftschwingenden Sänger im Karateanzug mit Glitzersteinchen zu nennen.

Außerdem hatte der Penner in unserer Straße auf mich gewartet. Er wusste offenbar nicht nur, wie ich heiße, sondern auch, wo ich wohne. Der Zettel war also sehr wohl für mich bestimmt. Ich glaubte nicht, dass Mr Obdachlos ihn selbst geschrieben hatte, sonst würde er nicht von einem *messenger* reden. Aber wer um Himmels willen hatte ihn als Boten zu mir geschickt?

Mein Smartphone vibrierte erneut. Ich dachte sofort wieder an Talisha, aber diesmal kam die SMS von Peter.

WO STECKST DU DENN, MANN?

Ein Gedanke durchzuckte mich – stammte der Zettel

vielleicht von den Zwillingen? Der zigste Scherz, um Talisha und mir dazwischenzufunken?

Nein, das konnte nicht sein. Peter und Simon wussten überhaupt nicht, dass ich eine Verabredung mit ihr hatte. Dann ein Scherz von jemand anderem?

Wir haben deinen Vater …

Dass sich der ein oder andere Knirps so einen idiotischen Text ausdenkt, das konnte ich mir ja noch vorstellen. Die haben das vielleicht aus dem Fernsehen und spielen es nach. Simon ist früher auch mal von einem Schuppen gesprungen, weil er dachte, er könne wie Superman fliegen. Aber ein Erwachsener, der zum Spaß solche Zettel verschickt?

Dennoch sah die Handschrift danach aus. Ein Demenzkranker mit einem morbiden Humor vielleicht? Oder vielleicht so ein Typ wie Murry? Er wohnte ein paar Häuser weiter als meine Mutter und ich und tat nichts lieber, als die ganze Nachbarschaft zu terrorisieren.

Na, dann kannte er Elvis Long noch nicht! So leicht ließ ich mich nicht auf so etwas ein. Erst mal nachsehen, ob Papa nicht einfach ganz normal zu Hause auf dem Sofa herumhing.

Mit der modernen Technik war das nicht allzu kompliziert. Ich suchte die Nummer meines Vaters und drückte auf *Anrufen.*

Sein Telefon läutete, aber er nahm nicht ab.

Ich sprach ihm auf den Anrufbeantworter: »Hallo Papa, kannst du mich bitte mal zurückrufen?«

Wahrscheinlich schlief er noch. Das war vollkommen normal nach einem Auftritt.

Aber das weißt du nicht sicher, flüsterte eine Stimme in meinem Kopf.

Ich mochte mir gar nicht vorstellen, dass ich vielleicht gerade mit Talisha irgendwo herumknutschte, während mein Vater ...

»Na, herzlichen Dank, Papa ...«, murmelte ich.

Dann steckte ich das Smartphone wieder ein und rannte zur John Street.

Seit meine Eltern getrennt sind, hat mein Vater dort ein Zwei-Zimmer-Appartement über einer Feinbäckerei. Die Eigentümerin heißt eigentlich Will Suthers, aber mein Vater und ich sagen immer Willy Wonka, weil sie mit Schokolade zaubern kann, wie Willy Wonka im Buch *Charlie & die Schokoladenfabrik*. Ihre Cupcakes und Brownies sind kriminell köstlich, ungelogen! Papa ist übrigens nicht nur ihr Mieter, sondern auch ihr Nachbar, denn sie wohnt gleich neben ihm. Sie teilen sich einen Treppenaufgang und eine knallrote Haustür.

Nach zehn Minuten Spitzensport presste ich keuchend und verschwitzt meinen Daumen auf die oberste Klingel. Papa gab keinen Mucks. Auch nicht, als ich die Briefkastenlade klappern ließ.

Er kann manchmal ziemlich tief schlafen, also klingelte ich erneut – lange und laut – und danach klingelte und klapperte ich gleichzeitig.

Warten. Horchen.

Ich trat einen Schritt zurück und spähte hinauf. Nirgends war auch nur der Schimmer einer Bewegung zu erkennen und es ging auch kein Fenster auf.

Ich versuchte, meine aufsteigende Unruhe zu unterdrücken. Es war bestimmt alles in Ordnung. Außerdem konnte ich die Schlüssel holen und mich selbst reinlassen. Wonka hatte ein Reserveset im Laden.

Als ich die Tür von Pies & Pastries öffnete, läutete eine altmodische Ladenglocke. Eine Mischung aus süßen und bitteren Düften kitzelte meine Nase. Wonka stand hinter der Theke und schob gerade eine Schale mit Fleischpastetchen in die Vitrine. Sobald sie mich erkannte, zog sie wie ein Kaninchen die Oberlippe hoch. So lächelt sie immer.

»Elvis, Schätzchen!«, sagte sie. »Wie geht es dir?«

»Prima«, schwindelte ich. »Kann ich mal die Schlüssel haben? Mein Vater macht nicht auf. Wahrscheinlich liegt er noch im Bett.«

Sie machte noch mal das Kaninchen und verschwand dann nach hinten. »Neue Brille?«

»Richtig gesehen!«, rief ich.

»Steht dir gut!« Sie kam mit zwei Schlüsseln an einem kleinen Ring zurück. »Ich bräuchte eigentlich auch eine. Eine Lesebrille, meine ich. Meine Arme werden zu kurz für die kleinen Buchstaben.«

Ich machte, dass ich rauskam, bevor sie auch noch von ihren kaputten Hüften und schmerzenden Hühneraugen anfangen würde.

Haustür öffnen! Ich nahm die Treppe mit zwei Stufen auf einmal und bollerte mit der Faust gegen die Wohnungstür.

Entweder hatte er sich bewusstlos gesoffen oder er war nicht da. Und wenn er nicht da war, konnte dieser Zettel ...

Unsinn!

Ich steckte den Schlüssel ins Schloss und ging hinein. Die niedrige Decke und das kleine Zimmer verursachten mir wie immer ein beklemmendes Gefühl. Ein paar Sekunden, dann war es vorbei.

»Papa!«, rief ich. »Pa, ich bin's, Elvis!«

Für die Durchsuchung seiner Wohnung brauchte man keine drei Sekunden. Ich konnte das Sofa, den Fernseher und die kleine Küche inklusive der Esstheke mit einem Blick erfassen. Mein Vater war nicht da.

»Papa?« Ich betrat das schmale Schlafzimmer.

Niemand lag im Bett. Besser gesagt: Es war schon gemacht. Über dem Stuhl neben dem Fenster hingen keine Kleidungsstücke. Ich überprüfte das Badezimmer – eine anderthalb Quadratmeter große Nasszelle mit WC, Abflussloch und Dusche –, aber auch die war leer.

Ehrlich gesagt bekam ich allmählich ein bisschen Schiss. Papa hat die biologische Uhr eines Vampirs und jetzt war er vor elf Uhr morgens schon aus dem Haus. Das war zumindest verdächtig.

Ich unterzog die Küche einer näheren Inspektion. Mein Vater war nicht während des Frühstücks mitgenommen worden, sonst würden noch Sachen herumstehen. Im Spülbecken stand nur ein Glas, aber kein schmutziger Teller, keine benutzte Tasse und keine Pfanne. Vielleicht hatte er noch nicht gefrühstückt und plötzlich gemerkt, dass er keine Eier mehr hatte. War kurz in den Coop gegangen, um welche zu kaufen. Sowieso sah ich nirgendwo Hinweise eines plötzlichen Aufbruchs oder eines Kampfs, wie zerbrochene Fotorahmen oder einen umgefallenen Stuhl. Die Barhocker an der Esstheke standen noch normal aufrecht und waren nicht einmal zurückgeschoben. Das war beruhigend. Mein Vater würde sich nie ohne Gegenwehr mitnehmen lassen und es schien mir auch nicht wahrscheinlich, dass die Kidnapper alles ordentlich aufgeräumt hatten.

Trotzdem konnte ich es nicht lassen, den Inhalt des

Kühlschranks zu überprüfen. Fünf Eier, Butter, Frühstücksspeck, Milch. Im Schrank lag noch ein halbes Brot und ich fand ein Glas löslichen Kaffee und Teebeutel. Völlig ausreichend für ein Frühstück.

Nicht zum Coop also.

Ich ließ den Deckel des Mülleimers hochklappen. Es war gerade eine neue Tüte drin. Ich hatte erwartet, Eierschalen oder benutzte Teebeutel darin zu finden, aber nein. Auf dem Boden lag nur eine leere Konservendose: Ravioli in Tomatensoße.

Das war dann doch wieder alarmierend.

Keine Spur von Frühstück, nur Abendessen und ...

Das Bett! Wahrscheinlich war es nicht schon gemacht, sondern es hatte einfach niemand darin geschlafen.

Ich lehnte mich an die Anrichte und kaute auf der Innenseite meiner Wange.

Warum war Papa heute Nacht nicht nach Hause gekommen? Hatte er jemanden getroffen und anderswo übernachtet? Es wäre allerdings schon ein blöder Zufall, wenn das ausgerechnet an dem Tag passierte, an dem ich so einen seltsamen Zettel bekam. Manche Tage beginnen fantastisch, aber kaum passt man mal einen Augenblick nicht auf, landet man in der Hölle. Ich musste ernsthaft damit rechnen, dass es wahr sein könnte. Dass mein Vater tatsächlich entführt worden war. Und zwar nicht erst heute Morgen, sondern schon gestern.

3

Viva Las Vegas

Erst als ich auf der Straße stand, dachte ich wieder an Talisha. Sie war natürlich schon längst weg – schöne, selbstsichere Mädchen warten wirklich keine Ewigkeit. Eigentlich fand ich es nicht einmal besonders schlimm. Mir stand der Kopf gerade nicht nach einem Date oder so.

Ich suchte ihre Nummer und hielt mir das Smartphone ans Ohr.

»Hi, hier spricht Talisha ...«

Ich machte mir nicht die Mühe, ihr auf den AB zu sprechen, den hörte sie doch nie ab. Eine SMS schicken, war besser.

SORRY, ES IST ETWAS DAZWISCHENGEKOMMEN, KÖNNEN WIR UNS ETWAS SPÄTER TREFFEN?

Jetzt nur noch hoffen, dass sie mir nicht allzu böse sein würde.

Ich steckte mein Telefon ein und machte mich auf den Weg ins Vegas. Onkel Bob würde mir bestimmt mehr erzählen können. Er war nicht wirklich mein Onkel, sondern der Manager meines Vaters und der Besitzer der Spielhölle, in der mein Vater auftrat.

Pa ist Elvis-Imitator. Das klingt vielleicht komisch, aber das Lachen vergeht einem schnell, wenn man das in einer Klasse mit Kindern von Managern, Ärzten und Feuerwehrmännern erzählen muss. Oder den Eltern eines Mädchens, das man mag, oder dem Mädchen selbst. Darum sagte ich meistens, Papa sei Künstler, und wenn sie weiterfragten: Sänger, und wenn sie immer noch weiter fragten: von Covertiteln. Aber jeder, der ab und zu ins Vegas ging, wusste, dass mein Vater sich an fünf Abenden der Woche in ein Elvis-Kostüm zwängte, um vor einem silbernen Glitzervorhang zu singen.

»Viva Las Vegas!«

Damals, als meine Eltern sich gerade getrennt hatten, nahm mich mein Vater regelmäßig mit zu seiner Arbeit. Das war billiger als ein Babysitter. Sein Repertoire bestand aus drei Sets und einer Zugabe. Ich wurde meistens schon nach dem ersten Set in die Privaträume vom Vegas verbannt. Da gab es ein kleines Zimmer, das eigentlich als Umkleide für die Künstler gedacht war, aber das verschlissene Sofa, das dort stand, wurde auch von den Kellnerinnen benutzt, wenn sie Pause machen wollten. Und eben von mir als Schlafsofa. Onkel Bob hatte damit kein Problem. Ich durfte Popcorn essen und Cola trinken bis zum Abwinken und es fühlte sich an, als wäre ich im Paradies gelandet. Leider bekam meine Mutter schon nach einigen Monaten Wind davon. Sie gebrauchte – missbrauchte, sagte Papa – die Umgangsregelung als Druckmittel: »Wenn du Elvis noch einmal in dieses Sodom und Gomorra mitnimmst, siehst du ihn nie wieder!« Meine Mutter reagiert durchaus öfter mal übertrieben, finde ich. Vor allem, wenn es um meinen Vater geht.

Ich verstand übrigens nicht, wo Onkel Bob sie immer auftrieb, aber seine Kellnerinnen waren die schönsten in der ganzen Stadt. Und dann trugen sie auch noch Kleider, die alle ein klein wenig durchsichtig waren, sodass man ihre Unterwäsche durchschimmern sah ...

Ich erschrak von dem Ping-Geräusch aus meiner Hosentasche.

Talisha! Irgendwie fühlte ich mich ertappt.

ETWAS?, schrieb sie. ICH HABE EINE VIERTELSTUNDE AUF DICH GEWARTET, DU TROTTEL. WAS GIBT ES WICHTIGERES ALS EINE VERABREDUNG MIT MIR?!!!

Sie hatte auf mich gewartet. Das hörte sich doch gar nicht so schlecht an, oder?

Mein Daumen flitzte über die Tasten: NICHTS, ABER ES IST WAS MIT MEINEM VATER UND ...

Gerade noch rechtzeitig dachte ich an den Zettel: *Erzähle es niemandem, sonst unterzeichnest du sein Todesurteil.*

Löschen!

MEGASORRY, ABER MIR IST PLÖTZLICH TOTAL ÜBEL. Ich drückte auf *Versenden.*

Talishas Antwort folgte auf dem Fuß: SHIT, DOCH NICHTS SCHLIMMES? WIE BLÖD FÜR DICH, WIR HOLEN DAS SPÄTER NACH, JA?

JA!!! schrieb ich.

Das Vegas liegt am Palmera Drive. Auf die rosafarbene Wand neben dem Eingang ist *The Strip* gemalt, das ist die bekannteste Straße des echten Las Vegas, in der alle großen Kasinos stehen. Noch bevor ich richtig drinnen war, hörte ich das Piepen und Rattern der Spielautomaten vermischt mit Hintergrundmusik. Zumindest wenn man das Geplärre von Elton John als Musik bezeichnen kann.

Nach der grellen Sonne mussten sich meine Augen erst an das Halbdunkel gewöhnen. Um diese Zeit war noch nicht viel los. Die Stammkunden schliefen ihren Rausch aus und es waren meist Touristen, die jetzt schon ein Spielchen wagten.

»Elvis? Was machst du denn hier?« Ein kleiner Mann mit einem runden Schädel und einem Strichbart kam zu mir.

Onkel Bob.

Unterwegs hatte ich schon meine Taktik festgelegt: Nicht von dem Zettel reden, aber meine Fragen so formulieren, dass er nicht misstrauisch werden würde: »Ich bin auf ...«

Er ließ mich nicht ausreden. »Hat dein Vater dich geschickt?«

»Ich suche ihn gerade. Er ist nicht zu Hause, also dachte ich ...«

»Hier ist er auch nicht.«

»Aber gestern doch schon, oder?«

Onkel Bob schüttelte den Kopf.

Ich verstand es nicht. »Wann hast du ihn denn zum letzten Mal gesehen?«

»Ungefähr vor einem Monat.«

Einen Augenblick war ich perplex. »Und seine Auftritte?«

»Hat er dir nichts erzählt?« Onkel Bob sah einer seiner bildschönen Kellnerinnen hinterher.

»Was?«, fragte ich.

»Ich ... äh ...« Er richtete den Blick zu Boden. Roter Teppich. Getränke- und Kaugummiflecken.

»Ich habe ihn entlassen müssen.«

Papa arbeitete schon hundert Jahre im Vegas!

»Ich konnte nicht anders«, murmelte Onkel Bob. »Er blieb immer öfter weg. Und das, obwohl er mir noch Lohn schuldet.«

Er irrt sich, dachte ich. Bob ist der Boss und Papa ist der Arbeitnehmer. Wie kann mein Papa ihm dann Lohn schulden?

»Ich hätte ihm nie diesen Vorschuss geben dürfen.« Onkel Bob starrte weiter auf diesen blöden Teppich, als wäre er eine faszinierende Landkarte. »Er sagte, er bräuchte es für eine Investition und er würde es doppelt und dreifach wieder reinkriegen. Dann bekäme ich im Handumdrehen mein Geld, inklusive Zinsen.«

»Was für eine Investition?«

»Keine Ahnung. Er tat ungeheuer geheimnisvoll.« Onkel Bob zupfte an seinem Bärtchen. »Vermutlich hat er es einfach verzockt, kann es mir nicht zurückzahlen und traut sich deswegen nicht mehr, sich hier blicken zu lassen.«

Eine Kellnerin tippte Onkel Bob auf die Schulter. »Der Magier ist da.«

»Ich komme.« Dann sah er mich endlich an. »Es tut mir leid, ich habe einen Bewerber.«

Als würde ich nicht merken, wie erleichtert er war.

Onkel Bob verschwand hinter der Tür mit der Aufschrift PRIVAT und ich ging hinaus. Das Licht war wie ein Schneidbrenner. Mir war schwindelig. Natürlich war es nichts Neues, dass mein Vater Schulden hatte, aber dass er sogar bei Onkel Bob in der Kreide stand ...

Und dann fiel mir etwas ein: Vielleicht schuldete er den Kidnappern ja auch Geld und sie hatten ihn deswegen entführt? Dann wäre der Zettel ein letzter verzweifelter Versuch, den Betrag doch noch zurückzubekommen, und sie hofften, Mama oder sonst jemand wäre verrückt genug zu zahlen.

Aber weshalb durfte ich dann niemandem etwas davon erzählen? Und warum stand nichts von Lösegeld auf dem Zettel?

4

Double trouble

Da stand ich also, vor dem Vegas, den Kopf voller brennender Fragen, in der glühend heißen Sonne.

Ich musste etwas tun, aber was? Ehrlich gesagt fiel mir rein gar nichts ein. Die ganze Situation war so absurd, dass sie genau so im Fernsehen laufen könnte, außer, dass die Leute in Krimiserien immer wissen, was sie tun müssen, nämlich: herausfinden, wer das Opfer zuletzt gesehen hat. Und dann ist auch schon klar, wer der Mörder – oder in Papas Fall: der Entführer ist.

Weil mir nichts Besseres einfiel, beschloss ich, dieselbe Taktik anzuwenden. Meine erste Anlaufstelle war Betfred – das Lieblingswettbüro meines Vaters in der Little Road. Papa war dem Hunderennen sehr zugetan. Vor Jahren hatte er auf den Neuling Lucky Strike gesetzt und damit genügend Geld gewonnen, um einen Gebrauchtwagen und einen Secondhandfernseher kaufen zu können. Er nannte es »seine große Schlacht«, als wäre er so eine Art Wilhelm der Eroberer – und obwohl er das Auto schon längst wieder hatte verscherbeln müssen, glaubte er noch immer, dass irgendein Windhund ihn eines Tages zu einem reichen Mann machen würde.

Yeah, right.

Ich bog wieder auf den Palmera Drive ein, dieses Mal in entgegengesetzter Richtung. Unten am Kieselstrand lagen ein paar Leute hinter einem Windschutz. Auf dem Boulevard oben herrschte mehr Betrieb, alle Bänke und Strandkörbe waren besetzt. Ich sah Mütter mit Kinderbuggys und alte Frauen mit Riesensonnenbrillen. Eine von ihnen trug sogar einen lächerlichen Hut mit Schleifen, als wäre sie in Ascot auf der Rennbahn. Drei Männer lachten über einen vierten, der mit schwerem Akzent etwas Witziges erzählte. Kurze Hosen, bleiche Beine und Tattoos, die unter Hemdärmeln hervorlugten. Aber Papa war nicht dabei.

Der Strand verwandelte sich immer mehr in einen Spielplatz. Ein Junge federte an riesigen Gummibändern durch die Luft und ein Mädchen purzelte in einer gigantischen durchsichtigen Plastikkugel herum. Im Meer hinter ihnen ritten Surfer auf den Wellen.

Ein paar Meter weiter lag der Pier. Die Eingangstore standen offen und das weiße Kuppeldach von *The Old Carousel* glitzerte. Die Enttäuschung nagte in meiner Brust. Dort hätte ich jetzt mit Talisha stehen können ...

Ich ließ das Meer hinter mir und lief in Richtung Zentrum. Mittlerweile schaute ich mir jeden Entgegenkommenden genau an, sogar die Fußgänger auf der anderen Straßenseite.

Da! Der Mann ...

Aber nein, das war nicht mein Vater.

Bei der White Street ging ich in den Park und bei Wiggles wieder hinaus. Danach brauchte ich nur noch eine Straße zu überqueren und in eine Seitenstraße einzubiegen ...

Little Road. Schmal wie eine Poritze und bis zum letzten Zentimeter zugebaut. Das Wettbüro war eingeklemmt zwischen Domino's Pizza und Something Fishy – eine Snackbar, die Fish & Chips verkaufte. An der rechten

Seite der Fassade stand BETFRED, auf der linken THE BONUS KING.

König Raffgier, sollte das wohl heißen.

Ich drückte die rote Tür auf.

Von innen war das Wettbüro größer, als ich gedacht hatte. Eine Wand war von vorn bis hinten mit Bildschirmen bedeckt – drei Reihen hoch. Darunter, an derselben Wand, stand eine Holztheke mit einer Reihe Barhockern davor. Ich fragte mich, welcher Hornochse diesen Raum wohl eingerichtet hatte. Man musste ein Schlangenmensch sein, wenn man sich hier ein Wettrennen anschauen wollte, ohne einen Krampf im Nacken zu bekommen.

Im Augenblick lief kein Wettkampf. Die Bildschirme zeigten nur Ergebnisse. Ich schlenderte weiter zum Schalter, eine Festung aus Holz und Glas mit einer Überwachungskamera darüber. Dahinter saß ein Mann mit Schlupflidern, die ihm eine träge und zugleich zwielichtige Ausstrahlung gaben.

Er lugte unter den Lidern hervor. »Ich glaube nicht ...«

»Ich bin nicht zum Wetten hier«, sagte ich schnell. »Ich suche meinen Vater, Chris Long. Er kommt regelmäßig hierher.«

Der Mann zuckte die Schultern. »Es kommen so viele Leute hierher.«

Ich fischte mein Smartphone aus der Hosentasche. Mit ein wenig Glück ... Ja, ich fand ein Foto von Papa. Ich hatte es aufgenommen, als wir ein paar Tage nach meinem Geburtstag bei F&B essen waren. Kurz vor dem Nachtisch ging plötzlich das Licht aus und aus den Lautsprecherboxen schallte es irre laut: »Congratulations!« Aus dem Dunkel tauchte ein singender Kellner auf, der einen

Eisbecher mit Wunderkerzenfeuerwerk trug – und was ich schon befürchtet hatte: Er kam geradewegs auf mich zu. Ein paar Frauen und Kinder begannen mitzuklatschen und alle starrten mich an. Wirklich, ich schämte mich in Grund und Boden. Um mich irgendwie zu retten, machte ich ein paar Aufnahmen mit meinem Smartphone. Und jetzt grinste mich mein Vater von meinem kleinen Display an, als würden wir das jährliche Feuerwerk am Pier bewundern.

»Das ist er«, sagte ich. »Er ist einer Ihrer Stammgäste.«

Der Mann hinter dem Schalter warf einen flüchtigen Blick auf das Foto. »Könnte sein.«

»Wann haben Sie ihn zuletzt gesehen?«

»Ich führe hier kein Gästebuch.«

»Gestern?«, fragte ich.

Er kniff sein linkes Auge zu. »Denke nicht.«

Wenn er überhaupt denken *konnte*. So eine träge Type war mir noch nie begegnet.

»Was denken Sie dann?«

»Vor ein paar Wochen, glaub ich. Aber es kann auch länger her sein.«

Das ließ ich einen Moment auf mich einwirken. Das Vegas war also nicht der einzige Laden, den mein Vater schon seit einiger Zeit nicht mehr besuchte. Aber warum? Es musste etwas Besonderes geschehen sein, noch bevor er entführt worden war ...

Plötzlich wusste ich, was ich tun würde: Das Appartement meines Vaters durchsuchen! Vielleicht würde ich ja etwas zwischen seinen Sachen entdecken, was mir weiterhelfen konnte.

Ich bedankte mich bei dem Mann von Betfred und wollte mein Smartphone gerade wieder in meiner Tasche versenken, als es klingelte. Talisha. Normalerweise rief sie nie an. Vielleicht sollte ich öfter angeblich krank werden!

»Hi«, sagte ich beim Hinausgehen.

Ihre Worte knallte wie Gewehrschüsse in mein Ohr: »Ich dachte, du fühltest dich so schlecht?«

Ich erschrak zu Tode und suchte meine paar Gehirnzellen zusammen. Meine Stimme hatte mich natürlich verraten!

»Ja, ziemlich.« Ich strengte mich sehr an, krank, schwach und elend zu klingen.

»Glaubst du wirklich, ich falle darauf rein?«, schnauzte sie.

»Ich ...« Natürlich! Die Straßengeräusche verrieten ihr, dass ich nicht im Bett lag. Ich wollte gerade sagen, ich sei auf dem Weg zu meinem Hausarzt, aber dazu kam ich nicht.

»Lügner!«, schrie sie. »Warum sagst du nicht einfach, dass du es dir anders überlegt hast? Dass du keine Lust mehr hast, mich zu treffen?«

Sie hatte sich einen Sonnenstich eingefangen und war verrückt geworden.

»Ich will mich total gern mit dir treffen!«, rief ich.

Es wurde still.

Dann sagte sie eisig: »Und deswegen läufst du ganz allein am Strand entlang und lässt mich am Pier dumm rumstehen.«

Mein Magen zog sich zusammen. Sie hatte mich gesehen.

»Ich war wegen meines Vaters dort«, sagte ich. »Es ging um einen ... äh ... Notfall.«

»Warum hast du das denn nicht gleich gesagt?«

»Das wollte ich ja, aber ...« Wie konnte ich sie nur beruhigen, ohne Papa in Gefahr zu bringen? »Es ist ziemlich kompliziert.«

Wieder eine sekundenlange, ohrenbetäubende Stille. Für mein Gefühl dauerte sie Stunden – oder zumindest so lang, dass ich es irgendwann nicht mehr aushielt.

»Mein Vater ist einfach plötzlich verschwunden«, sagte ich.

»So einfach auf einmal«, sagte sie geringschätzig. »Wollen wir wetten? Weggezaubert von David Copperfield?«

Wetten. Ich hasste dieses Wort.

»Keine Magie«, sagte ich. »Ich glaube, dass er ... äh ... Probleme hat.«

»Und da musstest du ihn unbedingt suchen, genau zu dem Zeitpunkt, als du mit mir verabredet warst. Du hattest nicht mal Zeit, kurz zum Pier zu laufen, obwohl du wusstest, dass ich dort auf dich gewartet habe.« Mit jedem Satz klang Talishas Stimme eine Oktave höher. »Und dann diese dämliche Ausrede. Warum hast du nicht einfach gefragt, ob ich dir beim Suchen helfen würde?«

Was ist das bloß bei Frauen, dass sie immer alles ganz genau wissen wollen und endlos weiternerven? Fast wünschte ich, sie wäre ein bisschen mehr wie Peter und Simon.

Fast.

»Entschuldige«, sagte ich. »Aber ich kann nicht darüber reden.«

»Wieso nicht?«

Herrje, sie hatte wirklich Ähnlichkeit mit einem Pitbull.

»Wirklich, es tut mir irre leid«, sagte ich noch mal. »Später erkläre ich dir alles.«

Ihre Reaktion kam vollkommen unerwartet: »Na dann, schöne Ferien.«

»Ich sehe dich doch noch?« Sogar meine Stimme kroch vor ihr und das fand ich ziemlich peinlich.

»*Sure*. Wenn das neue Schuljahr anfängt oder so.«

»Warte!«

»Wolltest du mir noch etwas sagen?«, fragte sie auf eine Art, die dafür sorgte, dass ich sie für einen Moment hasste.

Ich schaute nach den Leuten um mich herum. Zu viele Ohren und Augen.

»Nicht hier«, sagte ich. »John Street 45. In zehn Minuten.«

Talsiha hatte das Gespräch kaum beendet, da hätte ich mir die Zunge abbeißen können.

Das ist ein Test ...

Wenn mein Vater ermordet wurde, war es meine Schuld!

Als ich bei der Wohnung ankam, hatte ich mich beruhigt. Ich musste Talisha nur ewige Schweigepflicht auferlegen und niemand würde herausfinden, dass ich mich verquasselt hatte.

Erneut klingelte ich, mehr aus Gewohnheit, als dass ich noch mit irgendwas rechnete. Trotzdem verspürte ich eine leichte Enttäuschung, als Papa noch immer nicht öffnete. Mit den Reserveschlüsseln betrat ich das Appartement.

Im Flur war es nicht nur beklemmend – es herrschte Grabesstille. Plötzlich sehnte ich mich so sehr nach Talishas Anwesenheit, dass es fast wehtat. Ich stellte mich im Wohnzimmer ans Fenster.

Wo blieb sie denn jetzt?

Es gelang mir nicht, länger als ein paar Minuten zu warten. Ich hatte zu viel Adrenalin im Körper, das schrie nach Action – auf einen Boxsack einschlagen oder so.

Den hatte Papa nicht, also machte ich mich stattdessen an die geplante Spurensuche.

Das Schränkchen, auf dem der Fernseher stand, hatte eine Schublade. Ich zog sie auf. Stifte, ein Feuerzeug, ein Päckchen vertrocknete Zigaretten aus der Zeit, als mein Vater noch rauchte, und eine zwei Jahre alte Zeitschrift. Dann eben das Schränkchen selbst. Ein Fotoalbum ... Mein Smartphone brummte.

Wenn Talisha es sich bloß nicht anders überlegt hatte!

Ich lugte nur vorsichtig durch die Wimpern auf das Display.

Die Nachricht kam nicht von Talisha. Es war noch viel schlimmer.

WIR HABEN DICH GEWARNT, stand da.

5

The walls have ears

Ich bekam einen sauren Geschmack im Mund. Woher wussten sie, dass ich mit Talisha ...

Mein Smartphone! Sie hatten mich abgehört.

In einem Reflex warf ich es von mir, als wäre es ein gefährliches, giftiges Insekt. Es polterte auf den Boden.

Jetzt war ich ganz sicher, dass mein Vater entführt worden war. Niemand machte sich für einen Scherz so viel Mühe. Ich wusste nicht genau, wie man ein Telefon anzapft, aber irgendjemand hatte sich an meinem Gerät zu schaffen gemacht und ich hatte nichts gemerkt. Vielleicht auf St. Michael? Oder war der Täter in unserem Haus gewesen? Wer weiß, vielleicht hatte er sogar in meinem Zimmer gestanden, während ich geschlafen hatte!

Die Vorstellung war furchterregend. Die Vorstellung, dass mich jemand abgehört hatte, übrigens auch.

Drei Schritte. Ich krallte meine klebrigen Finger um das Telefon und hob es auf.

Reichte es, wenn ich die SIM-Karte vernichtete? Ich wollte kein Risiko eingehen. Vielleicht befand sich ja auf dem Gerät selbst auch Spyware. Ich hatte keine Ahnung, ob das wirklich sein konnte, aber wenn man manchen Filmen glaubte ...

Badezimmer. Ich klappte den Deckel der WC-Brille hoch und hielt mein Smartphone über die Kloschüssel.

Einfach fallen lassen und versenken, dann funktionierte es bestimmt nicht mehr.

Bloß – wie sollte ich das meiner Mutter beibringen? Wenn ich sagte, ich hätte es verloren, wäre es fraglich, ob ich ein neues bekäme, und mein Geburtstag war erst in sieben Monaten.

Es wurde geklaut! – Das könnte ich sagen. Elvis Long, Opfer eines Überfalls. Mama würde sich nicht aufregen, weil es nicht meine Schuld wäre. Die Versicherung würde zahlen und ich bekäme ein neues – vielleicht ein noch besseres – Smartphone.

Ich ließ es ins Wasser gleiten – schade allerdings um die Fotos, die darauf waren – und mit leichtem Schmerz im Herzen zog ich ab. Hoffentlich war das Modell strömungsgünstig und würde keine Verstopfung verursachen.

Hörte ich da die Klingel?

Talisha!

Ich wirbelte die Treppe hinunter zur Haustür und redete mir gut zu. Das Abhörgerät war beseitigt, wir konnten frei reden. Wegen einer Sache war mir allerdings ein wenig mulmig: Am Telefon hatte ich die Adresse genannt.

Angespannt spähte ich durch den Türspion. Glück gehabt, es war Talisha und kein zwielichtiger Typ mit einer Pistole oder wie auch immer ein Entführer aussehen mochte.

»Was ...«, fragte sie, sobald ich aufgemacht hatte.

»Psst!« Blitzschnell scannte ich die Situation auf der Straße. Eine Frau betrat Pies & Pastries. Sie trug eine Einkaufstasche. Urteil: ungefährlich.

»Du benimmst dich ziemlich komisch«, sagte Talisha.

»Gleich.« Ich zog sie ins Treppenhaus und warf die Haustür zu. Vorläufig waren wir sicher.

Ohne ein weiteres Wort folgte sie mir nach oben in die Wohnung meines Vaters. Sobald wir in der kleinen Diele standen, sperrte ich die Tür zu und schob die Sicherheitskette vor.

Talisha schaute zu. »Du hast doch wohl nicht vor, mich zu vergewaltigen oder so?«

Mir war nicht nach Scherzen zumute. »Tut mir leid, aber sie wissen, wo wir sind.«

»Wer?«

»Die Leute, die mein Smartphone abgehört haben.«

Sie lachte los.

»Im Ernst.« Ich hörte den Ärger in meiner Stimme und sofort tat es mir leid.

»Ist wirklich alles in Ordnung mit dir?« Sie lachte wieder. Ein Lachen, das abrutschte und ihr Blick rutschte mit. Da erst merkte ich, dass sie nervös war. Kein Wunder. Ich benahm mich wie jemand, der an Verfolgungswahn litt.

»Das Wohnzimmer«, sagte ich und nickte ihr zu, sie solle weitergehen. »Ich weiß, es klingt unglaubwürdig, aber unser Telefongespräch von eben wurde tatsächlich abgehört!«

Sie drehte sich um. »Von wem denn?«, fragte sie mit schiefem Grinsen. »MI6?«

»Nicht witzig«, sagte ich.

Sie sah mich forschend an. »Es ist dein Ernst, oder?«

Ich stellte mich ans Fenster und spähte zu dem Appartementkomplex auf der gegenüberliegenden Seite. Beim vierten Fenster bewegte sich etwas. »Vielleicht hockt dort ein Mann und späht mit einem Teleskop zu uns rüber.«

»Hast du irgendwelche Drogen genommen?«, fragte Talisha. »Du benimmst dich ziemlich paranoid.«

»Quatsch«, sagte ich. »Ich will dir was zeigen. Aber

erst musst du mir versprechen, dass du es niemandem erzählst.«

Sie runzelte die Stirn. »Okay.«

Sicherheitshalber zog ich den Vorhang zu. Den wollte ich sehen, der uns jetzt noch beobachten konnte.

Sie wurde wieder leicht nervös. »Was hast du vor?«

Ich knipste die Stehlampe an. »Als ich auf dem Weg zu dir war, bekam ich diesen Zettel.«

Sie las ihn und gab ihn mir zurück. »Und deswegen machst du dir so einen Kopf? Da erlaubt sich einer einen Scherz mit dir. Echte Entführer verlangen Lösegeld.«

»Das dachte ich auch zuerst. Aber mein Vater ist tatsächlich verschwunden und sie haben unser Telefongespräch abgehört.«

»Was macht dich da so sicher?«

»Sobald du aufgelegt hattest, bekam ich eine SMS auf mein Smartphone. ›Wir haben dich gewarnt‹, schrieben sie.«

»Das heißt nichts«, beharrte Talisha. »Das kann auch einfach ein Schuss ins Blaue gewesen sein, um dir noch mehr Angst einzujagen.« Sie überlegte kurz. »Derjenige, der dir die Nachrichten schickt, kennt deinen Namen und die Telefonnummer. Hattest du vielleicht Streit mit jemandem aus der Schule oder so?«

»Nicht, dass ich wüsste.«

»Wo ist dein Smartphone?« Sie schaute sich um. »Wir antworten auf die SMS und dann hören wir von selbst, wer dahintersteckt.«

Zurückrufen! Ich hätte mir vor den Kopf schlagen können. Warum war ich bloß nicht selbst auf die Idee gekommen?

»Und?«, fragte sie.

»Das wird nicht mehr funktionieren. Ich, äh ... ich habe es ins Klo geworfen und runtergespült.«

»Trottel.« Stöhnend ließ sie sich aufs Sofa fallen.

Da klingelte es.

Sie sprang sofort wieder auf. »Vielleicht ist das ja dein Vater.«

Für eine Sekunde verspürte ich Hoffnung.

»Nein, der hat einen Schlüssel«, fiel mir dann ein.

Sie schob den Vorhang beiseite und schaute hinaus, wobei sie sich ziemlich verrenkte.

Trotz allem musste ich lachen. »Hilft nichts. Von hier aus kannst du nicht sehen, wer vor der Tür steht.«

»Dann mach auf«, sagte sie ungeduldig.

Es dauerte einen Moment, bevor ich das Schloss in der Diele aufbekam und die Kette gelöst hatte. Unterdessen versuchte ich zu überlegen, wer geklingelt haben konnte. Ein Zeuge Jehovas, ein Zeitschriftenverkäufer ...

Wir haben dich gewarnt.

Oder jemand, der mir einen Karton mit dem Kopf meines Vaters in die Hand drückte.

Jetzt fang nicht an zu spinnen, sagte ich zu mir. Solche Sachen gibt es nur im Film.

Ich sprang von der letzten Stufe auf die Matte und spähte durch den Türspion.

Das Bild blieb schwarz. Es war, als hätte jemand von außen einen durchgekauten Kaugummi vor das Auge geklebt. Kinder vielleicht?

Oder die Entführer! Sie wussten, dass ich nicht öffnen würde, wenn ich ein paar Schlägertypen vor der Tür stehen sehen würde, und deswegen ...

Mein Verstand sagte mir, ich solle besser in die Wohnung zurückgehen, aber meine Hand lag schon auf der

Klinke. An dieser Tür gab es leider keine Sicherheitskette. Wenn ich unerwünschten Besuch abhalten wollte, würde es ausschließlich auf Muskelkraft ankommen. Ich bohrte meinen Schuhabsatz in den Abstreifer und machte mich auf was gefasst. Der Schweiß rann mir die Achseln hinunter. Klinke drücken. Tür aufziehen.

Ich begann mit einem winzigen Spalt. Positiv, ich verspürte keinen Gegendruck. Der Minispalt wurde zum Spalt und schließlich passte mein Kopf hindurch.

Keiner da. Der Bürgersteig war leer.

Mein Blick suchte die Straße ab. Ein joggendes Mädchen mit Pferdeschwanz. Zwei Geschäftsmänner mit Aktentaschen. Ein Kleintransporter einer Gärtnerei. Aber etwas Verdächtiges konnte ich nicht entdecken.

Dann schaute ich mir den Türspion an. Zumindest die Stelle, an der er sich normalerweise befand. Ich konnte ihn nicht sehen, weil da etwas hing. Jemand hatte mit Klebeband einen Umschlag an der Tür befestigt. Er war braun und mein Name stand darauf.

6

I feel so bad

Ich riss eine Umschlagecke ab, zwängte meinen Finger in die Öffnung und schlitzte ihn weiter auf. Das Papier ratschte mir einen Schnitt in die Haut. Ich saugte den Bluttropfen auf, steckte meine Hand in den Umschlag und tastete.

Ein Brief. Und etwas Weiches, das mich an ein Tierfell erinnerte. Ein Hund, eine Katze oder ein Kaninchen oder so. Neulich hatte ich eine tote Katze auf der Straße gefunden. Als ich sie umdrehte, krochen Maden aus ihrem Bauch. Das sah so ungeheuer eklig aus, dass mir ganz schlecht wurde. Dasselbe Gefühl überkam mich jetzt wieder. Ich wusste nicht, ob es durch die Erinnerung an die Maden kam oder durch die Anspannung, aber mir war, als würde ich an zwei großen Gummibändern durchgeschüttelt, wie der Junge vorhin am Strand.

Die Hand am Geländer, sank ich auf die Treppe. Tief Luft holen. Dann schüttelte ich den Umschlag neben mir leer. Tatsächlich ein Brief und ...

Haare. Nicht von einer toten Katze, sondern von meinem Vater – eine Mischung aus Grau und Schwarz. Zebrahaar würde mein Vater es nennen. Zumindest, wenn er noch lebte.

»Elvis?«, klang es von oben.

»Alles in Ordnung. Ich komme sofort!« Ich stopfte die

Haarsträhne hinten in meine Hosentasche und entfaltete den Brief. Dieselbe Handschrift wie beim letzten Mal und auch wieder mit schwarzem Kugelschreiber. Es war anstrengend zu lesen, die Buchstaben hüpften wie Flöhe vom Papier.

DU HAST DEN TEST NICHT BESTANDEN.

LASS SIE FALLEN UND DU BEKOMMST EINE NEUE CHANCE.

DAS IST DIE DRITTE UND LETZTE WARNUNG.

DAS NÄCHSTE MAL BLEIBT ES NICHT BEI EIN PAAR HAAREN.

Ich dachte an abgeschnittene Finger und Zehen. Daran, dass ich meinen Vater finden und umdrehen würde und dass dann Maden aus seinem Bauch gekrochen kämen. Aus meinem Magen stieg Saures auf. Ich konnte es gerade noch herunterschlucken, aber der scheußliche Geschmack von Erbrochenem blieb mir im Hals hängen. Ich hatte also recht gehabt! Mein Smartphone war wirklich abgehört worden. Wenn ich es Talisha doch erzählen könnte.

Lass sie fallen.

»Was hockst du denn hier so allein?« Wie eine Moderatorin von großen TV-Galas schritt sie die Treppe hinunter. Lächelnd, auf hochhackigen Schuhen und ohne zu stürzen, was mir immer wie eine gigantische Leistung vorkommt. Unterdessen schaute sie mich mit ihren samtigen Augen an, wodurch ich mich schon wie ein Dreckskerl fühlte, bevor ich auch nur ein Wort gesagt hatte.

»Nur so.« Ich versteckte den Brief zwischen meinen Beinen und rutschte zur Seite, sodass ich auf dem Umschlag saß.

»Wer war denn jetzt an der Tür?« Sie warf ihr langes Haar zurück.

»Oh, äh ... irgendein Typ, der etwas verkaufen wollte.

Sie setzte sich neben mich. »Jedenfalls nicht dein Vater?«

»Nein.«

Sie roch noch köstlicher als Wonkas Cupcakes. Genauso süß, aber mit einem Hauch orientalischer Gewürze.

»So ein Mist.« Sie lehnte den Kopf an meine Schulter und seufzte leise.

Ich wollte sie festhalten und ich war mir sicher, sie wollte es auch und vielleicht noch viel mehr als das.

Das nächste Mal bleibt es nicht bei ein paar Haaren.

Mein Körper erstarrte.

»Ist was?«, fragte sie.

Wieder hing ich zwischen den Gummibändern und schoss in alle Richtungen. Etwas sagen oder nichts sagen?

Wenn sie Papa was antaten, war es meine Schuld.

»Machst du dir immer noch Sorgen um deinen Vater?« Sie legte ihre Hand auf mein Knie. Es war, als würden ihre Finger durch meine Hose schmelzen.

Ich nickte. »Deswegen möchte ich auch lieber, dass du jetzt gehst.« Mit einer ungeheuren Kraftanstrengung schob ich ihre Hand auf ihr eigenes Bein. »Dann kann ich ihn suchen.«

Der Pitbull in ihr regte sich wieder. »Sei doch nicht komisch. Ich helfe dir natürlich.«

LASS SIE FALLEN UND DU BEKOMMST EINE NEUE CHANCE.

»Das mache ich lieber allein«, brachte ich gerade noch heraus.

»Vor mir brauchst du nicht den Helden zu spielen«, sagte sie.

»Mache ich auch nicht.« Noch nie hatte ich mich so elend und schlecht gefühlt. »Aber ...«

»Ich wusste es. Du willst mich doch nicht mehr sehen.«

»Doch, doch. Es passt nur gerade nicht so gut.«

»Dann nicht.« Sie sprang auf, als stünde die Treppenstufe in Flammen, und lief wütend zur Tür. Dann überlegte sie es sich und blieb demonstrativ stehen. Flammende Augen. Hände in die Seite gestemmt. »Wer war wirklich an der Tür? Letzte Chance. Entweder du sagst, was los ist, oder du siehst mich nie wieder.«

Ich dachte an meinen Vater und krümmte mich.

Die Tür ging auf. »Vollidiot«, hörte ich Talisha noch sagen, dann schlug die Tür mit einem Knall wieder zu. Verwirrt blieb ich auf der Treppe sitzen. Das war's dann wohl. Warum musste Papa sich auch unbedingt entführen lassen?

Mit Umschlag und Brief trottete ich nach oben. Ich musste mich zwingen, den Schalter in meinem Kopf umzulegen. Papa war jetzt wichtiger. Ich würde die Suche fortsetzen. Kryptische Zettel. Seltsame Gegenstände. Hinweise.

Ich kam mir vor wie ein Einbrecher, als ich in seinen Sachen wühlte.

Eine Stunde später hatte ich die gesamte Wohnung durchsucht. Das kümmerliche Ergebnis:

– Eine DVD von *13 Tzameti* – Papa hatte zwar mehr Filme, aber diesen kannte ich noch nicht. Er lag nicht bei den anderen, sondern einzeln in einer Schublade.

– Ein Foto meiner Mutter. In der Mitte durchgerissen und anschließend wieder zusammengeklebt.

– Ein Stapel *Playboy*.

– Ein Notizzettel: Oysterbar, 16 Uhr

– Eine Liste mit Hundenamen, manche durchgestrichen, andere umkreist und mit einem Ausrufezeichen daneben.

Der Oysterbar-Zettel fesselte mich am meisten, denn es sah Papa überhaupt nicht ähnlich, sich dort mit jemandem zu verabreden. Er fand das Personal überheblich, das Essen teuer und die Portionen zu klein. Außerdem war das Makler-Büro meiner Mutter in derselben Straße. Das allein war für meinen Vater schon Grund genug, einen großen Bogen um die Oysterbar zu machen. Es sei denn … Mein Blick fiel wieder auf das Foto. Vielleicht hatte Papa nicht nur das Papier wieder kitten wollen.

Wenn, hatte er nur wenig Chancen auf Erfolg. Meine Mutter wollte nur noch Kontakt mit ihm, wenn es um mich ging, und das am liebsten telefonisch.

Aber wen hatte er dann in der Oysterbar getroffen? Seine zukünftigen Entführer?

Es konnte natürlich auch ein alter Zettel sein, das war mir schon klar. Aber angenommen, er führte doch zu was …

Das Fotoalbum lag noch neben dem Fernsehschränkchen auf dem Boden. Ich klappte es auf. Ein Foto von mir, noch ein Foto von mir – ja, auf diesem waren wir beide drauf, mein Vater und ich. Es war mindestens zehn Jahre alt, aber Papa hatte sich kaum verändert. Er war höchstens etwas dicker geworden. Vorsichtig löste ich das Foto und steckte es zusammen mit dem meiner Mutter hinten in die Hosentasche zu den Zebrahaaren.

Die Oysterbar machte gerade auf. Ein Mädchen in roter Bluse und schwarzer Bistroschürze kam heraus. Sie steckte eine laminierte Speisekarte in den Halter neben der Tür.

»Darf ich dich etwas fragen?«, fragte ich.

Sie blieb stehen.

»Das ist mein Vater.« Ich zeigte ihr das Foto. »Er ist vor Kurzem hier gewesen. Den Tag weiß ich nicht mehr genau, aber es war gegen 16 Uhr. Ich möchte gern wissen, mit wem er sich verabredet hat.«

Sie zuckte die schmalen Schultern. »Ich kann mir Gesichter schlecht merken. Am besten fragst du drinnen mal nach.«

Ich folgte ihr durch die geöffnete Tür. In einem hellblauen Aquarium sah ich Krebse, die ihre Fühler bewegten.

»Ein Tisch für *eine* Person?«, fragte ein Mann mit einem kerzengeraden Scheitel im pechschwarzen Haar. »Oder erwarten Sie noch jemanden?«

Ich las das Namensschildchen an seiner Weste: TONY.

»Er kommt nicht zum Mittagessen«, sagte das Mädchen mit der Schürze.

Ich wollte noch einmal erklären, weswegen ich sonst hier war, aber das war gar nicht nötig. Sobald Tony das Foto meines Vaters sah, begann er zu nicken.

7

Just pretend

Sie erkennen ihn?« Ich musste mir Mühe geben, nicht wie ein aufgeregtes Kind an seinem Ärmel zu zupfen.

»Seltsamer Kerl«, sagte Tony. »Vor ein paar Monaten wollte er den Eigentümer sprechen. Ich fragte: weswegen, und er behauptete, er sei Weinhändler.«

Sprach er wirklich von meinem Vater? Wein war was für Frauen, fand Papa. Männer tranken Guinness oder Whisky.

»Sobald er beim Chef saß, flog er auf. Der Typ hatte null Ahnung von Wein.« Tony schüttelte den Kopf. »Das war einfach ein Betrüger, der uns das Geld aus der Tasche ziehen wollte.«

Ich fühlte mich wie ein Entdeckungsreisender im Urwald. Noch ein paar Schritte und ich würde ein gut bewahrtes Geheimnis lüften. Papas Machu Picchu.

»Sagte er auch, wofür er das Geld brauchte?«

»Dazu bekam er keine Chance.« Tony verschränkte die Arme. »Ich habe ihn gleich vor die Tür gesetzt.«

»Vielleicht weiß Ihr Chef ja mehr«, sagte ich. »Könnte ich ihn auch kurz sprechen?«

»Der kommt meistens erst gegen vier ...« Tonys Blick wurde wachsam. »Warum willst du das eigentlich alles wissen?«

»Der Betrüger ist mein Vater«, sagte ich.

An Tonys Gesicht war abzulesen, dass er mich innerhalb der nächsten drei Sekunden ebenfalls vor die Tür setzen würde. Ich machte, dass ich wegkam.

Ich wollte irgendwo in Ruhe sitzen und nachdenken. Es gab keine Bänke in der Nähe, nur eine schwarze Mülltonne mit goldfarbenen Streifen. LITTER stand darauf, im selben Goldton. Ich fragte mich, welcher Idiot sich das ausgedacht hatte. Als würde man sonst aus Versehen Briefe oder Zeitungen hineinstopfen.

Ich kletterte auf die Mülltonne, setzte mich in den Schneidersitz und versuchte, den Wirrwarr in meinem Kopf zu sortieren.

Papa wollte sich Geld leihen. Er hatte Schulden.

Große Schulden, denn der Vorschuss von Onkel Bob reichte offensichtlich nicht. Deswegen versuchte er, als angeblicher Weinhändler über die Oysterbar an zusätzliches Geld zu kommen. Und wer weiß, wo sonst noch.

Warum war er nicht einfach zur Bank gegangen? Oder war er dort gewesen, hatte aber keinen Kredit bekommen?

Wahrscheinlich hatten ihn die Entführer ...

»Elvis?«, hörte ich eine Stimme. »Was machst du denn hier?«

Meine Mutter. Einen Moment war es, als säße ich in meinem Zimmer und nicht auf einer Mülltonne.

»Himmel, Elvis. Komm von dem dreckigen Ding da runter.«

»Jaja.« Ich sprang auf den Bürgersteig.

»Solltest du nicht bei Talisha sein?«

Ich seufzte vielsagend.

»Oh nein, oder?« Meine Mutter legte mir die Hand in den Nacken und drückte mich kurz. »Ihre eigene Dummheit. Sie weiß nicht, was sie verpasst.«

Anderes Thema! »Bist du mit dem Auto da?«

Meine Mutter wies mit dem Kinn in eine Richtung. »Dahinten steht es.«

Ich ging mit ihr. »Hattest du einen Termin?«

Sie nickte. »Eine Besichtigung. Ein Paar, das unter der Woche keine Zeit hatte.« Sie zog die Autoschlüssel aus ihrer Tasche und öffnete die Türen. »Sie werden auf ein Luxus-Appartement bieten.«

»Glückwunsch.«

Meine Mutter nickte. »Sushi zum Mittagessen? Um das zu feiern?«

»Lieber Pizza«, sagte ich.

Sie hasste Pizza. Nicht den Geschmack, sondern die Kalorien – aber weil sie dachte, ich sei gerade versetzt worden, bekam ich, was ich wollte. »Dann ruf du Frederico an.«

Ich spürte, wie mir das Blut zu Kopf stieg. »Das wird nicht so einfach gehen.«

»Wieso?«, fragte sie ungläubig. »Hast du dein Telefon nicht dabei?«

»Als ich zu Talisha ging, bin ich beklaut worden.«

»Was?«, schrie meine Mutter. »Du wurdest *beraubt?«*

»O. k., ganz ruhig.«

»Er hat dir doch nicht etwa wehgetan?« Sie fingerte an mir herum, als wollte sie eigenhändig überprüfen, ob ich noch heil war.

»Nein, Mama, er hat nur mein Smartphone geklaut.«

»Und dein Geldbeutel?«

»Der steckte hinten in der Hose, da kam er nicht ran.«

»Bist du schon bei der Polizei gewesen?«

Keine Polizei! Die Entführer könnten denken, dass ich ...

»Warum sollte ich?, sagte ich so gleichgültig es ging. »Die haben echt keine Zeit, ein geklautes Smartphone aufzutreiben.«

»Das denke ich doch.« Sie öffnete das Auto. »Und ohne Anzeige bezahlt die Versicherung nicht. Die Pizza kann warten. Wir gehen sofort zur Polizei.«

Bevor ich einstieg, schaute ich mich mit einem Adlerblick um. Ein Auto fuhr vorbei und verschwand um die Straßenecke. Auf dem Bürgersteig liefen zwei Fußgänger. Es sah nicht so aus, als würde ich verfolgt, und über mein Smartphone war ich inzwischen ja auch nicht mehr zu orten. Die Entführer konnten unmöglich wissen, wohin ich ging, es sei denn, sie hatten telepathische Kräfte.

Warum war ich trotzdem nicht beruhigt?

»Polizeirevier Dexhill«, sagte meine Mutter. »Das ist von hier aus am nächsten.«

Das Revier roch nach Bohnerwachs. Wir mussten eine halbe Stunde warten, was meine Mutter fuchsteufelswild machte. »Da wird ja ein Verbrecher besser behandelt«, murrte sie, als wir schließlich eine Polizistin begleiten durften.

Officer Jenkins – eine dünne blasse Frau, das Gesicht voller Sommersprossen – zeigte auf die beiden Stühle ihr gegenüber am Schreibtisch. »Sie wollen eine Diebstahlsanzeige aufgeben?«

Meine Mutter nickte. »Man hat meinem Sohn am helllichten Tag das Smartphone gestohlen.« Ihre Stimme triefte noch immer vor Empörung.

Jenkins rollte ihren Bürostuhl näher zur Tastatur.

»Name, Adresse, Geburtsdatum?« Sie tippte mit beiden Mittelfingern, was ziemlich ungeschickt aussah. »Wo hat der Überfall stattgefunden?«

»In der Straße, in der ich wohne.«

»Uhrzeit?«

»Halb elf oder so.«

»Registrierungsnummer?

Ich sah sie verständnislos an.

»Die Seriennummer, IMEI. 15 Ziffern. Damit können wir dein Telefon identifizieren.«

»Keine Ahnung«, sagte ich.

»Dann eben deine Telefonnummer.«

Auch die kannte ich nicht auswendig. »Die steht in meinem Smartphone. Ich rufe mich nie selbst an.«

Meine Mutter zog ihr Handy aus der Handtasche. »Ich suche sie schnell.«

Jenkins notierte sich die Nummer. Danach wollte sie die Marke wissen und den Provider. »Den solltest du so schnell wie möglich informieren. Dann sperren sie dein Telefon.«

»Mache ich.« Ich wollte schon aufstehen.

»Wir sind noch nicht fertig.« Jenkins drückte mich mit ihrem Blick zurück auf den Stuhl. »Ich möchte, dass du mir genau erzählst, was passiert ist.«

»So sehr viel gibt es da nicht zu erzählen.« Ich starrte auf einen schwarzen Striemen an der Wand hinter ihr. »Ich ging mit meinem Smartphone auf der Straße und da stand plötzlich ein Kerl neben mir, der mir das Telefon aus der Hand riss und mitnahm.«

»Und was hast du gemacht?«

»Nichts. Ich bin doch nicht verrückt. Er hätte ja ein

Messer haben können oder so was.« Ich kam allmählich in Schwung. »Und im Übrigen ging alles viel zu schnell. Er war schon weg, bevor ich irgendwas denken konnte.«

So, jetzt müsste sie doch begreifen, dass sie mich genauso gut gehen lassen konnte.

Aber nein.

»Wie sah er aus?«, fragte Jenkins.

Shit, wie beschreibt man einen nicht existierenden Täter?

»Wie ich schon sagte«, murmelte ich. »Es ging alles ganz schnell.«

Sie verschränkte die Arme und lehnte sich zurück. »Lass dir Zeit.«

Ich hatte keine Zeit. Ich wollte meinen Vater finden.

»Es war ein Mann, sagtest du.«

Ich nickte.

»Weiß, schwarz, braun?«

»Weiß, glaube ich.«

»Glaube ich?«

»Ja, weiß.«

»Haarfarbe?«

Ich dachte an die Zebrahaare in meiner Hosentasche. »Weiß ich nicht mehr.«

Jenkins Augenbrauen schnellten in die Höhe. »Aber du bist schon sicher, dass dein Smartphone geklaut wurde?«

Sie hatte mich durchschaut, ich war ganz sicher. Manche Polizisten scheinen eine Nase dafür zu haben. Sie riechen schon auf einen Kilometer Entfernung, ob einer lügt.

»Nein, wir sitzen hier zum Spaß, ja?« Meine Mutter warf sich ihre Tasche über die Schulter, als wollte sie gehen, was ich für einen hervorragenden Plan hielt.

»Es tut mir leid«, sagte Jenkins in einem Ton, in dem

kein Fünkchen Mitleid steckte. »Es ist meine Aufgabe, die Wahrheit herauszufinden.«

Oh nein, meine Mutter stellte ihre Tasche wieder auf den Boden.

»Ein weißer Mann also.« Jenkins sah mich wieder mit ihrem gebieterischen Blick an.

Ich musste mir schnell einen Täter ausdenken, bevor ich alles verraten würde. Das einzige Bild, das in mir aufstieg, war das von Mr Obdachlos. Ich hasste ihn. Das war alles seine Schuld. Hätte er mir diesen Zettel nicht gegeben …

»Ich glaube, er trug Snowboots«, sagte ich.

»Bei dem Wetter?«, fragte meine Mutter.

»Und einen gestreiften Pulli zu einer langen Hose. Ich glaube, es war ein Obdachloser. Seine Haare reichten ihm bis zu den Schultern. Na ja, Haare. Es sah aus wie aufgedröselter Strick.«

»Gut so!«, sagte Jenkins, die während der ganzen Zeit mitgeschrieben hatte. »Na bitte, du weißt viel mehr, als du im ersten Moment denkst. Alles eine Frage der Konzentration.«

Sie las meine Erklärung vor und ich sagte, das stimme so. Dann druckte sie das Blatt aus. »Wenn du bitte hier unterschreiben würdest, dann bekommst du von mir eine Aktennummer. Die brauchst du für die Versicherung.«

Ich ließ die Stiftspitze über dem Papier schweben. Wenn man vor Gericht eine Falschaussage machte, konnte man wegen Meineids verurteilt werden. Galt das auch für eine Falschanzeige?

»Wenn du noch keine Unterschrift hast, reicht es auch, wenn du ganz normal deinen Namen daruntersetzt«, sagte Jenkins.

Diese Frau hatte mehr Augen als ein Würfel. Ich unterzeichnete schnell mit ELVIS LONG, bevor sie wieder auf irgendwelche Ideen käme, die Papa in Gefahr bringen könnten. Meine Mutter griff nach ihrer Tasche und stand auf. Ich folgte ihr zur Tür. »Du hast das wirklich gut gemacht, Elvis«, sagte Jenkins. »Wir bekommen selten eine so genaue Beschreibung. Ich werde mich sehr anstrengen, den Dieb zu finden.«

Ja, klasse, dachte ich, das muss natürlich wieder mir passieren. Die Leute in unserer Straße klagen regelmäßig, die Polizei tue nie etwas. Wenn der verrückte Murry mal wieder einen Kratzer in ein Auto gemacht hat oder mit einer Büchse auf eine Katze geschossen hat, reden meistens ein paar Polizisten mit ihm. Aber verhaften? Nein! Wir haben nicht genügend Beweise, sagen sie dann. Aber ich musste unbedingt auf so eine Fanatikerin wie Jenkins treffen. Sie würde wahrscheinlich nicht ruhen, bis sie Mr Obdachlos gefunden hatte.

Na ja, aber eigentlich fand ich es ja auch richtig, dass er gefasst werden würde, auch wenn er unschuldig war. Er hatte mir total den Tag verdorben und jetzt verdarb ich seinen! Jenkins würde ihn bestimmt auf die Folterbank legen.

Plötzlich wurde mir klar, wie unglaublich dumm ich gewesen war. Wer weiß, vielleicht würde ihr Mr Obdachlos ja auch etwas von dem Zettel erzählen!

»Ist was?«, fragte meine Mutter.

»Was soll sein?«

Die Entführer hatten wegen Talisha ein Stück von Papas Haaren abgeschnitten. Wenn sie dahinterkamen, dass Officer Jenkins ...

Gehetzt lief ich hinaus.

8

Sylvia

Normalerweise kann ich allein locker eine ganze Pizza Peperoni Passion wegdrücken. Heute schmeckte sie nach Pappe und ich konnte mit Mühe zwei Stück herunterwürgen.

»Du wirst doch wohl nicht krank?«, fragte meine Mutter.

Ich dachte an Papa, an all die Dinge, die ich nicht erzählen durfte, und zuckte schweigend mit den Schultern.

»Das kommt bestimmt von der Anspannung.« Sie fühlte an meiner Stirn. »Man darf so einen Raub nicht unterschätzen. An deiner Stelle würde ich mich ein wenig hinlegen.«

Damit sie aufhörte zu nerven, verschwand ich nach oben.

Die meisten Zimmer von Jungen stinken, glaube ich. Das von Simon und Peter müffelt jedenfalls immer nach zu lange getragenen Socken, Pupswetten und Spermaflecken. Sie können auch nie etwas wiederfinden, was logisch ist, denn ihr Zimmer hat schon lange keinen normalen Bodenbelag mehr. Dort wächst eine Art Erdkruste aus Schmutzwäsche, leeren Getränkedosen, Schokoriegel-Verpackungen und Chipstüten. Ihre Mutter hat schon vor langer Zeit aufgegeben und setzt keinen Fuß mehr in das

Zimmer. Sie wäscht nur noch die Kleidung, die die Zwillinge in den Wäschekorb im Badezimmer stecken.

Ich mag kein Durcheinander. Das habe ich von meinem Vater. Mein Zimmer ist immer aufgeräumt, damit ich alles sofort sehe, und meistens steht das Fenster einen Spalt offen für frische Luft. Ich streckte mich auf meinem Bett aus und starrte zur Decke.

Wie es ihm wohl ging? Und was würde jetzt weiter passieren? Die Entführer hatten geschrieben, ich hätte den Test nicht bestanden, aber was wollten sie denn nun eigentlich?

Vielleicht waren sie doch telepathisch begabt, denn ich bekam sofort Antwort. Von meinem Computer auf dem Schreibtisch erklang der Eingangston für eine E-Mail. Ich las die Nachricht:

DAS LEBEN DEINES VATERS LIEGT NOCH IMMER IN DEINEN HÄNDEN.

NÄHERE ANWEISUNGEN FOLGEN.

Kein Wort über meinen Besuch auf dem Polizeirevier. Das war schon mal gut. Aber ansonsten wussten die Leute so ziemlich alles von mir: Meinen Namen, wo ich wohnte, meine Handynummer und offensichtlich auch meine E-Mail-Adresse. Entweder kannten sie mich persönlich oder sie waren extrem gut im Sammeln von Informationen. Oder Papa hatte es ihnen gesagt, weil er um sein Leben fürchtete.

Auf jeden Fall würde ich nicht die gleiche Dummheit begehen wie an diesem Morgen mit meinem Smartphone. Nichts löschen, sondern zurückmailen, würde Talisha sagen. Vielleicht konnte ich die Entführer ja aus der Reserve locken.

Sylvia_june8.1970@hotmail.com

Der Name in der Mailadresse sagte mir schon mal nichts. Wahrscheinlich hatten ihn ein paar brutale Typen mit tätowierten Stiernacken erfunden. Zumindest konnte ich mir nicht vorstellen, dass eine echte Sylvia hinter Papas Entführung steckte. Frauen kidnappen höchstens Babys, wenn sie die nicht selbst kriegen können. Jedenfalls keine erwachsenen Elvis-Imitatoren.

Vielleicht konnte mir das Datum weiterhelfen. Ich setzte mich an meinen Schreibtisch und gab 8. Juni 1970 in den PC ein. Ich fand ausschließlich Nachrichten über das Wetter an diesem Tag und ein paar Todesfälle von Menschen, die ich nicht kannte. Weltbewegende Ereignisse hatten nicht stattgefunden. Demnach ging es wohl um ein persönliches Erlebnis, den Geburtstag eines der Entführer oder so. Da würde meine Suchaktion wenig bringen. Ich hörte auf zu googeln und klickte auf *Antworten.*

WER SEID IHR UND WAS WOLLT IHR VON UNS?

Als nach einigen Minuten Wartezeit noch immer keine Reaktion gekommen war, schickte ich erneut eine Mail.

IHR KÖNNT MICH NICHT MEHR ABHÖREN, WEIL ICH MEIN SMARTPHONE WEGGEWORFEN HABE.

Die Antwort kam postwendend.

MAN HAT DICH DOCH BEKLAUT?

Meine Nackenhaare richteten sich auf. Sie wussten also doch, dass ich bei der Polizei gewesen war! Oder hatte heimlich jemand gelauscht, als ich mit meiner Mutter auf der Straße geredet hatte? Ich konnte mich an niemanden erinnern und wünschte, ich hätte besser aufgepasst.

WARUM SYLVIA?, mailte ich.

Keine Antwort.

UND WARUM HABT IHR MEINEN VATER ENTFÜHRT?

Sylvia schwieg noch immer.

WOLLT IHR LÖSEGELD? DAS HABE ICH NICHT!

Da bekam ich endlich eine Mail zurück.

WIR WOLLEN KEIN GELD. DU SOLLST ETWAS FÜR UNS TUN.

Ich dachte sofort an Big Ed und DJ, die heimlich Drogen auf dem Schulhof verkauften.

WAS DENN?, tippte ich.

Drei zermürbende Minuten Mailstille. Dann kam wieder eine Nachricht:

AB JETZT BEKOMMST DU JEDEN TAG EINEN AUFTRAG.

INSGESAMT MUSST DU 7 AUFTRÄGE ERLEDIGEN. FÜR JEDEN AUFTRAG HAST DU 12 STUNDEN ZEIT.

Vollkommen perplex starrte ich auf den Monitor. Menschen werden wegen Geld entführt oder aus Rache, aber das ...

ICH MAG SOLCHE SPIELCHEN NICHT, antwortete ich.

Das interessierte sie überhaupt nicht. Ich bekam eine Anlage rein mit dem Titel AUFTRAG 1.

Eine dumpfe Vorahnung hielt mich davon ab, die Mail zu öffnen. Wenn ich den Auftrag erst einmal gesehen hatte, gab es keinen Weg zurück. Dann hatten diese Leute nicht nur meinen Vater, sondern auch mich in ihrer Gewalt. Es tat mir leid, dass ich auf Talisha gehört hatte. Ich hätte den Computer besser ausgeschaltet und nicht geantwortet.

Ich schloss die Augen und massierte mir die Stirn.

Vielleicht wäre es noch besser gewesen, wenn ich Jenkins alles erzählt hätte.

Der Ping-Ton meiner Mail.

SOLLTEST DU DICH NICHT MAL BEEILEN?

Erschrocken sprang ich auf und warf fast meine Tastatur vom Schreibtisch. Sie behielten mich also tatsächlich noch im Auge! Irgendjemand beobachtete mich heimlich, hier, in meinem eigenen Zimmer! Ich hatte das Gefühl, dass ich verrückt würde. Und vielleicht war das auch so, denn wie früher schaute ich unter mein Bett und hinter die Vorhänge, ob sich da keine unheimlichen Gestalten verborgen hielten. Natürlich nicht. Dann suchte ich nach einer versteckten Kamera. Meine Lampe sah noch genauso aus wie sonst. Steckdosen ebenfalls. Die Poster über meinem Bett hatten auch nicht plötzlich Augen bekommen und ...

Ich starrte auf meinen PC. Die eingebaute Webcam!

Die Entführer hatten nicht nur Spyware auf mein Telefon gebracht, sondern auch in meinen Computer. Ich grapschte ein Sweatshirt aus meinem Schrank und warf es über den Monitor.

So, schwarzes Bild, Jungs!

»Was hast du vor?«, fragte meine Mutter.

»Ich geh zu Simon und Peter«, log ich.

»Gute Idee, du kannst ein wenig Ablenkung gebrauchen.«

Ich ging nicht zu den Zwillingen, sondern zu den Fischhütten, um den Obdachlosen zu suchen. Sylvia Hotmail brachte mich nicht weiter. Ich wollte echte Namen. Mr Obdachlos musste mir sagen, wer ihm diesen Zettel gegeben hatte. Vielleicht kannte er nicht den Namen seines Auftraggebers, konnte ihn aber wenigstens beschreiben.

Im grellen Sonnenlicht wirkten die Fischhütten noch armseliger, als sie sowieso waren. Ich ging zu dem umzäunten Gelände auf der Rückseite und verstand sofort, weshalb die Obdachlosen sich das Gebiet als Homebase ausgesucht hatten. Sie waren außer Sicht und windgeschützt und niemand belästigte sie.

Bis auf heute ...

Mit klopfendem Herzen betrat ich ihren Ministaat. Natürlich weiß ich, dass Obdachlose ganz normale Menschen sind. Die meisten von ihnen würden wirklich keiner Fliege etwas zuleide tun, aber manche saufen oder nehmen Drogen. Je später am Tag, desto lauter hört man sie oft reden und lachen, und deswegen war es doch ein wenig so, als stünde ich in einer Löwengrube. Rund ein Dutzend Obdachlose saßen auf dem Boden, den Rücken an die Fischhütten gelehnt und das Gesicht der Sonne zugewandt. Wenn man nicht auf ihre Kleidung achtete, hätte man sie für Touristen halten können. Ein paar der Männer hatten wie echte Backpacker einen verschlissenen Rucksack statt einer Plastiktüte bei sich.

Erst wurde ich kaum beachtet, bis mir eine Frau mit knallroten Haaren ohne Vorderzähne zurief: »Hast du dich verlaufen, mein Junge?«

Reflexartig krümmte ich mich zusammen. Dann fiel mir ein, dass sich viele Tiere in einer Gefahrensituation eher aufplustern, um möglichst groß und bedrohlich zu wirken. Wenn groß und bedrohlich bei Tieren wirkte, funktionierte es vielleicht auch bei Obdachlosen?

»Ich habe eine Frage«, brüllte ich, um das Zittern meiner Stimme zu vertuschen.

»Er hat eine Frage«, sagte ein Penner, der aussah, als wäre er einem Western entsprungen.

Ein Mann mit wildem Blick reckte seine Krücke in die Luft.

»Wie groß ist ein Chinese?

Er begann, laut zu lachen, als hätte er einen Witz gemacht. Das war auch so, aber diese Art von Scherzen ist nur witzig, wenn man sturzbetrunken, zugekifft oder vier Jahre alt ist. Da außer mir alle Anwesenden über zwanzig waren, blieben nur die beiden ersten Optionen.

»Ich suche jemanden«, sagte ich.

»Was bringt das?«, fragte die zahnlose Frau und hielt die Hand auf.

Ich versuchte, nicht nur ihren Gestank zu ignorieren. »Ich suche einen Mann mit Snowboots, einem gestreiften Pulli und Haaren bis hier.« Ich zeigte auf meine Schulter.

Husten und Murmeln.

»Warum solltet wir dir helfen?«, fragte ein alter Mann mit Bart.

»Warum nicht?«, antwortete ich.

Der junge Mann neben ihm nahm einen Schluck aus einer Flasche. Dann begann er zu singen. »Warum denn nicht? Was für ein Gesicht, das Bände spricht!«

Ich hob die Hand, um ihn zum Schweigen zu bringen, aber das bereute ich sofort, als mich ein paar von den Typen vernichtend ansahen.

»'tschuldigung«, sagte ich. »Aber es ist lebenswichtig.«

Da lachten alle, als hätte ich einen guten Witz erzählt.

»Wisst ihr, wen ich meine?«, fragte ich.

»Umsonst geht nur die Sonne auf.« Die Frau ohne Vorderzähne hielt jetzt beide Hände auf. Sie waren schwarz und voller Schwielen.

Ich wagte es nicht, meinen Geldbeutel aus der Hosentasche zu ziehen. Darin steckte kein riesiger Betrag, aber für einen Obdachlosen waren zwanzig Pfund vermutlich ein Vermögen und auf meinem Konto lag noch mehr. Nach der Schule hatte ich jeden Tag im Makler-Büro meiner Mutter geputzt. Was, wenn die Obdachlosen mir den Geldbeutel klauten. Oder, noch schlimmer, wenn sie mir ein Messer an die Kehle hielten, um mir die Geheimzahl meiner Bankkarte zu entlocken ...

Ja, ich weiß, dass meine Fantasie mit mir durchging. Aber ich kann jedem versichern, wenn man nicht gerade in der Höhle des Löwen steht, ist es leichter, positiv über Obdachlose zu denken.

»Ich bekomme nur wenig Taschengeld«, sagte ich. »Und ich gebe es immer sofort aus.«

Augenblicklich verloren alle das Interesse. Die Augen schlossen sich wieder. Irgendwo wurde eine Bierdose aufgerissen. Ein Mann, der aussah wie ein Pakistani, schaltete ein kleines Transistorradio ein.

Ich fluchte schweigend. »Dann eben nicht.«

Während ich mich möglichst unauffällig noch einmal gut umschaute, schlenderte ich vom Gelände. Kaum war ich um die Ecke gebogen, packte mich jemand am Arm. Ich erschrak, schaute in ein fast durchsichtiges Mädchengesicht mit hohlen Augen und gab mir große Mühe, nicht total geschockt auszusehen.

»Yeti«, sagte sie. »Ich weiß nicht, wie er wirklich heißt, aber man nennt ihn John Yeti. Du weißt schon, nach diesem schrecklichen Schneemenschen. Wegen seiner Snowboots.«

»D-danke«, stammelte ich.

Aber sie war schon weg.

9

Playing for keeps

Ich drückte mich noch eine Weile in der Umgebung der Fischhütten herum, aber John Yeti blieb wie vom Erdboden verschluckt. Dann begann ich, an Auftrag 1 zu denken. Vor einer Stunde hatte ich mir noch weismachen können, es sei schlau, ein Sweatshirt über den PC zu werfen. Keinen Kontakt, kein Test. Macht euren Scheiß doch allein. Aber da hatte ich auch noch gedacht, ich würde John Yeti schnell finden und damit auch die Entführer. In Wirklichkeit war ich kaum einen Schritt weitergekommen. Ich wusste nicht mehr als den Spitznamen des Nachrichtenüberbringers. Und unterdessen tickten die Sekunden. Wie viel Zeit hatte ich schon verspielt?

Manche Dinge sind unabwendbar. Mit Blei in den Gliedern ging ich nach Hause.

Mein Sweatshirt bedeckte nicht nur die eingebaute Webcam, sondern auch einen großen Teil des Monitors, was nicht sehr praktisch war. Ich zog einen Schreibblock aus der Schublade, schnitt ein Rechteck aus der Kartonrückseite und legte es auf ein Stück Klebeband. Dann nahm ich das Klebeband an beiden Seiten und suchte unter meinem Pulli nach dem Kameraauge. Karton davorkleben, Sweater wegziehen. Klebeband andrücken.

Perfekt. Die Entführer konnten mich nicht mehr sehen.

Na ja, fast perfekt. Die Spyware reagierte noch auf Ton, denn wieder kam eine Mail rein.

DAS HAT JA GANZ SCHÖN GEDAUERT.

DIE ZEIT LÄUFT INZWISCHEN EINFACH WEITER.

Auf dem Monitor erschien eine digitale Uhr. Sie zeigte 10 Stunden, 46 Minuten und 13 Sekunden an. 10 Stunden, 46 Minuten und 12 Sekunden. Das war wie eine tickende Zeitbombe!

Wieder fühlte ich mich gehetzt. Mein Finger war schneller als mein Gehirn. Reflexartig hatte ich die Anlage mit dem ersten Auftrag geöffnet.

GEHE ZUR KILLEN STREET 3.

DORT LIEGT EIN PÄCKCHEN FÜR DICH BEREIT.

Ich bin doch nicht verrückt. Ich weiß, dass Jungen wie ich manchmal als Drogenkuriere benutzt werden. Wenn sie geschnappt werden, bleibt der echte Dealer außen vor. Meine Mutter hat mich oft genug gewarnt. »Wenn du mal in den Kreisen gelandet bist, gibt es keinen Weg zurück.«

Ich wollte nicht, dass mein Leben sich in eine Einbahnstraße verwandelte, aber was sollte ich sonst machen?

Wenn man ausschließlich wertlose Spielkarten auf der Hand hat, gibt es nur eins, das einen noch retten kann. Bluffen. Eiskalt und sehr überzeugend bluffen. So viel hatte ich dann doch von meinem Vater gelernt.

ICH HABE JOHN YETI GEFUNDEN, mailte ich. ER KENNT EUCH.

Mit angehaltenem Atem wartete ich auf eine Reaktion.

SUCHEN IST ETWAS ANDERES ALS FINDEN, schrieben sie zurück.

Woher wussten sie das? Waren sie mir zu den Fischhütten gefolgt? Oder konnten sie einfach noch besser bluffen als ich?

SOLLTEST DU NOCH ZWEIFELN stand in der nächsten Nachricht.

Diesmal war in der Anlage kein Auftrag, sondern ein Foto. Das Bild bohrte einen Tunnel durch meine Augen direkt in meinen Magen. Ich sah meinen Vater und er hielt *The Times* fest. Die Zeitung war so gefaltet, dass ich das Datum lesen konnte: 26. Juli. Das war heute.

Da wusste ich, dass ich das Spielchen der Entführer doch mitspielen würde.

Über Google Maps suchte ich die Killen Street. Ich schaute nach, welche Buslinie dorthin fuhr, und schrieb es mir auf einen Zettel. Die Digitaluhr stand auf 10 Stunden, 38 Minuten und 2 Sekunden, als ich den Computer herunterfuhr. Ich konnte nicht abschätzen, wie lange dieser Auftrag dauern würde, aber ich wusste sicher, dass meine Mutter ein großes Tamtam veranstalten würde, wenn ich plötzlich bis zum späten Abend wegbliebe. Also stopfte ich ein paar Kleidungsstücke in einen Rucksack und ging hinunter.

»Mama?«

»Ja, mein Schatz?«

»Vorhin habe ich Papa getroffen«, sagte ich, ohne sie anzusehen. »Er geht mit ein paar Kumpels zu einem Wettkampf von *The Gulls,* aber einer von ihnen ist krank geworden und jetzt hat er eine Karte übrig.«

»Und du darfst mit.« Meine Mutter seufzte. »Rufst du mich an, wenn was ist?«

»Was soll denn sein?«

Ihr Schweigen sagte mehr als tausend Worte.

»Ich kann ja nicht mal anrufen«, sagte ich. »Mein Smartphone, du weißt schon.«

»Dann nimm das von deinem Vater.«

»Es wird bestimmt spät. Dann ist es am praktischsten, wenn ich gleich bei Papa übernachte.«

»Also gut dann.« Sie tippte auf ihre Wange.

Ich küsste sie flüchtig und ging.

Die Killen Street liegt im Norden. Ich fragte den Busfahrer, wo ich am besten aussteigen sollte. Er versprach, mir ein Zeichen zu geben.

Nervös suchte ich mir einen Platz ganz hinten. Die Sonne brannte Löcher in die Fensterscheiben. Aus den Augenwinkeln studierte ich die anderen Fahrgäste. Sie redeten miteinander, telefonierten oder schauten hinaus und achteten nicht auf mich.

Nach einer knapp zwanzigminütigen Fahrt hielten wir am White Hart Hotel, einem düsteren Gebäude mit überdachtem Biergarten an der Seite, in dem einige Gäste rauchten. Der Fahrer rief, dies sei meine Haltestelle.

Während ich als Einziger den Bus verließ, kontrollierte ich die Straße. Es sah nicht so aus, als würde jemand auf mich warten. Der Beschreibung nach musste ich nach rechts. Ich war noch nie zuvor in diesem Viertel gewesen, und wenn ich mich so umschaute, brauchte mir das auch nicht leidzutun. Die Häuser waren klein und schmutzig grau und bei der einzigen Spielfläche, an der ich vorbeikam, stand nur noch ein Pfosten mit einem weißen Brett. Der Korb war bereits abgerissen.

Inzwischen fragte ich mich, wie das wohl gleich ablaufen würde. Sollte ich klingeln und erklären, was ich wollte? Wurde ich erwartet und lag das Päckchen schon bereit zum Abholen? Hoffentlich wohnten dort keine schweren Jungs mit Narben an den Unterarmen vom Spritzen. Oder so ein bekloppter Dealer, total steif vom Koksen.

Zum Glück hatte ich mir völlig umsonst Sorgen gemacht. In Nummer 3 wohnte keiner mehr. Tür und Fenster waren zugenagelt. An der Seite entdeckte ich eine Pforte aus Holz, die ich mit ein wenig Drücken und Ziehen zur Seite schieben konnte. Als ich durch die schmale Öffnung schlüpfte, kam ich auf einen kleinen, schattigen Innenhof. Auch hier waren die Fenster mit Brettern vernagelt, aber keiner hatte sich die Mühe gemacht, auch die Hintertür zu verbarrikadieren. Die hing nur noch halb in den Angeln.

Weil im Garten kein Päckchen lag, blieb mir nichts anderes übrig, als das Haus zu durchsuchen. Ich schnallte meinen Rucksack ab und ging hinein.

Tipp: Wenn du ein geheimnisvolles Paket abholen sollst, nimm eine Taschenlampe mit. Schon nach zwei Schritten knallte mein Fuß gegen etwas, das hohl klang, umfiel und wegrollte. Vielleicht ein Müllbehälter aus Plastik oder ein Eimer. Ich blieb stehen, damit sich meine Augen an das Dunkel gewöhnen konnten. Nach einer Weile zeichneten sich die Umrisse einer Küche ab. Ich sah eine Schrankruine und etwas, das aussah wie ein Herd. Auf dem Boden lag tatsächlich ein Eimer. Ich stellte ihn hinaus, damit ich nicht mehr darüber stolpern konnte, und ging in die Küche zurück. Wo war denn jetzt dieses blöde Paket?

Jedenfalls nicht hier, wie es aussah.

Die Arme wie Fühler ausgestreckt, schlurfte ich in den nächsten Raum. Da sah ich nun wirklich nichts mehr. Es war, als würde mir jemand eine bleischwere schwarze Decke überwerfen.

»Was für Amateure«, murmelte ich, um die aufsteigende Panik in den Griff zu bekommen. »Schon mal was in pechschwarzer Finsternis gesucht?«

Langsam bewegte ich mich im Raum, während meine Hände durch die Luft tasteten. Eins war vollkommen klar: Dieses Päckchen würde ich nicht finden, es sei denn, es leuchtete oder würde ein Geräusch von sich geben.

Ich blieb stehen und lauschte.

Unglaublich, wie furchterregend still es war.

Der Druck auf meiner Brust verstärkte sich und auf einmal dachte ich überhaupt nicht mehr an meinen Vater, die Entführer und das Päckchen. Ich konnte sowieso nicht mehr denken. In meinem Gehirn heulte eine Art Sirene los, die nicht etwa »tatütata« machte, sondern »weg-weg-weg!«.

Im Finstern war das Haus wie ein Labyrinth. Ich knallte gegen eine Wand. Umdrehen. Gehen. Wand, Wand. Ich verlor jegliches Richtungsgefühl und schlug wild um mich, wobei ich mir am Arm wehtat. Verzweifelt versuchte ich, der Wand zu folgen. Ja, da war die Türöffnung! Ich fiel fast hindurch und da konnte ich endlich wieder vage etwas erkennen. Noch ein paar Schritte. Durch das Loch der Küchentür schien ein Hauch von Tageslicht. Wie eine Motte flog ich darauf zu.

Endlich. Draußen!

Mit tiefen Zügen schluckte ich den Sauerstoff und ging in die Hocke. »Kopf zwischen die Beine.« Das sagt Basketballtrainer Carllton immer, wenn einem schlecht wird. Aber als ich es versuchte, fiel ich fast um.

Der Eimer. Wenn ich ihn herumdrehte, hatte ich einen Hocker.

Ich streckte die Hand aus und da erst sah ich es. Ein Schauder lief mir vom Kopf bis zum Rückgrat.

Auf dem Eimer stand eine Taschenlampe.

10

Hound dog

Aufstehen! Ich schwankte zur Pforte und zwängte mich durch die schmale Öffnung. Am Eingang war niemand mehr, also lief ich weiter zur Straße, aber auch die war verlassen. Wer auch immer die Taschenlampe gebracht hatte, musste unsichtbar oder blitzschnell gewesen sein. Oder ich war doch länger drinnen gewesen, als ich dachte.

Wie lange hatte ich eigentlich noch? Ich schaute auf meine Uhr und rechnete. Noch neun Stunden und zwanzig Minuten und ich hatte noch nicht einmal angefangen mit dem Auftrag. Das Rätsel der Taschenlampe würde ich später lösen. Vorläufig war ich demjenigen, der sie gebracht hatte, vor allem dankbar.

Ich ging wieder zurück zum Haus und richtete den Strahl der Taschenlampe in die Küchenschränke. Na ja, in das, was noch davon übrig war. Leer. Auf dem Boden fand ich nur Schmutz und Papier, an der Wand ein schiefes Regal und ...

Dort! Es war kein echtes Päckchen, eher so ein dicker Umschlag, wie der braune, der an der Tür zum Apartement meines Vaters gehangen hatte. Nur, dass der hier jetzt nicht mit Klebeband befestigt war, sondern an einem Nagel hing. Jemand hatte den Nagelkopf durch das Papier gedrückt.

Vorsichtig löste ich den Umschlag und ging sofort damit hinaus. Ich setzte mich auf den Eimer. Der Umschlag lag auf meinem Schoß. Meine Hand zitterte. Ich hatte keine Ahnung, was ich erwarten sollte.

Und das war drin:

- ein Schlüssel
- ein Brief
- ein Kühlschrankmagnet in Form einer Mini-Küchenwaage
- zwei Latexhandschuhe

Ich las den kurzen Brief und musste lachen. Erst vor Erleichterung, weil ich kein Drogenkurier werden musste. Dann, weil sich mein Auftrag anhörte wie eine beknackte Folge von Mr Bean. Und schließlich aus Nervosität, als mit klar wurde, dass mir etwas Ekelerregendes bevorstand, was nicht mehr so witzig war, wenn man es wirklich durchführen sollte.

Ich steckte die Taschenlampe in eines der Fächer meines Rucksacks und hängte ihn mir über die Schulter. Die Sachen aus dem Umschlag passten bequem in meine Hosentasche. Jetzt noch ein geeignetes Transport- und Aufbewahrungsmittel ...

Der Eimer! Ich fragte mich, ob der wohl auch absichtlich hier abgestellt worden war. Schade, dass sie nicht gleich noch einen Deckel dazu geliefert hatten. Ich griff ihn am Henkel und nahm ihn mit.

Auf der Straße lagen kaum Hundehaufen, was ich zum ersten Mal in meinem Leben bedauerte. Mithilfe von zwei Ästchen gelang es mir, drei Exemplare in den Eimer zu bugsieren. Warum hatten sich die Entführer bloß so einen ekligen Auftrag ausgedacht? Mir fiel nur ein einziger Grund ein: Sie waren schwer gestört.

Weil ich keine weiteren Haufen finden konnte, beschloss ich, mich auf die Suche nach Tieren zu machen, die gerade welche produzierten.

Die Umgebung der Killen Street war keine sehr hundebevölkerte Gegend. Erst nach einer Viertelstunde Warten sah ich einen Mann mit einem Cockerspaniel.

»Entschuldigung!«, rief ich und schämte mich schon im selben Augenblick. »Darf ich Sie etwas fragen?«

Er nickte freundlich. »Selbstverständlich.«

»Es klingt bestimmt seltsam, aber …« Ich klopfte dem Spaniel auf die Flanke. »Wenn er gleich kackt, darf ich den Haufen dann haben?«

Der Mann war einen Augenblick verblüfft. Dann murmelte er: »Glaub bloß nicht, das wäre witzig«, und zerrte den Spaniel im Weitergehen mit sich.

Er dachte natürlich, ich wollte ihn veräppeln. Das nächste Mal würde ich meine Frage geschickter verpacken, auch wenn ich noch nicht wusste, wie.

Zwei Minuten später bekam ich eine neue Chance: Ein Mädchen mit einem Hund, der nicht aussah wie ein Hund, sondern eher wie ein Kalb. Ich hoffte, das Format seines Haufens wäre dementsprechend.

»Was für ein tolles Tier«, schleimte ich und verbarg den Eimer hinter meinen Beinen.

»Das ist eine Dänische Dogge«, sagte das Mädchen. Obwohl der Hund noch keine Anstalten machte, zog sie ein Plastiktütchen aus ihrer Shorts.

Ich spähte übertrieben um mich. »Okay, sag schon: Wo ist deine Kristallkugel?«

»Keine Kugel.« Sie lachte. »Spike ist ein Hund mit festen Gewohnheiten. Er kackt immer an dem Baum dahinten.«

Tatsächlich krümmte sich die Dogge sofort, kaum waren wir an dem entsprechenden Baumstamm angekommen. Ich schaute fasziniert zu.

»Hast du nichts Besseres zu tun?«, fragte das Mädchen.

»Na ja, ich verdiene mir hier mein Taschengeld. Zumindest, wenn du einverstanden bist.«

Ihre Augenbrauen hoben sich.

»Mein Vater ist Künstler«, sagte ich. »Er arbeitet an einem besonderen Projekt und hat mich auf Materialsuche geschickt. Du findest es bestimmt ekelhaft, aber er macht Bilder aus Scheiße.«

Ihrem Blick nach zu urteilen, fand sie es vor allem lächerlich. Sie gab mir den Plastikbeutel. »Viel Vergnügen.«

Nach einer halben Stunde hatte ich fünf Haufen zusammen. Wenn das so weiterging, bräuchte ich fünf Monate, um den Eimer zu füllen. Schlechte Idee.

Ich machte mich auf die Suche nach einem Spezialabfallbehälter für Hundekacke. Die standen in jedem Wäldchen oder Naturschutzgebiet, aber nicht in der Killen Street. Ich musste nach einem anderen Ort suchen, an dem ich Haufen finden konnte, und am besten gleich mehrere. Das war an sich nicht so schwierig. In einem Tierheim gab es jede Menge Hunde, die dort rumsaßen und kackten. Aber wie fand ich heraus, wo das nächste Tierheim war? Mein Smartphone lag im Abwasserkanal und mein Computer stand zu Hause. Ein Internetcafé war auch nirgends zu entdecken.

Aber ein Hotel!

Ich lief zur Bushaltestelle zurück. Oder genauer: zum

White Hart Hotel. Zum Glück hatten sie Internet und einen steinalten PC für laptoplose Gäste. Er stand in der Lobby neben einem Getränkeautomaten. Gegen Bezahlung durfte ich ihn nutzen und über Google fand ich eine Tierheimadresse in der Nähe. Danach ging ich zu Google Maps und gab die Adresse ein, die auf meinem Brief stand. Der Ort, an dem ich meinen Auftrag erledigen sollte, lag in einer vollkommen anderen Welt. Baytree war als Wohngegend für Stinkreiche bekannt. Wie passend ...

Unterwegs zum Tierheim hatte ich mir eine neue Ausrede einfallen lassen. Ich war mir nicht sicher, ob Leute, die Hunde pflegten, Kunst mit Kacke wertschätzen konnten, aber mit Natur und Umwelt waren sie bestimmt gut vertraut.

»Wofür brauchst du die?«, fragte das blonde Mädchen, das mich an den Zwingern entlangführte. Große und kleine Hunde sprangen gegen Gitterstäbe und bellten. Es war ein unglaublicher Lärm.

»Mein Vater ist Wissenschaftler und untersucht neue Möglichkeiten für umweltfreundliche Energien!«, rief ich. »Er ist auf Tierfäkalien spezialisiert und hofft, dass wir in Zukunft Energie daraus gewinnen können!«

»Autofahren mit Hundekacke?« Sie brach in Lachen aus. Dann wies sie mit einem Kopfnicken zu einem Plastikcontainer hinüber. »Dort werfen wir sie hinein, bis sie abgeholt werden. Wenn du eine frische Ladung brauchst, kannst du auch noch auf der Spielwiese schauen!«

Ich lieh mir eine Schaufel, um eine Ladung Kacke vom Container in meinen Eimer zu befördern. Zum Glück hatten die meisten Hunde das Bellen endlich eingestellt.

»Hast du vielleicht zufällig auch noch einen Deckel?«,

fragte ich und wedelte mit der Hand vor meiner Nase. »Ich fürchte, sonst darf ich nicht in den Bus.«

»Nein«, sagte sie. »Aber ein Stück Plastik und Klebeband. Damit kannst du den Kram auch luftdicht verschließen.«

Es war halb sieben, als ich in Baytree ankam. Bei einer Tankstelle kaufte ich zwei vorverpackte Sandwiches mit Curryhühnchen und eine Dose Cola. Der spindeldürre Mann an der Kasse steckte die Einkäufe in eine Plastiktüte. Ich knüpfte sie an meinen Rucksackträger und fragte: »Wissen Sie zufällig, wo die Orchid Road ist?«

Er zeichnete die Strecke auf die Rückseite meines Kassenbons und sagte, zu Fuß seien es fünf Minuten. Wahrscheinlich war er so ein Irrer, der drei Mal pro Woche durch die Gegend joggt, denn ich brauchte fast eine Viertelstunde dafür.

Die Orchid Road war grün und sauber; frei stehende Häuser inmitten von Rasen, der aussah wie die Bespannung von Billardtischen. Hausnummern konnte ich nirgends entdecken, aber jede Wohnung trug einen Namen, COLLINS HOME, PEACH PLACE. Manchmal stand er auf einem kleinen Schild, manchmal an der Fassade und mal an der Tür. Meiner Anweisung nach musste ich zu *Orchid House*.

Es war ein moderner Bungalow aus Naturstein und Holz. Der Name stand auf dem Briefkasten, der aus demselben Holz war wie das Haus. Der Garten bestand aus einem Rasen, einigen zu Kugeln geschnittenen Sträuchern und einer wie mit dem Lineal gezogenen Hecke.

Ich prüfte, ob mich auch niemand beobachtete. Dann schoss ich über das frisch gemähte Gras zur Rückseite der Hecke und spähte über die Blätterwand zum Fenster. Im Wohnzimmer saß eine Frau und sah fern. Auf ihrem Schoß lag ein formloser schwarzer Haufen. Erst als der seinen Kopf hob, sah ich, dass es sich um einen Hund handelte.

Ich stellte den Eimer hin und legte den Rucksack ab. Mein Magen knurrte, also aß ich die Sandwiches, während ich versuchte, die Frau zu hypnotisieren: Es ist Samstagabend, geh doch aus – Kino, Kneipe, mir egal. Sie blieb sitzen, wo sie war. Ich leerte meine Coladose und entfernte mich ein paar Meter zum Pissen. Dann lief ich wieder zurück und ...

Ich sah sie nicht mehr!

Der Fernseher war aus. War die Frau nur in ein anderes Zimmer gegangen oder wirklich weg? Ich hatte kein Auto wegfahren hören.

Moment, da ging die Tür auf!

Ich starrte so angestrengt, dass meine Augen anfingen zu tränen. Die Frau kam mit dem Hund hinaus. Sie trug Sportschuhe, eine Fahrradhose und ein ärmelloses Hemd. Um ihren Hals hing eine Hundeleine. Sie schloss die Haustür. Der Hund sprang um ihre Beine, bis sie ihn anleinte. Dann rannten sie zusammen auf die Straße.

Was sollte ich machen? Wie lange blieben sie weg? Und wie lange würde ich brauchen?

Warum stehst du da noch herum?, würde mein Vater fragen. Ergreif deine Chance!

Eine unsichtbare Hand schob mich zur Haustür. Es war, als schaute ich mir selbst verblüfft dabei zu. Ich würde das wirklich machen!

Der Schlüssel aus dem Umschlag passte. Ich drehte ihn im Schloss und betrat das Haus.

Die Diele war hell und geräumig, in der Mitte war eine Treppe. Auf der rechten Seite war das Wohnzimmer, zur Linken lag die Küche – dort musste ich hin.

Die weißen Wände waren makellos, genau wie die weißen Schränke, die weißen Wandfliesen und der weiß geflieste Boden. Jetzt noch ein Eisbär und man hätte meinen können, hier sei der Nordpol. Ich stellte mir vor, wie der Raum wohl nach Durchführung meines Auftrags aussähe. Ein größerer Kontrast war kaum denkbar.

An der Kühlschranktür hingen kleine Magnete: ein Päckchen Milch, eine Waage, eine Minischale mit Eiern, ein winziger Schneebesen und ein Messbecher. Hinter dem Milchpäckchen-Magneten klemmte ein Foto des schwarzen Hundes. Ich steckte den Magneten mit der Waage in meine Tasche und klemmte stattdessen die Waage aus dem Umschlag an den Kühlschrank. Keine Ahnung, weshalb, aber so wollten es die Entführer.

Und jetzt Beeilung!

Ich Trottel! In all meiner Nervosität hatte ich den Eimer hinter der Hecke stehen lassen.

Ich lief zur Haustür zurück, als ein Alarm losging. Na ja, ich dachte wenigstens, es sei ein Alarm, und bekam fast einen Herzstillstand, aber es war das Telefon.

»Das ist der Anrufbeantworter von Lisa Thomson«, erklang es. »Ich bin gerade nicht zu Hause, aber nach dem Piep könnt ihr eine Nachricht hinterlassen. Ich rufe dann zurück.«

Ich wartete gespannt auf den Piep. Da begann ein Mann zu sprechen. »Hi, Schätzchen. Phillip hier. Es hat geklappt. Tisch um halb neun. Ich hole dich um Viertel nach acht ab.«

Perfekt! Ich schickte ein kleines Dankeschön zum Telefon, ging hinaus und verschloss die Haustür sorgfältig. Dann hockte ich mich wieder hinter die Hecke und dachte nach. Warum hatten die Entführer gerade Orchid House ausgewählt? Wegen der schneeweißen Küche für den besten Effekt? Wenn sie darauf abfuhren, waren sie noch gestörter, als ich sowieso schon dachte. Oder ging es nicht um die Küche, sondern um Lisa Thomson? Dann musste sie jemand wirklich ganz furchtbar hassen. Am liebsten wäre ich aufgestanden und weggerannt. Aber als um zehn nach acht eine hochglanzpolierte Spitfire vorfuhr, saß ich immer noch da. Phillip war ein kleiner Mann mit Lockenkopf. Die Frau hatte ihre Sportschuhe gegen Stilettos ausgetauscht. Sie stieg ins Auto und der Wagen brauste davon.

Zwei Minuten später stand ich wieder in der Diele. Diesmal mit Eimer und ich war weniger nervös als beim ersten Mal. Essen gehen dauerte stundenlang, also hatte ich alle Zeit der Welt. Niemand würde mich während meines Auftrags stören können.

Dachte ich.

Als ich aber die Küchentür öffnete, stürmte ein haariges Monster auf mich zu.

Der Hund! Aus der Entfernung hatte er ganz nett gewirkt, aber offenbar war er eine Art Jack Swift in Hundegestalt. Na ja, auf St. Michael nennt man ihn Jack Swift – ich meine den einen Typen, den es auf jeder Schule gibt, vor dem immer alle Angst haben oder ihn zumindest mit Vorsicht genießen.

Der Hund verbiss sich in meinem Hosenbein.

»Weg!« Ich legte all meine Überzeugungskraft in meine Stimme.

Er zerrte nur noch fester am Stoff.

»Aus«, versuchte ich dann, während ich den Eimer auf der Anrichte in Sicherheit brachte. Und danach: »Sitz« und »Platz« und »Körbchen«.

Er hatte eindeutig nicht aufgepasst in der Hundeschule.

Mit meinem freien Bein gab ich ihm einen leichten Tritt, aber auch das beeindruckte ihn wenig. Dritter Versuch: Wegschieben. Das schien kurzfristig von Erfolg gekrönt, denn er ließ los, aber nur, um nach mir schnappen zu können. Kaum hatte ich meine Finger wieder zurückgezogen, hing das Vieh wieder an meiner Hose.

Ein Leckerchen! Bestimmt lag im Kühlschrank etwas, womit ich ihn locken konnte.

Es ist nicht einfach voranzukommen, während ein lebendiger Pacman an einem hängt. Der Hund knurrte und zerrte weiter, bis wir am Kühlschrank waren. Mein Blick huschte über die Fächer. Milch, Weißwein, Käse, der nach Schweißfüßen roch, und *fois gras,* Gänseleber! Meine Mutter hatte mir einmal erzählt, wie man die herstellt. Man steckt einer Gans einen Trichter in den Hals und pumpt Nahrung mit besonders vielen Kalorien hinein. Und das nur, damit die Leber schnell groß und fett wird. Die reinste Tierquälerei also.

Ich hatte kein Mitleid mehr mit der Frau, die hier wohnte. Diese teure Gänseleber war wunderbar für den Hund. Als ich sie ihm hinhielt, ließ er sofort mein Hosenbein los. Ich rannte über die Diele ins Wohnzimmer. Er kam hinter mir her und wedelte sogar mit dem Schwanz – und da behaupten die Leute immer, Hunde seien so treue Tiere, haha! Sobald ich die Gänseleber auf den Boden warf, stürzte er sich darauf. Ich machte mich davon und schloss die Wohnzimmertür. Dann konnte ich endlich ungestört loslegen.

Trotz des Plastiks war die Hundekacke aus dem Eimer schon ein wenig angetrocknet. Außerdem bezweifelte ich, dass sie reichte. Sicherheitshalber stellte ich den Eimer unter den Wasserhahn, füllte etwas Wasser dazu und rührte mit einem Holzlöffel, bis das Ganze zum Brei wurde. Der Gestank war überwältigend, ich fiel fast um. Sie hätten nicht nur für Handschuhe, sondern auch für eine Gasmaske sorgen sollen.

Ich schaute mich um. Das Einzige, was entfernt an eine Gasmaske erinnerte, war ein Handtuch. Ich faltete es und band es mir vor Mund und Nase, wie ein Bankräuber im Wilden Westen.

Nein, ich roch es immer noch. Ekelhafte, übelkeiterregende Hundekacke.

Das Handtuch durfte zurück an seinen Haken. Dann stopfte ich mir Papier von einer Küchenrolle in die Nasenlöcher. Im Spiegel sah es witzig aus, aber mir wurde ganz komisch und ich musste mich zwingen, durch den Mund zu atmen.

Be brave. Du machst das hier für Papa.

Mit meiner Latexhand schöpfte ich ein wenig Kacke aus dem Eimer und schmierte sie an einen Küchenschrank. Falsche Technik. Es lief und tropfte gleich auf den Boden.

Vielleicht, wenn ich weiter oben anfing? Ich zog einen braunen Strich auf den oberen Teil der Schranktür. Ja, jetzt blieb genügend Matsch hängen. Zweiter Schrank.

Ich arbeitete zügig weiter, bis der gesamte Küchenblock von einem braunen, stinkenden Schleier überzogen war. Danach waren die Wandfliesen, die Wände und schließlich auch der Boden an der Reihe. Trotz meiner Sneaker fühlte ich mich verdreckt. Als stünde ich mit nackten Füßen in einem Abfluss. Warum wollten die Entführer so etwas? Es gab doch irgendwie normalere Methoden, wenn man sich rächen wollte?

Würgend machte ich weiter, bis alles aufgebraucht war. Dann streifte ich die Latexhandschuhe ab und warf sie zusammen mit dem Plastik und dem Klebeband in den Eimer. Ich seifte meine Hände und Unterarme ein und wusch sie unter dem Wasserhahn. Einseifen. Waschen. Einseifen. Waschen. Ich klatschte mir eiskaltes Wasser ins Gesicht.

Der Hund im Wohnzimmer jaulte. Plötzlich wollte ich nur noch blitzschnell aus der Küche und hinterließ schmutzige Fußabdrücke in der Diele.

Haustür auf. In den Garten. Frische Luft.

Hinter der Hecke lag mein Rucksack. Ich hängte ihn mir über die Schulter. In der Plastiktüte von der Tankstelle war nur noch Müll. Weil ich keine Spuren hinterlassen wollte, steckte ich sie in den Eimer, bevor ich auf die Straße trat.

Schlendertempo. Niemand durfte misstrauisch werden.

Aber nach ein paar Hundert Metern begann ich doch zu rennen. Bei einem Haus, das umgebaut wurde, stand ein Container. Im Riesenbogen warf ich den Eimer hinein. Um die Ecke war eine Bushaltestelle. Ich nahm die Linie 14 zur John Street.

11

Blue moon

Ich stand lange unter der Dusche und verbrauchte eine halbe Flasche Duschzeug. Obwohl ich unmöglich noch nach Hundekacke riechen konnte, blieb der Gestank in meiner Nase hängen. In der Perückenzeit benutzten die Leute Parfüm, um ihren ranzigen Körpergeruch zu übertünchen – ich versuchte es mit Papas billigem Aftershave.

Ich schlang mir das Handtuch um die Taille und ging ins Schlafzimmer. Mein Rucksack lag auf dem Bett. Ich schlug die Klappe zurück, löste die Verschnürung, steckte meine Hand hinein und tastete nach einem sauberen T-Shirt.

Ich fühlte keinen Stoff, sondern Papier.

Mein Herzschlag beschleunigte sich. Ich konnte mich nicht erinnern, am Mittag etwas aus Papier in meinen Rucksack gesteckt zu haben. Ich zerrte es heraus.

Wieder so ein brauner Umschlag! Wie kam der hierher?

Vielleicht war jemand im Appartement?

Ich ließ das Handtuch auf den Boden fallen, streifte schnell meine Boxershorts über und setzte meine Brille auf. Mein Blick schweifte umher auf der Suche nach einem Gegenstand, mit dem ich mich verteidigen könnte. Weder im Schlafzimmer noch im Bad stand etwas Schweres. Die Flasche mit dem Duschzeug kam noch am ehesten infrage. Ich umklammerte den Flaschenhals und betrat das kleine Wohnzimmer.

Keiner da.

Ich ging weiter in die Diele und erschreckte mich vor Papas Jacke, die an der Garderobe hing. Trottel. Ich lachte meine Angst weg. Stell dich nicht an, dachte ich. Die Sicherheitskette liegt noch vor. Entführer schweben nicht durch verschlossene Türen.

Während ich mir mit der Unterseite der Flasche leicht an die Stirn tippte, ging ich ins Schlafzimmer zurück.

Natürlich! Killen Street! So musste es gewesen sein. Der Umschlag war gleichzeitig mit der Taschenlampe gebracht worden – nur hatten sie ihn nicht auf den Eimer gelegt, sondern in meinen Rucksack gesteckt, damit ich ihn nicht sofort entdeckte.

Obwohl ich die Entführer hasste, empfand ich doch auch so etwas wie Bewunderung. Offensichtlich hatten sie einkalkuliert, dass ich am Abend vielleicht nicht zu Hause schlafen würde. Kein Kontakt über Computer? Dann eben einen Briefumschlag. Und ich hatte ihn die ganze Zeit bei mir getragen, ohne es zu wissen.

Ich zog meine Jogginghose und ein sauberes Shirt an. Dann setzte ich mich mit einer eiskalten Dose Cola aufs Sofa.

Ich zweifelte nicht daran, dass sich Auftrag Nr. 2 in dem Umschlag befinden würde. Ich hätte ihn natürlich erst morgen finden sollen – einen Auftrag pro Tag, hatten sie gesagt. Aber es kam gar nicht infrage, den Umschlag noch eine Nacht zuzulassen. Ich würde mich ständig fragen, was wohl darin stand, und kein Auge zumachen. Ich trank einen Schluck Cola, ratschte den Umschlag auf, nahm erneut einen Schluck Cola und richtete ein Stoßgebet zur Decke. Dann zog ich den Brief aus dem Umschlag.

SCHAU IN DEN DRITTEN KÜCHENSCHRANK.

Auf den ersten Blick war der Text nicht wirklich beunruhigend. Im Küchenschrank standen Töpfe und Teller und so, keine Dinge, die einen nervös machen sollten. Aber das wurde ich trotzdem.

Die Entführer wussten, dass ich hier war. Es sei denn, bei meiner Mutter läge auch etwas im dritten Küchenschrank, aber das schien mir nicht wahrscheinlich.

Wenn tatsächlich etwas in Papas Schrank lag, waren die Entführer also doch in seinem Appartement gewesen. Ich hatte keine Einbruchsspuren gesehen. Wahrscheinlich hatten sie Papa die Schlüssel weggenommen. Sofort fühlte ich mich wieder unsicher. Noch einen Schluck Cola. Dann ging ich mit weichen Knien zum Küchenschrank.

Drittes Schränkchen von links. Ich öffnete es. Teller, Schalen, ein Sandwich-Toaster ... Keine verdächtigen Gegenstände.

Dritter Schrank von rechts. *Bull's eye.* Zwischen den Töpfen aus rostfreiem Edelstahl stand eine Plastiktute, die nicht dorthin gehörte. Ich hob sie vorsichtig an. Wer weiß, was für fieses Zeug darin steckte! Bei Entführern, die eine Küche mit Scheiße beschmieren ließen, musste man auf alles gefasst sein.

Aber manchmal hat man Glück. Die Tüte enthielt vier ungefährliche Sprühdosen mit Farbe. Darunter fand ich auch noch einen Stadtplan mit unzähligen Kreuzchen, also tatsächlich Auftrag 2.

Er schien mir leichter als der erste und um einiges weniger schmierig, aber er würde viel Zeit brauchen. Ich beschloss, nicht bis zum nächsten Tag zu warten. Bei

Tageslicht war die Wahrscheinlichkeit, erwischt zu werden, viel größer.

Meine schwarze Jogginghose behielt ich an, aber mein weißes Shirt tauschte ich gegen ein schwarzes, etwas zu großes Exemplar von Papa. Tarnkleidung. Ich räumte meinen Rucksack aus, damit ich für die Sprühdosen und die Taschenlampe Platz hatte.

Den Stadtplan legte ich ausgeklappt aufs Bett. Wie kam ich möglichst geschickt und schnell an allen 27 Kreuzchen vorbei? Ich legte meine Strecke fest und markierte sie mit Leuchtstift, von Woodsferd Square bis Bread Street.

Die Buchstaben wurden immer kleiner, meine Augen auch. Der vergangene Tag war eine Achterbahn gewesen. Und damit meine ich keine schöne Drei-Minuten-Fahrt mit einem Looping und einem Korkenzieher, sondern Kopfstand in endloser Wiederholung, bis einem so schlecht ist, dass man fast kotzen muss.

Ich legte meine Brille auf das Nachtschränkchen und schob den Stadtplan vom Bett. Einen Moment hinlegen. Nur ganz kurz ...

Die Sirene eines Krankenwagens riss mich aus dem Schlaf. Ich wusste nicht gleich, wo ich war, bis ich die Leuchtziffern von Papas Wecker entdeckte.

Elf Uhr schon und ich hatte noch nicht einmal angefangen mit meinem Auftrag!

Ich richtete mich auf. Im Zimmer war es drückend. Meine Nase war verstopft und ich hatte Kopfschmerzen. Ich ging zur Küche, drehte den Wasserhahn auf und klatschte mir händeweise eiskaltes Wasser ins Gesicht. In der Schublade fand ich einen Streifen Paracetamol. Ich nahm zwei Tabletten und schüttete noch ein Glas Wasser hinterher. Rucksack auf, Brille auf. Den Stadtplan klemmte ich mir hinten in den Gummibund meiner Jogginghose. Vorläufig brauchte ich ihn noch nicht. Ich wusste, wie ich zum Woodsferd Square kam.

Draußen war es noch immer drückend warm. Der Rucksack klebte an meinem feuchten Rücken und die Sprühdosen klirrten leise. Eigentlich waren es 27 Aufträge, die ich heute Nacht auszuführen hatte. Trotzdem musste ich sie in 12 Stunden erledigen. Ich fragte mich, wie die Entführer das dieses Mal wohl überprüfen würden. Hatte vielleicht jemand mit der Stoppuhr vor der Tür gestanden, als ich herausgekommen war?

Sofort überfiel mich das Gefühl, verfolgt zu werden. Aber als ich mich umdrehte, sah ich niemanden. Oder doch? Dahinten, hinter dem geparkten Bus!

Ich überquerte die Straße und blieb vor dem Schaufenster eines Taschengeschäfts stehen. Die einzige Spiegelung, die ich sah, stammte von mir selbst und einer Straßenlaterne.

Aber da kam tatsächlich ein Mann! Ohne den Kopf zu bewegen, verfolgte ich ihn mit dem Blick.

Falscher Alarm. Er betrat ein Haus.

Ich holte tief Luft und ging schnell weiter. Der kürzeste Weg führte links durch eine unbeleuchtete Gasse hinunter. Das bläuliche Mondlicht spendete mir Licht. Auf dem Pflaster klangen meine Schritte hohl. Ich erschrak vor meinem eigenen Schatten und lief schneller. In der Ferne heulte ein Hund. Trotz der Hitze bekam ich Gänsehaut. Über meinem Kopf trieben ein paar Wolken. Die dickste von ihnen schob sich vor den Mond und löschte das Licht.

Augenblicklich überschlugen sich meine Gedanken. Kein Mensch wusste, wo ich war, und ein Smartphone hatte ich auch nicht mehr. Wenn mir jetzt etwas passierte, konnte ich niemanden erreichen.

Ich rannte fast, während ich versuchte, meine Angst in den Griff zu bekommen. Unterdessen schob ich meinen Rucksack mit klammen Händen vom Rücken auf den Bauch. Aufmachen, Taschenlampe rausholen!

Es war schon nicht mehr nötig, die Gasse war zu Ende. Ich bog um die Ecke und stand sicher und unversehrt auf Woodsferd Square.

Sofort hatte ich viel weniger Angst. Es gab Straßenlaternen und Fußgänger, die mich hören würden, wenn ich um Hilfe rief. Auf der linken Hälfte des Platzes waren hauptsächlich Pubs und Restaurants. Ich musste zum rechten Teil, wo hinter einem Holzzaun ein Bürogebäude umgebaut wurde. Keiner interessierte sich für mich. Weiter hinten liefen Leute, aber hier war es vollkommen ruhig. Ich nahm eine Sprühdose aus meinem Rucksack, schüttelte sie und fing an.

Die ersten Worte waren noch ein wenig zittrig, aber schnell wurde es besser. Manchmal musste ich eine kurze Pause einlegen, weil jemand vorbeikam, und knipste schnell meine Taschenlampe aus. Die Spaziergänger schauten zum Glück selten zum Bauzaun hinüber und schon gar nicht zu mir – im Schatten der Bäume fiel ich mit meiner schwarzen Kleidung auch kaum auf.

Mein zweites Ziel war die Fassade eines Eckhauses in Glenn Close. Auch dort konnte ich ungestört arbeiten, bis der letzte Buchstabe auf der Wand stand. Kaum hatte ich meine Sprühdose wieder verstaut, hielt ein Taxi neben mir. Ein Mann stieg aus, so eilig, dass er fast über seine

Füße stolperte, was ihn noch wütender machte, als er sowieso schon war.

»Du Dreckskerl! Ist das dein Werk? Ich rufe die Polizei!« Seine laute Stimme hallte zwischen den Häusern und irgendwo öffnete sich ein Fenster. Dieselbe Finsternis, die mir vorhin noch Angst eingejagt hatte, war jetzt meine Rettung. Ein paar Schritte und ich war im Dunkel verschwunden.

Stundenlang lief ich durch die Stadt, von einer Adresse zur nächsten. Ich schrieb immer denselben Satz, in verschiedenen Farben und an allerlei Stellen. Mit jedem Buchstaben wuchs mein Selbstbewusstsein. Bis ich bei der Mauer von Greswood Park zugange war und plötzlich eine Männerstimme in mein Ohr brüllte: »Mensch, Junge!«

Ich ließ vor Schreck die Sprühdose fallen.

»Schlechtes Gewissen?« Er trug eine Baseballkappe, den Schirm so tief nach unten gezogen, dass ich sein Gesicht kaum sehen konnte. Nur seine riesige Nase ließ sich nicht verbergen. »Weißt du, wie viele Leute täglich zur Erholung hierherkommen? Mit deinem Geschmiere hast du ihren schönen Park versaut!«

Ich wünschte, ich hätte auch eine Kappe auf. Es war zwar Nacht, aber der Mann stand gefährlich nah.

Er hob die Sprühdose auf und steckte sie in seine Tasche. »Lass deine Pfoten von anderer Leute Sachen.«

Hallo? Was machte er selbst denn gerade?

»Das ist meine Sprühdose!«, sagte ich empört.

»Jetzt nicht mehr.« Er bewegte seinen Kopf ein wenig zur Seite.

Ich wusste sofort, worauf er lauerte. Dort stand mein Rucksack mit den restlichen Sprühdosen. Und ohne die ...

Es war, als würden wir beide gleichzeitig von einem Katapult abgeschossen, aber ich war eine Sekunde schneller und ich hatte eine Taschenlampe. Ich schnappte ihm den Rucksack vor der großen Nase weg und schlug ihm mit der Taschenlampe auf die ausgestreckte Hand, die er mit einem Schmerzensschrei zurückzog.

»Lass lieber deine Pfoten von anderer Leute Sachen!«, rief ich, während ich in den Park flüchtete.

Meine Genugtuung währte nur kurz. Die Nase kam hinter mir her, ich hörte seine Schritte auf dem Asphalt – lauter und lauter. Ich musste mir schnell etwas ausdenken, bevor er mich einholte. Die Taschenlampe! Sobald wir uns außerhalb der Reichweite der Laternen befänden, wäre ich klar im Vorteil. Zumindest hoffte ich das.

Ich schwenkte nach rechts, verließ den beleuchteten Weg und lief durch ein paar Sträucher. Ich leuchtete auf den Boden, damit ich nicht aus Versehen in eine Kuhle oder Ähnliches treten würde. Die Nase verfolgte mich immer noch. Durch den Lichtschein der Lampe konnte er sehen, wo ich war, aber zum Glück sah er nicht, wo er selbst lief. Er stolperte über Wurzeln und Äste und musste sich immer wieder aufrappeln, wodurch er viel langsamer vorankam als ich. Sobald der Abstand groß genug war, kauerte ich mich hinter ein paar Büsche und knipste die Lampe aus.

Um mich herum wurde es sofort pechschwarz. Ich sah nur noch den Asphaltweg etwas weiter hinten, die Umrisse einer Bank unter einer Laterne und kurz darauf die Nase, die dorthin humpelte. Er hatte die Verfolgung aufgegeben, setzte sich kurz, klopfte sich den Schmutz von der Hose, schaute sich noch einmal um und zog dann ab.

Ich wartete fünf Minuten, zehn Minuten. Meine Brust

hob und senkte sich und der Schweiß prickelte in meinem Nacken. Ich war völlig erledigt, aber wenigstens hatte ich meinen Rucksack noch. Ich schnallte ihn um, schaltete die Taschenlampe ein und lief zum Weg zurück. Der Mann ließ sich nicht mehr blicken. Ich verließ den Park und ging zur Mauer zurück. Die Nase schien tatsächlich verschwunden, aber ich war nicht beruhigt und schaute mich immer wieder um, während ich so schnell wie möglich das Wort SCHWEIN auf die Mauer sprühte.

Fertig! Noch dreizehn Stück.

Es dauerte einen Moment, bevor ich mich wieder sicher fühlte und die Routine zurückkehrte. Ich schmierte den Satz auf die Überdachung am Boulevard, auf Wände und Schaufensterscheiben, in den verlassenen Warteraum des Busbahnhofs, auf eine Fischhütte und ich weiß schon nicht mehr, wo sonst noch. Manchmal ging es schnell. Auch an Stellen, wo ich eigentlich Probleme erwartete – von ein paar alkoholisierten Jugendlichen erntete ich sogar Applaus. Restaurants durfte ich erst nach Ladenschluss beschmieren. Dann saß ich auf einer Bank oder einem Mauerchen und wartete, bis drinnen die Lichter erloschen, während ich mir Sorgen um meinen Vater machte.

Es wurde vier und fünf Uhr, aber es wollte nicht hell werden. Meinem Gefühl nach war ich schon ein ganzes Jahr wach und konnte jeden Moment zusammenbrechen. Ich trank ein wenig Wasser aus dem Trinkbrunnen bei einer öffentlichen Toilette und schaute zum letzten Mal auf den Stadtplan.

Los. Noch ein einziges Kreuzchen, dann konnte ich nach Hause.

Wie ein Schlafwandler trottete ich weiter. Bread Street

war eine ruhige Straße, deren zweistöckige Backsteinbauten gut erhalten waren. Sie endete in einem Kreisel, der von Betrieben und Büros umbaut war. Das Gebäude von *The Building Group* war groß und weiß. Außer an der Vorderseite. Genau an der Stelle, die für meinen Text gedacht war, hatte schon ein anderer ein *Piece* angebracht.

12

Hurt

Es war ein Porträt im Andy-Warhol-Stil: ein Männerkopf mit gelben Haaren und roten Schläfen, die in einem violetten Kinn ausliefen. Es war erst seit Kurzem auf der Wand, ich konnte die Farbe noch riechen. Pech für den Macher – sein Piece würde einen schnellen Tod sterben.

Auf Betriebsgeländen patrouillierten manchmal Nachtwächter, also drehte ich sicherheitshalber eine Runde um das Gebäude. Auf allen Fenstern und Türen klebten Sticker von Redcare, woraus ich schloss, dass sie eine Alarmanlage hatten, aber keine Wachleute. Wenn überhaupt Gefahr drohte, dann kam sie über den Kreisel, und Autos hörte und sah man schon von Weitem. Kurzum: Kategorie leichter Job.

In der einen Hand die Taschenlampe und in der anderen eine Sprühdose mit schwarzer Farbe, machte ich mich konzentriert an die Arbeit. Ich zeichnete ein großes S, quer über das Porträt hinweg, dann ein T und da passierte es.

Jemand trat mein Handgelenk mittendurch. Nicht wirklich natürlich, aber so fühlte es sich an. Ich glaube, ich habe geschrien. Der Schmerz war so gewaltig, dass ich fast in Ohnmacht fiel. Die Sprühdose schoss mir aus der Hand – ich sah sie gerade noch durch die Luft fliegen, bevor ich mit hundert Kilometer Geschwindigkeit auf den Boden geschmettert wurde. Die Taschenlampe knallte auf den Bürgersteig. Mein Rückgrat wurde aufs Pflaster gedrückt und mein Atem aus der Lunge gepresst.

Jemand hockte auf mir! Ich spürte ihn mehr, als dass ich ihn sah, denn ich wurde von einem grellen Licht geblendet, das von seiner Stirn strahlte. Außerirdische gibt es nicht, aber wenn es sie gäbe, dann wäre das bestimmt einer – er sah ihnen zumindest verdächtig ähnlich.

Ich versuchte, ihn von mir zu schieben, aber das ging nicht. Der Tritt von eben hatte mein Handgelenk in einen feuchten Bierdeckel verwandelt und mit meinem linken Arm war ich einfach nicht geschickt genug. Mein Gegner hielt ihn fest, als wäre es ein Streichhölzchen, und drückte ihn zu Boden, wobei er sich so weit vornüberbeugte, dass er mit seinem Oberkörper fast mein Gesicht berührte und ...

Fuck! Es war kein Er, sondern eine Sie, denn sie hatte Brüste, und nicht gerade welche von der kleinen Sorte! Ich hatte mich von einem Mädchen überrumpeln lassen!

»Lass mich los!«, knurrte ich, während ich versuchte, die Blamage zu überwinden.

»Wenn du ruhig liegen bleibst.« Ihre Stimme war tief und gebieterisch. Offenbar ging sie davon aus, dass ich gehorchte, denn sie richtete sich wieder auf. Darüber war ich froh. Es ist nicht leicht, sich zu unterhalten, wenn einem alles Mögliche über dem Kopf hängt.

»Was willst du von mir?«, fragte ich.

»Dafür sorgen, dass du mein Piece nicht weiter zerstörst.« Sie wandte ihr Gesicht dem Gemälde an der Wand zu. Das Licht kam nicht wirklich aus ihrer Stirn. Sie trug eine Stirnlampe.

»*Du* hast dieses Porträt gemacht?«, fragte ich.

»Mein Piece, sagte ich doch?«, zischte sie in einem Ton, als wäre ich ein dummer Schüler, der nicht aufgepasst hat. »Welches dieser beiden Wörter verstehst du nicht?«

»Ich verstehe *dich* nicht. Du kommst einfach auf mich zu und brichst mir das Handgelenk.«

Sie zerquetschte mich fast wieder mit ihren Brüsten, nahm mein Handgelenk und fühlte daran.

»Höchstens verstaucht«, sagte sie. »Bist du immer so wehleidig?«

»Bist du immer so brutal?«

»Du hast es nicht anders gewollt. Graffitikünstler sprühen nicht über das Werk eines anderen, das ist ein ungeschriebenes Gesetz.«

»Ich bin kein Graffitikünstler. Und würdest du jetzt mal von mir runtergehen, bevor ich ersticke?«

Wieder leuchtete sie mir mit dieser blöden Lampe ins Gesicht.

»Wenn du dich ruhig verhältst.«

»Ich? Du hast mich angefallen, nicht umgekehrt.«

Sie grinste. Dann stand sie auf und streckte mir eine Hand entgegen. Ich schlug sie aus, rückte meine Brille gerade und rappelte mich auf. Die Taschenlampe brannte noch. Ich hob sie vom Bürgersteig und richtete sie auf meine Angreiferin.

Ich schätzte sie auf etwa neunzehn. Sie war größer als ich und ziemlich kräftig gebaut. Es gibt dünne Frauen mit Hintern wie Stoßstangen, aber bei diesem großen Mädchen war alles perfekt proportioniert. Sie trug eine Trainingshose und ein weißes Hemdchen mit Spaghettiträgern. Am Hals hatte sie ein kleines violettes Schmetterlingstattoo.

»Es ist unhöflich, Menschen so ungeniert anzustarren«, sagte sie.

»Es ist noch unhöflicher, sie einfach auf den Boden zu werfen.« Ich schaltete die Taschenlampe aus. »Wo kamst du übrigens so plötzlich her? Ich habe mich erst gut umgeschaut, aber da war niemand und ...«

Ein Glucksen stieg aus ihrer Kehle auf. Ich war sicher, dass sie mich auslachte.

»Ich verstehe nicht, was daran witzig ist«, sagte ich pikiert. »Oder wirst du vielleicht gern erwischt?«

»Natürlich nicht. Aber die Vorstellung, man *könnte* vielleicht geschnappt werden, gibt einem ja schon einen Kick.«

»Einen Kick?« Ich ließ meinen Zeigefinger an meiner Schläfe kreiseln.

»Du kannst auch zu Hause bleiben und die Wände deines Zimmers anstreichen.« Sie knipste ihre Stirnlampe aus und nahm sie ab. »Aber dann fehlt dir dieser Adrenalinkick, der alles verschärft.«

Sie hatte keine Ahnung, was sie da sagte. Mir saß schon den ganzen Tag eine Ladung Adrenalin im Nacken und daran war nun wirklich nichts Spaßiges. Ein Horrorfilm, ja, der konnte spannend und witzig zugleich sein. Aber einen Film konnte man abschalten und die Wirklichkeit nicht.

»Warum gehst du dann frühmorgens, wenn fast keiner auf der Straße ist?«, fragte ich.

»Frühaufsteher vermutlich?« Sie wühlte mit der Hand durch ihre dichten schwarzen Haare. Die Spitzen waren violett gefärbt.

Ich hob meine Sprühdose auf. Sie hatte wie ich eine Delle abbekommen.

»An der Seitenwand kannst du dich ruhig ausleben«, sagte sie.

Ich war nicht an Seitenwänden interessiert. Alle 27 Orte waren in meinem Auftrag ganz klar beschrieben worden. Der Text musste auf *dieser* Wand stehen und auf keiner anderen. Nur dann hatte ich den Test bestanden und Papa vorläufig wieder gerettet. Ich machte einen Schritt auf das Porträt zu.

»Vergiss es«, sagte sie.

Ich schaute mir an, wie sie da stand. Lara Croft, aber mit mehr Volumen, als hätte jemand sie aufgepumpt. Ich hatte nicht den geringsten Zweifel, dass sie mich erneut gnadenlos ausschalten würde.

Einer der Sprüche meines Vaters fiel mir ein: Wer nicht stark ist, muss schlau sein. Oder reich, denn dann kannst du einen Bodyguard anheuern.

Ich räusperte mich. »Können wir da nichts dran machen? Zum Beispiel, dass ich dir Geld gebe, wenn ich meine Botschaft über dein Piece sprühen darf?«

»Botschaft?« Sie grinste. »Lass mich raten: Jesus liebt dich! Stoppt die Fuchsjagd!«

Haha.

»Wie viel willst du?«, fragte ich.

Sie überlegte kurz. »Hundert.«

Sie biss an!

»Fünfzig«, sagte ich.

»Fünfundsiebzig.«

»Deal. Ich muss nur schnell an den Geldautomaten.«

»Lass stecken.« Sie wischte sich den Schweiß vom Nacken. »Du glaubst doch nicht im Ernst, dass ich mir mein Meisterwerk ruinieren lasse? Ich wollte nur wissen, wie weit du gehen würdest.«

Zicke!

Mit kochender Lava in den Adern steckte ich die Sprühdose und die Taschenlampe in meinen Rucksack. Ich würde weggehen und wiederkommen, wenn sie nach Hause gegangen war – etwas Besseres fiel mir jetzt nicht ein.

»Wo gehst du hin?«

Ich hängte mir den Rucksack über die Schulter und ließ sie so kalt und gelassen wie möglich stehen. Als ich zehn Häuser entfernt war, begann sie zu rufen. »Warte! Ich habe dich doch nur ein bisschen ärgern wollen.«

Sure. Und wenn ich mich umdrehte, würde sie mich nur wieder auslachen.

Schnell setzte ich meinen Weg fort. Über meinem Kopf hing ein riesiger Wattebausch aus dunklen Wolken.

»Sechzig!«, rief sie. »Sechzig Pfund und ich helfe dir dabei.«

Meine Schritte wurden kürzer.

»Ich schwöre!«

Wenn sie es ehrlich meint, bist du gleich fertig, flüsterte eine Stimme in meinem Kopf.

Ich war so erschöpft, dass ich ihr nicht widerstehen konnte.

»Sorry«, sagte sie. »Wegen vorhin.«

»Es tut immer noch weh, wenn ich es bewege.«

»Dein Handgelenk? Das ist deine eigene Schuld.« Sie tippte gegen meine Schulter, als würde ich mich davon besser fühlen. »Ich meine, dass es mir leidtut, dass ich dich auf den Arm genommen habe. War nur ein blöder Scherz.«

»Ziemlich.«

»Ich helfe dir, es wiedergutzumachen. Was soll auf der Wand stehen?«

Ich sagte es auf wie einen Kinderreim: »Stadtrat Walters ist ein Lügner, ein Profitjäger und ein Schwein.«

»Also doch kein Weltverbesserer.« Sie tat, als würde sie sich Schweißtropfen von der Stirn wischen. »Puh!«

Ich stellte meinen Rucksack ab und zog die Sprühdose wieder hervor.

»Was hat dir dieser Walters getan?«, fragte sie.

»Nichts.«

»Warum schreibst du dann den Text an die Wand?«

»Nur so.« Mein verletztes Handgelenk mochte kein Schütteln. Ich nahm die Dose in die linke Hand.

»Gib mal her«, sagte sie plötzlich scheißfreundlich.

»Aber den Text schreibe ich selbst.« Sonst zählte es vielleicht nicht.

»Soll ich dir dann leuchten?«

Ich fand es reichlich komisch, dass sie plötzlich so zuvorkommend tat, denn solche Tricks kannte ich von Jack Swift aus meiner Klasse. Erst blies er dem dicken Brian so lange Zucker in den Hintern, bis der ihm vertraute, und dann schlug er zu. Hefte ins Klo stecken, ein Foto von Brians Eltern auf Facebook ...

Während ich die Buchstaben auf die Wand sprühte, fing sie doch wieder an, Fragen zu stellen.

»Warum darf ich es nicht wissen?«

»Was?«

»Warum du das machst.«

Ich war bei dem G von Lügner und brauchte meine ganze Konzentration.

»So etwas schreibt man nicht einfach so«, bohrte sie weiter.

»Es ist ein Auftrag«, sagte ich dann doch, damit sie aufhörte zu nerven. »Ich darf mit niemandem darüber reden.«

»Aber mit mir doch bestimmt? Ich kann prima die Klappe halten.«

Meine Batterie war leer. Sogar meine Ohren waren hundemüde.

»Dann mach das doch mal!«, schnauzte ich.

Ich war fertig. Die Wand schrie einen geradezu an, in so großen Buchstaben, dass kein Autofahrer im Kreisel den Text verpassen würde.

»Geld holen«, sagte ich.

Sie zeigte mit dem Finger. »In der Richtung ist ein Automat.«

Schweigend gingen wir nebeneinander.

»Was für eine Hitze«, sagte sie. »Nicht mehr normal.«

Aus den Augenwinkeln warf ich einen Blick auf ihr klammes Hemdchen.

»Du starrst mir auf den Busen«, sagte sie.

Ich wurde knallrot. »Sorry.«

»Gefällt er dir?«

Ich sehnte mich nach dem Mittelalter oder zumindest nach einer Zeit lange vor dem Feminismus, als Frauen noch nicht so seltsame Fragen stellen durften.

»Leg fünfzehn Pfund drauf und du darfst ihn sehen.«

Ich verschluckte mich fast. Die war wirklich gut gestört. Glaubte sie, das gäbe wieder einen Adrenalin-Kick, oder was?

»Nein, vielen Dank«, knurrte ich.

Sie lachte auf. »Du glaubst doch nicht wirklich, dass ich das täte? Das war nur ein Scherz!«

Schon wieder? Ich hatte noch nie jemanden mit einem so seltsamen Humor getroffen.

»Ich heiße übrigens Jules«, sagte sie. »Und du?«

»Elvis.«

»Elvis the Pelvis, der mit dem sexy Hüftschwung! Den hab ich auch mal gesprüht.« Sie blies eine verirrte Haarsträhne weg. »Wie fandest du mein Piece eigentlich? Bevor du es unbedingt versauen musstest?«

»Ging so.«

»Das war auch ein Auftrag.«

Trotz meiner Müdigkeit wurde ich hellhörig. »Wieso?«

»Für die Schule«, sagte sie. »Ich bin auf der Kunstakademie.«

So ein Auftrag also. Ich wusste nicht, ob ich erleichtert oder enttäuscht sein sollte. »Auch blöd. Welche Schule unterstützt schon, dass du das Gesetz übertrittst?«

Sie grinste. »Keine einzige. Das habe ich mir selbst ausgedacht. Wenn ich ein Piece entwerfe, will ich es auch ansprühen.«

»Dahinten ist die Bank.« Ich schob meine Hand in die Tasche meiner Jogginghose.

Kein Geldbeutel. Ich hatte ihn in meiner Jeans stecken lassen.

»Ist was?«, fragte Jules.

»Ich fürchte, meine Bankkarte liegt zu Hause.«

Sie kniff ihre Augen zu Schlitzen zusammen.

Ich streckte die Arme in die Luft. »Willst du mich durchsuchen?«

»Nicht nötig. Ich begleite dich.«

Wohlgemerkt, sie hatte mich angegriffen. Ich war wirklich nicht scharf darauf, dass sie wusste, wo ich wohnte. Na ja, wo mein Vater wohnte.

»Ich bin schon die ganze Nacht auf«, sagte ich. »Können wir uns nicht heute Mittag irgendwo treffen? Dann bringe ich dir das Geld.«

»Sehe ich so dumm aus?«, fragte sie.

In der Ferne grollte es. Am liebsten hätte ich mich auf den Bürgersteig gelegt und geschlafen.

»Wir sollten uns lieber beeilen«, sagte Jules mit einem Blick zum pechschwarzen Himmel.

13

When it rains, it really pours

Wir waren gerade in die John Street eingebogen, als es zu regnen anfing. Und nicht nur ein paar Tropfen. Der Himmel hatte alle Schleusentore geöffnet und innerhalb von drei Sekunden waren wir beide völlig durchweicht. Ich hoffte nur, dass Graffitifarbe platzregenfest war.

»Hier ist es!«, rief ich, als wir das Appartement meines Vaters erreicht hatten. Ich öffnete und ging voraus.

»Was sage ich deinen Eltern?«, fragte sie im Treppenhaus.

»Die sind nicht da.« Ich versuchte, die Tropfen von meiner Brille zu schütteln.

Kaum waren wir oben, ertönte ein gewaltiger Donner. Ich steckte den Schlüssel ins Schloss. »Warte kurz hier. Dann hole ich meine Bankkarte.«

»Hast du vielleicht auch ein Handtuch? Ich bin ziemlich ...«

Weiße Hemdchen werden durchsichtig, wenn sie klatschnass sind. Und nicht nur ein wenig durchscheinend, wie die Kleider der Kellnerinnen im Vegas. Jules trug keinen BH und ich sah ihre Brüste, mitsamt Warzen und allem. Natürlich habe ich schon öfter mal Brüste gesehen, in Filmen und auf Fotos und so – an denen von Rose habe ich sogar mal fühlen dürfen, die Hand unter ihrem Pulli, denn sie wollte nicht, dass ich sie auch noch anschaute –, aber ich habe noch nie Brüste aus so großer Nähe erlebt, dass man sie atmen hören konnte.

»... nass«, sagte sie.

Ich trat schnell in die Diele. »Mache ich.«

In dem kleinen Appartement herrschte immer noch eine Bullenhitze. Ich holte ein Handtuch aus dem Schrank im Schlafzimmer und brachte es Jules. Sie trocknete Haare, Gesicht und Schultern. Das Hemdchen blieb nass und durchsichtig. Nur ein unsensibler Scheißkerl würde sie so auf die Straße schicken.

»Willst du vielleicht ein trockenes Shirt?«, fragte ich.

»Wenn das ginge.«

Ich wollte gerade wieder hineingehen, als hinter Jules die Tür von Willy Wonkas Wohnung aufging. Im Nachthemd und auf Pantoffeln kam Wonka heraus. Sie trug eine Tupperdose.

»Ich weiß, es ist noch früh«, sagte sie. »Aber ich war schon auf und hörte euch reden.«

Jules schlug das Handtuch um sich.

»Muffins«. Wonka reichte mir die Dose und versuchte dabei, über meine Schulter in die Diele zu spähen. »Ich wollte sie gestern Nachmittag schon abgeben, aber dein Vater war nicht zu Hause.«

»Ich bin ganz verrückt nach Muffins«, sagte Jules.

Wonka zeigte ihr Kaninchenlächeln. »Ist das deine Freundin, Elvis?«

Ich murmelte etwas, das als Ja oder Nein hätte durchgehen können, hielt die Dose ein Stückchen höher und sagte: »Danke schön!«

Wonka verstand wohl nicht, dass das Gespräch beendet war. Oder sie wollte es nicht verstehen.

»Du weißt, dass du die Reserveschlüssel noch hast?«,

sagte sie. »Es geht mich ja nichts an, aber Reserveschlüssel funktionieren nur, wenn sie an ihrem festen Platz liegen. Ich meine, nachher brauchst du sie wieder und dann ...«

»Jaja, ich versteh schon«, sagte ich schnell. »Ich bringe sie so bald wie möglich zurück.«

Blöderweise trödelte Wonka immer noch herum. Gleich würde sie noch fragen, weshalb ich Jules mit einem Handtuch im Treppenhaus stehen ließ. Ich steckte schon weit genug in der Scheiße. Eine neugierige Nachbarin brauchte ich wirklich nicht auch noch, also legte ich meine Hand auf Jules' nassen Rücken und schob sie in die kleine Diele. Dann ging ich auch hinein, sagte »Tschüss, Miss Suthers« zu Wonka und zog die Tür zu.

»Die sind himmlisch«, sagte Jules, als sie einen Bissen von ihrem Muffin genommen hatte. »Ich wünschte, ich hätte auch so eine Nachbarin.«

»Mein Vater und ich nennen sie nicht umsonst Willy Wonka. Der Tortenladen unten gehört ihr.«

»Mhm.« Jules aß weiter und schaute sich dabei ungeniert um.

»Suchst du was?«, fragte ich.

Sie tippte mit dem Nagel auf die DVD von *13 Tzameti*, die auf dem Beistelltisch lag. »Heftiger Film. Hast du ihn schon gesehen?«

Ich schüttelte den Kopf.

»Fängt lahm an, aber der Schluss haut dich total um. Den musst du dir echt anschauen.«

Aber nicht jetzt.

Jules nahm ihren zweiten Muffin in Angriff und ging ins Schlafzimmer. Ich trottete hinterher.

»Harte Matratze«, sagte sie, während sie mit der Hand die Federung testete.

Ich war so erledigt, dass ich meine Kiefer nicht mehr auseinanderbrachte, und setzte mich kurz aufs Bett ...

Der Geruch von gebratenem Speck weckte mich. Papa machte uns immer Eier mit Bacon, wenn ich bei ihm übernachtete, also dachte ich sofort: Er ist wieder da! *Wishful thinking,* das war mir auch klar, aber der Gedanke war so stark, dass ich mit eigenen Augen sehen musste, ob es wirklich eine Illusion war. Ich nahm meine Brille vom Nachtschränkchen, schob sie mir auf die Nase und ging in die Küche.

Die Esstheke war gedeckt: zwei Platzdeckchen, Teller, Becher, Besteck, ein Körbchen mit Toast und ein Glas Marmelade. Am Herd stand jemand in Papas T-Shirt. Nicht Papa, sondern Jules.

»Guten Morgen«, sagte sie. »Oder besser: Mittag.«

Ich schaute auf meine Uhr und erschrak. Drei Uhr! Papa war entführt worden und ich pennte stundenlang, als wäre es die normalste Sache der Welt.

»Hättest du mich nicht wecken können?«, murrte ich.

»Relax. Du hast es wohl gebraucht.« Sie ließ den Frühstücksspeck und die Eier aus der Pfanne auf einen Teller rutschen. »Na los, setz dich. Ich habe mich nicht umsonst so angestrengt.«

Ich zog den Barhocker zurück und gehorchte. Mein Handgelenk war zwar blau, aber weniger empfindlich, als ich erwartet hatte.

»Warum bist du nicht nach Hause gegangen?«, fragte ich und angelte mir eine Scheibe Toast aus dem Körbchen.

»Und sechzig Pfund sausen lassen? Echt nicht.« Sie schenkte Tee ein und setzte sich mir gegenüber. »Außerdem gab es ein Unwetter. Ich hatte keine Lust, noch einmal klatschnass zu werden, also habe ich deinem Schnarchen zugehört, bis ich auch endlich eingeschlafen bin.«

Ich nahm einen Bissen und plötzlich bekam ich einen Bärenhunger. Jules spielte mit ihrem Telefon, während ich fünf Scheiben Toast vertilgte.

»Wie oft hast du den Text über Walters noch auf eine Wand gesprüht?«, fragte sie auf einmal.

»Siebenundzwanzig Mal. Wieso?«

Sie legte ihr Blackberry neben meinen Teller. »Du hast es jedenfalls in die Lokalpresse geschafft.«

Ich las die Nachrichten auf dem Display. Daneben war ein Foto des beschmierten Hauses in Glenn Close und darunter: *M.C. Pierre erwischte Täter auf frischer Tat. »Leider kann ich ihn nicht beschreiben. Er trug dunkle Kleidung und verschwand, bevor ich ihn richtig sehen konnte.«*

»Du bist fein raus«, sagte Jules. »Solange ich die Klappe halte, kommt niemand dahinter.«

Was meinte sie denn damit schon wieder? Wollte sie jetzt vielleicht auch noch Schweigegeld?

Ich nahm den letzten Toast und bestrich ihn mit Orangenmarmelade. »Wissen deine Eltern eigentlich, dass du hier bist?«

Zum zigsten Mal lachte sie mich aus. Allmählich gewöhnte ich mich daran.

»Ich wohne nicht mehr zu Hause«, sagte sie. »Und das Mädchen, mit dem ich mir das Zimmer teile, bleibt auch hin und wieder eine Nacht weg. Wahrscheinlich glaubt sie, ich habe bei einem Typen geschlafen.«

Sie sprach das Wort »geschlafen« so aus, dass ich rot wurde.

»Das stimmt ja auch.« Jules lachte. »Nur lag ich auf dem Sofa und du im Bett. Plötzlich warst du weg. Als ich dir die Schuhe auszog und deine Brille absetzte, hast du noch kurz gestöhnt, aber danach hast du auf nichts mehr reagiert.«

Sie hatte mir wie eine Mutter die Schuhe ausgezogen und die Brille abgesetzt. Fast wünschte ich, wir hätten ganz normal Sex gehabt. Dann dachte ich an Talisha. Was würde sie sagen, wenn sie hörte, dass Jules die Nacht hier verbracht hatte? Sie durfte es nie erfahren!

Ich spülte den letzten Bissen Toast mit einem Schluck Tee hinunter. »Komm, holen wir das Geld. Dann kannst du nach Hause gehen.«

Es regnete nicht mehr, aber die Temperatur war deutlich gesunken. Die Haare an meinen Armen stellten sich auf. Jules hatte offensichtlich kein Problem damit. Weil ihr Hemdchen noch feucht war, hatte sie Papas Shirt angelassen. Auf der Brust – oder in Jules Fall: auf ihren Brüsten – stand die Marke eines bekannten Jeansfabrikanten, nur war LEVI'S buchstabiert wie ELVI'S.

»Ich schicke es dir«, sagte sie, als sie meinen Blick bemerkte. »Oder ich kann es abgeben, wenn ich mal in der Nähe bin.«

»Behalte es ruhig. Shirts ohne Ende.«

Sie strich über das rote Emblem. »Finde ich durchaus witzig, wenn man Shirts mit dem eigenen Namen drauf kaufen kann.«

»Ja, reizend.«

»Warum ziehst du es dann an?«

»Tu ich ja nicht. Das Shirt gehört meinem Vater.«

»Aha, deswegen heißt du Elvis. Kannst du auch so gut singen?«

Diese Frage hatte man mir schon tausendfach gestellt. Ich tat, als müsste ich gähnen.

Sie hielt sich die Faust wie ein Mikrofon vor den Mund. *»It's now or never ...«*, sang sie. Prompt wanderte die Faust zu mir.

»No way«, sagte ich. »Und wenn du mir eine Pistole an die Schläfe hältst.«

Sie verzog den Mund und ließ die Hand sinken. »Ist deine Mutter auch Fan?«

»Früher ja. Aber da war sie ja auch noch ganz verrückt nach meinem Vater.«

»Oh, dann wohnst du sicher bei deiner Mutter?«

»Sie hätten dich nicht Jules, sondern Sherlock nennen sollen.«

»Nur eine Frage des logischen Denkens«, sagte sie. »In der Wohnung gab es nur ein Schlafzimmer. Bisschen wenig für drei Leute.«

»Das Appartement gehört meinem Vater. Wenn ich bei ihm übernachte, schläft er auf dem Sofa.«

»Kommst du gut mit ihm klar?«

»Ja, ganz okay.«

»Das klingt nicht so richtig begeistert. Liebst du ihn?«

»Wer liebt seinen Vater nicht?«

»Nein, im Ernst.«

Pfff, darüber hatte ich noch nie so richtig nachgedacht. »Ich hänge jedenfalls ziemlich an ihm.«

Sie kicherte. »Wir haben zu Hause einen alten, stinkenden Labrador. An dem hänge ich auch ziemlich.«

»Mit einem alten Hund kannst du kein Billard spielen oder ins Kino gehen.«

»Unternehmt ihr viel zusammen?«

Ich nickte. »Mein Vater ist eigentlich mehr ein Freund als ein Vater.«

»Und deine Mutter?«

»Die macht sich immer Sorgen, dass ich zu spät nach Hause komme und so.«

Jules grinste. »So sind Mütter.«

»Deine auch?«, fragte ich.

»Da ist der Geldautomat.«

Ich bezahlte Jules – drei Wochen Putzen für nichts – und wir verabschiedeten uns.

»Vielleicht sehen wir uns ja mal wieder«, sagte sie und nahm meine rechte Hand.

»Nicht schütteln!«, rief ich.

»Ach ja.« Sie grinste, ließ mich los und ging davon.

Ich hatte Erleichterung erwartet, aber plötzlich drückte mir die Einsamkeit wie ein bleischwerer Rucksack auf die Schultern.

14

I gotta know

An Papas Wohnungstür hing kein Umschlag und im Briefkasten fand ich nur ein Reklameblättchen. Auch drinnen lag kein Brief für mich bereit. Offensichtlich hielten sich die Entführer an die Vereinbarung mit dem einen Auftrag pro Tag. Den von heute hatte ich ja schon in der Nacht durchgeführt.

Ich räumte die Esstheke ab, spülte das Geschirr und dachte dabei nach.

Dass sie sich an ihre Vereinbarungen hielten, war ein Gedanke, der zugleich beruhigte und nervös machte.

Die Aufträge wirkten allesamt wie Racheaktionen.

Opfer A: Die Frau von Orchid House, und B: Ratsmitglied Walters.

Warum gerade diese beiden?

Es musste einen Zusammenhang mit den Entführern geben und möglicherweise auch mit meinem Vater.

Ich brauchte einen Computer!

Kurz darauf klingelte ich bei Wonka, die leere Tupperdose unterm Arm.

»Vielen Dank«, sagte ich, »sie waren köstlich.«

»Nichts zu danken, Schätzchen.« Sie beugte sich vertraulich nach vorne.

»Nette Freundin hast du da, aber bist du auch vorsichtig? Mädchen sind meistens ein bisschen weiter in ihrer Entwicklung und sie sieht schon ziemlich erwachsen aus.«

Ich traute meinen Ohren nicht. Was ging die das denn an?

»Die Reserveschlüssel.« Ich legte sie auf den Deckel und rannte die Treppe hinunter.

»Tschüss Elvis!«, rief sie mir nach.

»Tschüss, Miss ...«, und danach lautlos: »Nervensäge.«

Um an meinen Computer zu können, musste ich erst am Torwächter vorbei.

»Sieht man dich auch mal wieder?«, sagte sie.

»Ja, Mama.« Ich küsste sie auf die Wange. »Ich finde es auch schön, dich zu sehen. Es war ein toller Wettkampf und ich soll dich von Papa grüßen.« Damit war meiner Ansicht nach alles gesagt, was sie hören wollte.

»Was ist denn mit deinem Handgelenk passiert?«

Ach ja. »Gestoßen. Halb so schlimm.« Ich ging schon mal Richtung Diele, damit sie nicht weiterfragte. »Bin noch kurz oben.«

In meinem Posteingang waren zwei neue Mails.

Die erste kam von den Zwillingen. Ob ich mein Smartphone vielleicht absichtlich ausgeschaltet hätte?

Die zweite war von Talisha. Augenblicklich summte mein Herz wie eine dicke Hummel in meiner Brust herum. WILLST DU DEINE KARTE NOCH?, schrieb sie. ICH KANN SIE SCHICKEN ODER WIR TREFFEN UNS EINE VIERTELSTUNDE VOR ANFANG BEI LOW.

Ich antwortete sofort, dass ich zu Low käme. Das Konzert von *The Comet Cowboys* war Samstag und dann wären alle Probleme Vergangenheit. Wenn ich Talisha alles erklärte, wäre sie bestimmt nicht mehr böse auf mich. Ich sah uns schon zusammen vor der Bühne stehen, mein Lieblingssong *My Girl* würde gespielt und das wäre dann in Zukunft unser Lied …

Ich pfiff mich zurück. Mit Tagträumen würde ich nichts erreichen. Ich ging zu Google und gab RATSMITGLIED WALTERS ein.

Unter der Überschrift »Neuigkeiten« fand ich vor allem Berichte zu meiner Nacht-und-Nebel-Aktion. Ich las Walters' persönliche Reaktion: *»In meiner Position ist es unmöglich, alle zufriedenzustellen, manchmal bin ich gezwungen, Entscheidungen zu treffen, die für bestimmte Gruppen weniger angenehm sind, und Menschen, die das Gefühl haben, zu kurz gekommen zu sein, können leider ziemlich heftig reagieren. Ich erhalte regelmäßig Hassmails und Drohbriefe. Das ist im Prinzip dasselbe, nur, dass jetzt die ganze Stadt mitlesen kann.«* Ich übersprang den restlichen Artikel und ging sofort zu den letzten Sätzen. *Die Eigentümer der mit Graffitti beschmierten Fassaden sind selbstverständlich auch nicht gerade begeistert. Der Sachschaden ist ganz erheblich. Die Polizei sucht daher auch mit Hochdruck nach Zeugen.*

Ich dachte an die drei Sprühdosen, die ich bei meinem Vater im Küchenmülleimer hinterlassen hatte. Dorthin kam zum Glück keine Polizei. Und bis auf zwei Personen hatte mich keiner wirklich gut gesehen. Vor Jules hatte ich noch am wenigsten Angst. Es schien mir ein ebenso ungeschriebenes Gesetz unter Graffitikünstlern, sich nie gegenseitig zu verraten. Aber der Typ, der beim Greswood Park meine Dose geklaut hatte …

Nicht dran denken. Das hatte eh keinen Sinn. Ich sollte mich jetzt lieber auf Walters konzentrieren.

Ich suchte weiter nach etwas älteren Artikeln.

Walters war verheiratet und hatte drei Kinder. Auf den Fotos war er in immer gleicher Pose zu sehen: breit lachend, als hätte er gerade einen Preis gewonnen. Er eröffnete Gebäude, stieß mit einem Glas auf die Projektentwickler an und sein Leben war anscheinend eine einzige Erfolgsgeschichte.

Dann fand ich einen Artikel über das Bauprojekt Mill Hill. Walters hatte mit The Building Group einen Deal geschlossen ...

Das Gebäude am Verkehrskreisel! Die Entführer hatten mich einen Text auf die Fassade von The Building Group setzen lassen.

Aufgeregt tippte ich MILL HILL in die Suchmaschine.

Das war ein Villenviertel, wie sich herausstellte. Teure, weiße Häuser mit Blick aufs Meer. Der Bau hatte eine Weile brachgelegen, weil P & C Crawford Construction behauptet hatte, es sei unlauterer Wettbewerb im Spiel. *»Wir hatten sogar schon über Preise gesprochen, als plötzlich die Building Group ins Spiel kam«*, so ein Wortführer des Unternehmens. *»Angeblich mit einem besseren Angebot. Besser für einen Profitjäger wie Walters, ja. Aber nicht besser für die Stadt.«*

Profitjäger ... Vielleicht war ich da auf etwas gestoßen!

Ich googelte weiter. Aufgrund der Anschuldigungen von P & C Crawford Construction war eine Untersuchung in Gang gesetzt worden, aber niemand hatte eine Interessenverflechtung oder Schmiergelder nachweisen können, weswegen die Bautätigkeiten wieder aufgenommen worden waren.

Ich suchte nach Fakten zu P & C Crawford Construction. Es war ein Familienunternehmen. Patrick Crawford war der Vater, Carl sein Sohn. Sollte einer von ihnen etwas mit meinem Auftrag zu tun haben und damit auch mit der Entführung meines Vaters? Und wie passte die Frau von Orchid House dann in die Geschichte? Ich hatte ihren Namen auf dem Anrufbeantworter gehört. Es hatte wie Johnson geklungen, aber ein wenig anders. Lisa ... Lisa ... Thomson, das war es!

Dieses Mal ergab meine Suchaktion wenig. Nur eine Facebookseite mit dem schwarzen Hund als Profilfoto. Ich schaute mir ihre 241 Freunde an, aber es waren keine Bekannten darunter. Lisa war Farbberaterin und Personal Shopper. Ich klickte den Link zu ihrer Website an: LISA, FÜR IHRE PERSÖNLICHE UND BERUFLICHE BERATUNG – dahinter eine Telefonnummer und eine Mailadresse. Ich notierte beide.

Dann rief meine Mutter mich zum Essen.

Wir schauten fern, aber meine Gedanken wanderten immer wieder zu Papa. Wo hielten sie ihn wohl gefangen? In einer Besenkammer auf hartem Boden? Oder schlief er auf einer Matratze oder sogar in einem Bett? Hatten sie ihn gefesselt oder nur die Tür abgeschlossen? Wenn er bloß nicht einen auf starken Mann machen oder irgendwelche Dreistigkeiten von sich geben würde. Darin war er ziemlich gut. Vor allem, wenn er getrunken hatte. Und das kam recht häufig vor, denn für Papa sind Wettschulden eine ziemlich gute Entschuldigung, sich zu besaufen.

»Ist was?«, fragte meine Mutter.

Wahrscheinlich nicht. Die Entführer würden Papa keinen Alkohol verabreichen

»Einfach ein wenig müde«, sagte ich.

»Dein Vater hat dich sicher wieder viel zu lange aufbleiben lassen?«

Ich konnte es nicht ausstehen, wenn sie so über ihn redete. Vor allem jetzt nicht.

»Mama, ich bin sechzehn. Wenn ich zu spät im Bett liege, bin ich selbst schuld.« Ich gähnte übertrieben. »Ich glaube übrigens, ich sollte jetzt auch mal schlafen gehen.«

Als meine Mutter eine Stunde später ins Bett ging, war ich immer noch wach. Und das blieb auch so. Jede halbe und volle Stunde hörte ich die Kirchenuhr schlagen. Unterdessen grübelte ich über den Auftrag nach, den ich am nächsten Tag bekommen würde, und beschloss, P&C Crawford Construction einen Besuch abzustatten. Ich dachte an Jules im T-Shirt meines Vaters und fantasierte über Talisha, bis ich von einem Geräusch draußen aufschreckte und dahinterkam, dass ich doch geschlafen hatte.

Ich checkte sofort meinen Computer. Ja, ich hatte eine neue Nachricht!

Auftrag 3.

Ich öffnete die Anlage und begann zu lesen.

»No way«, sagte ich. »Das könnt ihr nicht von mir verlangen.«

Sobald die Entführer meine Stimme hörten, kam eine Reaktion.

DEIN VATER ODER ER

»Ich bin kein Mörder!«, sagte ich verzweifelt.

Da schickten sie mir wieder ein Foto. Mein Vater mit *The Times* vom 28. Juli. Jemand hielt ihm den Lauf einer Pistole an die Schläfe.

»Okay«, flüsterte ich. »Ich mach's.«

15

Dirty, dirty feeling

Was für ein krankes Hirn«, murmelte meine Mutter über der Zeitung. »In Baytree hat ein Einbrecher gestern eine Küche mit Hundekacke vollgeschmiert.«

Das Messer rutschte mir aus der Hand. Ich bückte mich und hob es auf.

Wenn sie erst wüsste, wie mein Folgeauftrag lautete ...

Meine Mutter ging zur Arbeit. Ich schaltete das Radio ein, um die Stille zu verscheuchen, und räumte den Frühstückstisch ab. Leider brachte mich nicht mal die Musik von *Fliptrix* in bessere Stimmung. Die ganze Zeit hatte ich das Gefühl, verdorbenes Fleisch gegessen zu haben. Jetzt schon – dabei hatte ich nicht einmal angefangen. Und dann musste der Mord auch noch bei Tageslicht geschehen, denn ich hatte nur 12 Stunden. Ich schloss die Spülmaschinentür und drehte dem Radio den Saft ab. Dann zog ich meine Jacke über und ging auf die Straße.

Es regnete. Auch das noch.

Es gibt die Elmore Road und die Elmore Lane. Die Straßen verlaufen parallel zueinander und tragen die gleichen Namen, aber ansonsten sind sie grundverschieden. In den Lanes ist alles größer, geräumiger und besser. In den Roads sind die Häuser dicht nebeneinandergebaut und die Bürgersteige schmal. Nur die Hintergärten sind tief, was buchstäblich für viel Abstand zwischen den Bewohnern von Lane und Road sorgt – und das war kein Versehen, meint meine Makler-Mutter. Den Mord sollte ich in der Elmore Road begehen, bei Nummer 48. Ich schlenderte an besagtem Haus vorbei und spähte dabei durchs Fenster. Ich bemerkte kein Zeichen von Leben, aber es waren Sommerferien, also konnte durchaus noch jemand im Bett liegen. Ich klingelte, überquerte schnell die Straße und kauerte mich hinter ein Auto. Dreißig Sekunden, vierzig Sekunden ...

Die Haustür blieb zu.

Meine Mutter macht nie die Tür auf, bevor sie nicht angezogen und geschminkt ist. Es könnte ja ein Fernsehteam von irgendeinem Darf-ich-mal-kurz-bei-dir-reinkommen-Programm auf dem Bürgersteig stehen. Also spähte ich nach oben, meine Hand wie ein Vordach gegen die Regentropfen vor meine Augen gelegt. Die Vorhänge waren zur Seite geschoben und die Zimmer wirkten verlassen.

Über einen schmalen Pfad ging ich zur Rückseite des Hauses. Auch dort sah ich keine Frauen in Morgenmänteln hinter den Schlafzimmerfenstern. Da wagte ich davon auszugehen, dass wirklich keiner zu Hause war.

Hintenraus brauchte ich vor neugierigen Nachbarn keine Angst zu haben. Die Bewohner von Elmore Lane hatten ihre Gärten mit so hohen Hecken abgeschirmt, dass man sich auf eine Küchenleiter stellen musste, um darüberschauen zu können. Außer einer Fahnenstange ohne Fahne sah ich nichts. Immer, wenn der Wind die Fahnenschnur gegen das Metall schlug, tickte es, was mir ziemlich auf die Nerven ging.

Ich fasste an das Tor von Nummer 48, aber es war verschlossen. Also musste ich klettern. Ich hängte mich an die Außenseite und stützte mich mit den Füßen am Holz ab. Es war glatt wie eine Eisbahn. Mit gewaltiger Kraftanstrengung zog ich mich hoch, bis ich mit dem Oberkörper über der Kante hing. Dann schwang ich ein Bein übers Tor und das andere hinterher, etwas zu schnell, wodurch ich mehr fiel als sprang. Meine Beine protestierten und ich rutschte zur Seite, mit der Hüfte auf den Boden. Einen Moment sah ich mich da liegen – nicht gerade ein kaltblütiger Mörder – und schaute mich schnell um. Leerer Garten, keine alarmierten Nachbarn und neben dem Tor war ein Schuppen mit einem Hühnerstall.

Ich rieb mir den Knöchel und stand auf. Meine Haare waren mittlerweile so nass, dass mir das Wasser ins Genick tropfte. Mit einem Ruck zog ich den Reißverschluss meiner Jacke noch ein Stückchen höher und umrundete dann eine große Regenpfütze auf dem Weg zum Hühnerauslauf. Die Tür aus Maschendraht ließ sich leicht öffnen. Ein einziges dösiges Huhn drückte sich kläglich an den Verschlag. Ihre Artgenossen mit mehr Grips hatten sich nach drinnen verzogen. Der Auslauf lag hoch, ich brauchte mich kaum zu bücken, aber die Öffnung zum Innenbereich war auf Hühnerformat zugeschnitten und da passte ich wirklich nicht durch.

»Kommkommkomm«, versuchte ich, die Hühner und den Hahn zu locken. Als das nicht funktionierte, machte ich »Tokk-tokk-tokk«. Obwohl mich niemand sehen konnte, kam ich mir ziemlich lächerlich vor. Der zweite Lockruf half im Übrigen auch nicht, also gab ich es schnell auf. Wenn der Hahn nicht zu mir kam ...

Der Schuppen war ebenso wie das Tor verschlossen. Ich schaute unter den Blumentopf, der am nächsten stand, ob der Schlüssel zufällig darunterlag, aber nein. Dann vielleicht an einem Haken an einer unauffälligen Stelle? Auch die konnte ich nirgends entdecken. Schließlich streckte ich den Arm aus und tastete die Tür oberhalb des Rahmens ab. Na bitte!

Im Schuppen war es dunkel und es roch nach Hühnerkacke. Außer einigen Gartenwerkzeugen sah ich nur eine blaue Tonne. Bestimmt wurde dort das Hühnerfutter aufbewahrt, denn es stand eine Schütte darauf. Hinter der dünnen Zwischenwand hörte ich die Hühner scharren und leise gackern. Das schmale Türchen war mit Maschendraht bespannt. Als ich hindurchschaute, sah ich ihn. Den Hahn, den ich töten sollte, weil ein paar sadistische Entführer sich das so ausgedacht hatten. Ja, ich würde einem lebendigen Tier den Hals umdrehen oder abhacken oder ... ich versuchte, die Bilder aus meinem Kopf zu bekommen. Gleich traute ich mich gar nicht mehr.

Ich schnipste das Eisenhäkchen aus der Öse, öffnete das Türchen und betrat den Verschlag. Hühner haben offensichtlich eine Art sechsten Sinn für Gefahr. Sie flüchteten vor mir und versuchten, sich alle gleichzeitig durch die kleine Öffnung in den Auslauf zu quetschen. Die vordersten Tiere wurden fast platt gedrückt, wie es schon mal bei Festivalbesuchern passiert – bloß, dass es hier keine Sperrzäune gab.

Der Hahn beteiligte sich nicht daran. Er schlug mit den Flügeln und stellte sich schützend vor seine Hühner. Mit durchdringenden Augen sah er mich an. Die Federn an seinem Hals waren aufgeplustert.

»Sorry«, murmelte ich und streckte die Arme nach ihm aus.

Fuck! Das blöde Vieh hing mir auf einmal an den Beinen. Seine Krallen waren aus Stahl, seine Sporen scharf wie frisch geschliffene Messer. Ich war froh, dass ich eine Jeans trug, sonst hätte er mir sicher die Haut aufgerissen. Er kletterte hoch und schlug dabei so wild mit den Flügeln, dass er ein paar Federn ließ. Dann hackte er plötzlich mit dem Schnabel in mein Knie wie ein Specht in einen Baumstamm. Der Schmerz schoss mir bis in die Leiste. Ich brüllte und trat den Hahn von mir. Es interessierte mich nicht die Bohne mehr, ob ich ihm wehtun würde. Ehrlich gesagt, wollte ich nichts lieber als das! Er sollte spüren, was er mir angetan hatte, das Drecksvieh musste dran glauben!

Ganz kurz lag er auf dem Boden, ging aber sofort wieder in den Angriff über. Ich trat um mich, damit ich ihn von mir fernhalten konnte, und zog unterdessen meine Jacke aus. Der Hahn war unermüdlich, führte eine Art Kriegstanz um meine Füße auf und sprang flatternd immer höher, bis ich meine Jacke über ihn stülpte. Ein paar Sekunden verharrte er, vielleicht vor Schreck, und auf jeden Fall lange genug, um ihn mitsamt Jacke hochheben zu können.

Was jetzt? Ich wünschte, die Entführer hätten mir eine Gebrauchsanweisung zum Auftrag geliefert: Wie tötet man einen wütenden Hahn? Das Vieh begann schon wieder zu zucken und ich hatte keine Ahnung, was ich machen sollte. Seine Beine festhalten?

Schlechte Idee. Mein lädiertes Handgelenk war zu schwach und die harten Hühnerkrallen kratzten mich blutig. Ich konnte das Tier nicht mehr halten, meine Jacke rutschte zur Seite und ich sah die Oberseite der Flügel.

Es ging ganz instinktiv. Schauen, zupacken, festhalten. Plötzlich hielt ich mit einer Hand beide Schulterblätter fest und das funktionierte. Der Hahn konnte die Flügel nicht mehr bewegen und war mit einem Schlag machtlos. Er zappelte noch schwach mit den Beinen und pickte noch ein wenig mit dem Schnabel in die Luft, aber ich hielt ihn auf sicherem Abstand und schaute mich um. Die Entführer hatten nicht an eine Mordwaffe gedacht. Und ich auch nicht, sonst hätte ich von zu Hause einen Hammer oder so mitgenommen. Ich würde es mit bloßen Händen tun müssen.

Während ich all meinen Mut zusammennahm, prasselte der Regen aufs Dach und ...

War da nicht noch etwas?

»He«, klang es hinter dem Tor. »Ist da jemand?« Es war, als würde mein Herz in mein Gehirn katapultiert, und ich presste meine Hand noch fester um die Schulterblätter des Hahns. Ich ließ nicht locker und hoffte, er würde den Schnabel halten.

»Ich weiß, dass du da bist!«

Das Tor war verschlossen. Der Kerl, der dort stand, konnte nicht in den Garten kommen.

»Jetzt mach endlich auf!«

Es sei denn, er würde wie ich über das Tor klettern ...

Die Hühner gackerten und ich hatte eine Scheißangst, der Hahn könnte krähen, aber das tat er nicht. Das war so ungefähr der einzige Lichtblick. Ich wartete schweigend, während mir die Wasser- und Schweißbäche übers Gesicht rannen. Meine Hand war verkrampft und meine Schrammen brannten. Ich hatte das Gefühl, schon mindestens ein Jahr in dem Hühnerverschlag zu stehen.

»Dann eben nicht!« Er klang, als würde jemand gegen die Tür treten, und dann wurde es still, bis auf den prasselnden Regen. Ich wagte noch immer nicht, mich zu rühren. Vielleicht hielt sich der Mann absichtlich ruhig, damit ich dachte, er sei weg. Und wer war der Kerl? Jemand, der mich über das Tor hatte klettern sehen? Aber warum hatte er dann so lange gewartet, bevor er so einen Radau machte? Oder war er einfach ein Bekannter, der dachte, der Bewohner von Nummer 48 sei im Stall zugange?

Ich legte den Kopf schräg und spitzte die Ohren. Noch immer war nichts zu hören. Dann musste ich es eben drauf ankommen lassen. Ich konnte ja schlecht den Rest meines Lebens so stehen bleiben.

Es ist leichter, jemanden zu töten, der einen angreift. Meine Wut war nach all dem Herumstehen abgeflaut und der Hahn war wieder ein Tier, das auch nichts dafürkonnte.

Sorry, sorry, sorry. Ich machte eine halbe Drehung und schlingerte den Hahnenkopf so fest wie möglich gegen die Wand. Ein dumpfes »Kloing« und ich dachte, ich hörte die Knochen knacken. Mir wurde schlecht von dem Geräusch. Ich ekelte mich vor mir selbst und kniff die Augen zu.

Ich konnte nicht anders. Entweder mein Vater oder dieses Tier.

Durch die Wimpern spähte ich auf den Hahn. Sein Kopf hing schlaff zur Seite. Ich wollte schon erleichtert aufatmen, als er sich doch wieder bewegte. Fuck! Ich schluckte den Speichel in meiner Kehle herunter und holte noch einmal aus. Ich war sicher, dass ich das »Kloing« nie wieder aus meinem Kopf bekäme.

So, jetzt musste er doch tot sein. Ich legte ihn auf den Boden des Verschlags und wollte schon weglaufen, als ich seinen Fuß zucken sah. Zumindest dachte ich das. Ich hatte das Gefühl, in einem B-Thriller mitzuspielen, mit einem Opfer, das schon zehn Mal niedergestochen wurde und doch immer wieder aufsteht. Nur, dass ich in diesem Film der Mörder war ...

Ich betrat den Schuppen und ließ den Blick suchend herumwandern. Ein Hackbeil konnte ich nicht finden. Die Rosenschere war zu klein und es schien mir nicht verlockend, den Kopf mit einer Säge vom Rumpf zu trennen. Der Spaten. Hoffentlich war das Blatt scharf genug. Ich nahm ihn mit in den Verschlag und stellte mich neben den Hahn. Nie im Leben würde ich noch einmal Chicken McNuggets essen.

Dann stellte ich den Spaten auf seinen Nacken und drückte ihn mit dem Fuß hinunter. Weil ich einen Widerstand spürte, stellte ich mich auch mit dem anderen Fuß auf das Blatt. Es glitt hindurch, bis es mit einem Ticken den Boden berührte. Erst danach wagte ich einen Blick. Der Kopf war halb ab. Ich konnte ihm direkt in den Hals schauen.

Das hätte ich besser nicht getan. Ich ließ den Spaten fallen und stolperte durch den Schuppen hinaus. Dann kotzte ich mein Frühstück aus.

16

Working on the building

Ich rannte gegen den Wind über den nassen Strand. Ein Schleier aus Regentropfen bedeckte meine Brillengläser, weswegen ich manchmal danebentrat und nasse Beine bekam. Die ganze Zeit strengte ich mich unglaublich an, um nicht an tote Hähne denken zu müssen.

Typisch. Je mehr man versucht, etwas zu vergessen, desto stärker drängt es sich in den Vordergrund. Der Hahn steckte in den kreischenden Möwen, im Tosen der Brandung, in meinem Kopf. Ich schaute hoch, damit mir der kalte Regen ins Gesicht peitschte. Es tat fast weh und das sollte es auch, denn ich wollte, dass mein Hirn gefror, damit es nicht endlos dieselbe Erinnerung wiederholte.

So lief ich einfach weiter, bis ich keuchend und mit Seitenstichen den Palmera Drive erreichte. Dort setzte ich mich auf eine überdachte Bank und verbarg den Kopf in den Händen.

»Elvis?«

Eine Frau mit einer Plastikhaube über den Haaren und einer durchsichtigen Regenjacke bis über die Knie – so eine, in der ein normaler Mensch nicht mal tot gefunden werden will – setzte sich neben mich und stellte ihre Tasche auf den Schoß. Willy Wonka. Was machte die denn hier?

»Geht's denn?«, fragte sie.

Nein, ich hocke hier zum Spaß, klar?

»Du solltest hier nicht sitzen bleiben, Schätzchen. Sonst erkältest du dich noch.«

Ich zuckte die Schultern. »Ist mir doch egal.«

»Ist etwas passiert?«

Na klar, da war sie wieder, Miss Nervensäge.

Sie tupfte ihre Stirn mit einem Papiertaschentuch ab. »Du siehst aus, als hättest du eine Leiche gesehen.«

Irgendwo tief in mir erwachte ein Teufelchen.

»Hab ich auch.«

Ihr Mund klappte ein wenig auf und ging nicht mehr zu, was ziemlich komisch aussah.

»Ich habe einen Mord begangen«, sagte ich.

Sie knüllte das Papiertaschentuch zusammen. Plötzlich war ihre Stirn sorgenvoll gerunzelt und ich hätte wetten können, dass ihre Hühneraugen gerade besonders heftig zwickten.

»Mit diesen beiden Händen«, legte ich noch mal nach.

Sie schwieg einen Moment. Ich übrigens auch. Abreagieren war eins, aber wenn ich so weitermachte, würde ich die falschen Sachen sagen und Papa in Gefahr bringen.

»Du machst einen Witz?«, fragte sie voller Hoffnung.

Ich schüttelte den Kopf. »Ich habe einen Hahn umgebracht.«

»Oh.« Sie entspannte sich sofort und lächelte sogar. »Ja, das kann beim ersten Mal ziemlich traumatisch sein.«

Beim ersten Mal? Was meinte sie denn damit schon wieder? Auf meiner Netzhaut erschien ein Bild von Wonka, die auf dem kleinen Innenhof hinter dem Laden bis zu den Knien im Blut stand, während sie mit einem Messer in der Hand Hühnerhälse für ihre Hühnerpasteten durchschnitt. Das war weniger schaurig, als ich dachte.

»Ich bin auf einem Bauernhof aufgewachsen«, sagte sie. »Wenn Küken geboren wurden, sortierte man die Hähnchen aus und hielt sie getrennt von den Hühnern. Sobald sie zum ersten Mal krähten, hielt mein Vater sie für schlachtreif.« Sie reichte mir ein Papiertaschentuch – »Für deine Brille« – und fuhr fort. »Es ist nicht verkehrt, die Erfahrung zu machen, wie es ist, wenn man ein Tier töten muss. Die meisten Menschen haben den Kontakt zu der Natur völlig verloren. Sie glauben, dass Hamburger aus dem Supermarkt kommen. Dass dafür Tiere getötet werden, darüber machen sie sich kaum Gedanken. Aber wehe, wenn irgendwo ein Pinguin oder Wal angespült wird. Dann wird er für nahezu heilig erklärt. Er bekommt einen Namen und eine Rettungsaktion darf weiß der Himmel was kosten. Während in der Bio-Industrie ...«

Je länger ich Wonka zuhörte, desto weniger schlecht fühlte ich mich. Ich trocknete meine Brillengläser und dachte an die Milliarden von Hühnern, die täglich geschlachtet und verzehrt werden. Das ließ auch jeder einfach so geschehen. Schlimmer noch: die Leute, die das machten, wurden dafür bezahlt. Wenn man es so betrachtete, war dieser eine Hahn von mir eigentlich nur Peanuts. Außerdem hatte ich es für Papa getan.

Wonka war fertig mit ihrer Predigt und öffnete ihre Tasche. »Willst du einen Muffin?«

Ich schob die Brille wieder auf meine Nase. »Gern.«

Der süße Geschmack nahm die letzte Säure weg. Ich nahm mir vor, nie wieder etwas Böses über Wonka zu sagen oder auch nur zu denken.

»Ich muss gehen«, sagte sie. »Meine Schwester wartet

mit dem Tee.« Sie zeigte zu einem großen gelben Gebäude etwas weiter entfernt »Milly wohnt dahinten in der Pension. Ich besuche sie jeden Montag, wenn der Laden geschlossen ist, aber als ich dich hier so sitzen sah ...« Sie kam hoch und rieb sich über den Rücken. »Nicht, dass ich selbst keine Probleme hätte. Diese Arthrose, was? Vor allem bei Wetter wie diesem habe ich ...«

»Ich muss auch gehen«, sagte ich schnell. »Trockene Sachen anziehen.«

Meine nasse Kleidung war im Trockner und meine Jacke hing über einer Stuhllehne und tropfte noch. Ich zog ein Hemd mit langen Ärmeln und eine Jeans an und schaute aus dem Fenster. Der Regen hatte aufgehört, es schien sogar eine wässrige Sonne und ich hatte alle Zeit, P & C Crawford Construction einen Besuch abzustatten. Wie sollte ich vorgehen? Ich konnte ja schlecht fragen, ob sie etwas mit diesen Graffititexten zu tun hatten. Sie würden mich auslachen oder mich gleich vor die Tür setzen. Und wenn es tatsächlich einen Zusammenhang gab, brachte ich Papa vielleicht in Gefahr. Es sei denn, ich wäre inkognito.

In der untersten Schublade meines Schreibtischs lagen zwei alte Brillen. Ich setzte mein neues Exemplar ab und tauschte sie gegen ein altmodisches rundes Modell. Dann schmierte ich mir ein wenig Wachs in die mittlerweile getrockneten Haare und kämmte ein paar fettige Strähnen nach vorn, bis sie mir fast über den Augen hingen. Jetzt noch einen Schreibblock und einen Stift ...

»Kevin Tyler«, sagte ich zu meinem Spiegelbild. »Angenehm.«

Das Büro von P & C Crawford Construction befand sich in einer ehemaligen Textilfabrik. Ich kam ohne Probleme hinein und meldete mich am Empfang. »Mein Name ist Kevin Tyler. Ich würde gern Patrick oder Carl Crawford sprechen.«

Die farbige Rezeptionistin trug acht Ringe an ihren Fingern und zwei in den Ohren. »Hast du einen Termin?«

»Das nicht, aber ... Es ist wirklich sehr wichtig.«

Sie lächelte nachsichtig. »Ich schaue mal, ob Herr Crawford Zeit für dich hat.« Sie griff zum Telefon und drückte eine Taste. »Hier steht ein Junge namens Kevin Tyler. Er möchte dich gern sprechen.« Sie machte hm-hm, nickte und hielt die Hand über die Muschel. »Herr Crawford möchte wissen, um was es geht.«

»Das kann ich nur ihm sagen.«

»Er will es nicht sagen«, gab sie weiter. Ihre Augen unter blau bemalten Lidern musterten mich von Kopf bis Fuß. »Nein, er sieht nicht aus wie ein Journalist.« Sie nickte. »Okay.« Sobald sie den Hörer aufgelegt hatte, nickte sie auch mir zu. »Du hast Glück. Herr Crawford ist heute ausgesprochen guter Laune.«

Wegen meiner Graffititexte natürlich. Er genoss es, dass ich Walters vor der ganzen Stadt lächerlich gemacht hatte.

»Du musst ganz durchgehen.« Sie wies mir mit ihrem rot lackierten Finger den Weg. »An der Garderobe vorbei. Zweite Tür rechts. Es ist ein Namensschild dran.«

Ich murmelte ein Dankeschön und durchquerte die große Empfangshalle. An den Wänden hingen Fotos von Baustellen und von bereits fertiggestellten Gebäuden. Ich erkannte die Stadtbibliothek und einen Bürokomplex. An der zweiten Tür rechts hing tatsächlich ein Schild: P. CRAWFORD. Ich würde also den Vater treffen. Mit verkrampften Schultern klopfte ich an.

»Ja.«

Ich trat ein und lächelte, wie ich dachte, dass jemand lächelte, der Kevin hieß und ein lächerlich altmodisches Brillengestell trug. »Herr Crawford, wie nett, dass Sie mich empfangen möchten.«

Er stutzte. »Wie alt bist du? Sechzehn? Weshalb hat meine Sekretärin dich durchgelassen?«

Das wurde nichts. Ich wollte schon fast wieder umdrehen.

»Na ja, wenn du schon mal hier bist.« Er zeigte auf einen Stuhl. »Nimm Platz und leg los.«

»Nun.« Es fühlte sich an, als säße ich im Zimmer unseres Rektors. »Ich bin auf der Suche nach einem Ferienjob und ...«

»Das tut mir leid«, sagte Crawford. »Aber dann bist du bei mir an der falschen Adresse. Büroarbeit habe ich nicht und Baustellen eignen sich nicht für Jungen deines Alters. Zu gefährlich, und wenn was passiert, bekomme ich Ärger mit der Bauaufsicht und der Versicherung und so.« Er stand auf, um anzuzeigen, dass das Gespräch beendet sei.

»Nicht bei Ihnen«, sagte ich schnell. »Ich kann einen Job bei der Zeitung bekommen. Sie wollen in den Ferien jeden Tag eine Kolumne bringen, von Jugendlichen für Jugendliche, und jetzt bin ich noch mit zwei Mädchen im Rennen.«

Er legte die Hände gegeneinander und spreizte die Finger. »Die Graffitisache meinst du, oder? Ich will darüber nicht sprechen. Dass ich Walters irgendwann mal Profitjäger genannt habe, will nicht heißen, dass ...«

Angriff ist die beste Verteidigung, außer bei deiner Mutter – eine typischer Spruch von Papa.

»Welche Graffitisache?«, fiel ich Crawford ins Wort.

Er war einen Moment verblüfft.

»Entschuldigung«, sagte er dann. »Seit gestern belästigt man mich, weil jemand unfreundliche Texte über ein Ratsmitglied in der Stadt verbreitet hat. Als du eben von der Zeitung anfingst, dachte ich, sie hätten absichtlich einen Grünschnabel auf mich losgelassen. So im Sinne von: dann merkt Crawford nichts und verplappert sich.«

Aber gerne!!

»Glauben die denn, Sie hätten das getan?«, fragte ich mit meiner ach-so-seriösen Kevin-Stimme.

»Die sollen glauben, was sie wollen.« Er setzte sich wieder. »Ich war die ganze Nacht bei meiner Frau, ich kann also unmöglich der Schuldige sein.«

Nein, der war ich. Aber es war nicht unmöglich, dass er etwas mit den Entführern zu tun hatte. Der Auftrag war ein gefundenes Fressen für ihn, also könnte er durchaus mit ihnen unter einer Decke stecken. Auf einmal fiel mir ein, dass alte Fabriken bestimmt Keller und Hinterzimmer haben. Vielleicht war mein Vater ja irgendwo in diesem Gebäude versteckt!

»Wieso fragst du das eigentlich?«, fragte er, plötzlich wieder misstrauisch.

»Sie haben selbst davon angefangen.« Ich versuchte, große, unschuldige Augen zu machen – wie eine Manga-Figur.

Er seufzte und schaute auf seine Uhr. »Wovon handelt denn deine Kolumne?«

Ich ließ mir was einfallen. »Dieses Gebäude war doch ursprünglich eine alte Textilfabrik? Darüber würde ich gern mal etwas schreiben. Wie es früher war, welche Veränderungen das Unternehmen hat durchführen lassen. Ich würde mich gern ein wenig umschauen, wenn das geht.«

»Willst du keine Fotos zu deinem Artikel?«, fragte Crawford.

Ich sah ihn verständnislos an.

»Wo du doch keine Kamera dabeihast.«

»Das fand ich zu aufdringlich«, sagte ich schnell. »Ich wusste doch noch gar nicht, ob Sie mich überhaupt reinlassen würden.«

Crawford lachte auf. »So gewinnen die Mädels, Kevin.« Er drückte eine Kurzwahltaste auf seinem Telefon.

»Sascha?«, fragte er, ohne den Hörer zu benutzen. »Würden Sie einen Termin notieren? Kevin Tyler ist morgen früh um elf Uhr hier. Können Sie organisieren, dass Bert ihm das Gebäude zeigt?«

Ich hätte mich lieber sofort umgeschaut, aber jetzt konnte ich nicht mehr zurück.

Crawford nickte zu meinem Schreibblock hinüber. »Wenigstens hast du an Papier gedacht.«

»Zum Glück.« Ich lachte kevinmäßig. »Dann kann ich zumindest aufschreiben, wann ich morgen hier sein soll.«

Er wollte mich auf den Flur begleiten.

»Machen Sie sich keine Umstände«, sagte ich. »Ich finde schon hinaus.«

Sascha saß nicht mehr an ihrem Platz hinter dem Empfang, aber der Computer lief noch. Auf dem Monitor war eine Tabelle mit Ziffern zu erkennen.

Uninteressant.

Rechts vom Monitor hing ein Schwarzes Brett mit einer Geburtstagskarte, einem Notizzettel und einer Adressenliste des Personals. Ich wollte schon weitergehen, als mein Blick am Namen CARL CRAWFORD hängen blieb. Er wohnte in Elmore Lane Nummer 53!

Ich musste und würde zu Carls Haus gehen, und zwar

sofort! Er wohnte praktisch hinter dem Hühnerstall – der Garten mit der Fahnenstange war seiner. Das konnte noch immer ein Zufall sein, aber das war jetzt schon das zweite Mal, dass ich Carl mit meinen Aufträgen in Verbindung bringen konnte. Hatte der Hahn ihn jeden Morgen mit seinem Krähen geweckt und musste er das mit dem Tod bezahlen?

Es war leicht, wenn man Jenkins hieß und Polizistin war. Dann konnte man mit Carl reden, die Sache ein wenig abtasten, schauen, wie er auf Fragen reagierte, und dann seine Schlussfolgerungen ziehen. Wenn ich ihn sprechen wollte, musste ich einen guten Grund haben ...

Der Hahn. Etwas anderes fiel mir nicht ein.

Es führte eine Treppe zur Haustür. Während ich die Stufen hinaufstieg, übte ich schon einmal meinen Text. Erst würde ich ihn fragen, ob er schon von dem Hühnerstallmord gehört hätte. Vielleicht würde er erschrecken und denken, es ginge um einen Menschen – in dem Fall hatte er wahrscheinlich nichts damit zu tun. Danach würde ich ihm erklären, dass man einen Hahn getötet hatte und ich nun mit ein paar Freunden überall herumfragen würde, ob jemand vielleicht etwas bemerkt hatte oder jemandem etwas Ungewöhnliches aufgefallen war? Schließlich würden wir vielleicht noch ein wenig darüber reden können, was er denn nun von dem Hahn gehalten hatte. Ob er nicht heimlich sogar froh war, dass dieses Gekrähe endlich ein Ende hatte ...

Hinter der Haustür hörte ich das Brummen eines Staubsaugers, also drückte ich extralang und -laut auf die Klingel. Der Staubsaugerlärm verstummte und die Tür ging auf.

»Ja?«, fragte eine Frau mit gelbem Kopftuch.

»Sind Sie Frau Crawford?«

Sie schüttelte den Kopf. »Nein.«

»Und Ihr Mann? Ist der da?«

Sie lachte. »Ich meine, es gibt keine Frau Crawford, Herr Crawford wohnt allein.«

»Ich möchte ihn etwas fragen.«

»Dann wirst du in einer Woche wiederkommen müssen. Bis dahin ist er im Urlaub.« Sie lächelte noch einmal freundlich und schloss dann wieder die Tür.

Ich starrte mit nichts sehenden Augen auf das weiß lackierte Holz. Dahinter begann der Staubsauger wieder zu brummen.

Eine Woche. Das waren sieben Tage oder sieben Aufträge. War Carl wirklich im Urlaub oder hatte er extra freigenommen, um meinen Vater zu entführen?

17

Lonesome cowboy

Ich kaufte einen Hamburger und machte mich kauend auf den Heimweg, während mir hundert Fragen und Gedanken durchs Hirn spukten. Ich versuchte, sie zu sortieren, zu ordnen, wie die Dinge in meinem Zimmer, damit ich wieder sehen konnte, wo alles lag.

Wie konnte ich herausfinden, ob mein Vater wirklich von den Crawfords gefangen gehalten wurde? Während des Rundgangs würden sie mich sicher nicht in seine Nähe kommen lassen. Ich musste mir etwas ausdenken, damit ich allein im Gebäude herumschnüffeln konnte.

Hatte nur Carl etwas mit der Entführung zu tun? Oder war sein Vater Patrick auch beteiligt? Schien mir nicht so, sonst würde Patrick Crawford keine Führung für mich organisieren. Obwohl … Er wusste natürlich nicht, wer ich wirklich war.

Die Fotos! Mir wurde klar, dass ich sie nie richtig gut angeschaut hatte.

Im Haus war es still. Ich nahm mir nicht die Zeit, meine fettigen Finger zu waschen, sondern wischte sie an meiner Hose ab. Treppe hoch. Der Computer war noch an. Ich klickte das erste Foto an und betrachtete es erneut, jetzt aber genau und ausgiebig.

Mein Vater. *The Times* vom 26. Juli. Er hielt die Zeitung auf Höhe seiner Brust. Er saß auf einem Stuhl, von dem ich nur die schwarzen Armlehnen sehen konnte. Der Stuhl stand vor einer gelblichen Wand. Er trug sein rotes T-Shirt mit der Aufschrift ELVIS HAS LEFT THE BUILDING. Moment! Unter seinem angewinkelten Arm sah ich auch noch ein Stück der Rückenlehne. Ich zoomte heran. Der Stuhlbezug war fast so rot wie das Shirt, deswegen hatte ich nicht gleich gesehen, dass es die Rückenlehne war. Ich vergrößerte das Foto, tastete es Pixel für Pixel ab und suchte nach Einzelheiten. Etwas fand ich: Einen kleinen Streifen von einem Bilderrahmen oder einem Spiegel oder so. Er war so winzig, dass er mir nicht aufgefallen war.

Foto zwei: Mein Vater. Im selben T-Shirt und wieder mit *The Times,* dieses Mal die vom 28. Juli. Er hielt die Zeitung vor seinem Bauch. Den Hintergrund bildete dieselbe gelbliche Wand, nur saß er jetzt nicht auf einem Stuhl, sondern auf dem Boden. Auf olivgrünem Teppichboden, um genau zu sein.

Ich schob meinen Bürostuhl zurück und legte die Hände in den Nacken. Dieselben Fotos, die mich erst umgehauen hatten, flößten mir jetzt wieder Mut ein. Papa lag nicht auf irgendeinem Betonfußboden und verrottete langsam, sondern hatte einen Stuhl und einen warmen, weichen Teppichboden. Der Raum war sogar eingerichtet, denn es hing etwas an der Wand. Oder hatten ihn die Entführer vielleicht aus irgendeinem dunklen Loch in einen Konferenzraum oder in ein Arbeitszimmer gebracht, um ihn zu fotografieren? Das wäre dann dumm von ihnen. Wenn auch nur ein einziger roter Stuhl mit schwarzen Armlehnen bei P&C Crawford Construction stand – ich würde ihn finden!

Könnte ich nur in die Zukunft reisen. Die Zeit schien auf einmal stillzustehen und morgen war noch endlos weit weg. Ich stopfte meine alte Brille wieder in die Schublade und ging unter die Dusche, um mir das Gel aus den Haaren zu waschen und die Grübeleien aus dem Hirn zu rubbeln. Abtrocknen. Anziehen. Simon rief mich über unsere Festnetznummer an – ob ich zum Xbox-Spielen käme.

»Okay«, sagte ich, in der Hoffnung, das würde mich ein wenig ablenken.

Kaum war ich dort, tat es mir auch schon leid. Wenn einen Entführer in ihrer Macht haben, ist das Abknallen eines Avatars geradezu todlangweilig. Außerdem fragte ich mich die ganze Zeit, ob ich wohl irgendwann wieder mit meinem Vater würde gamen können.

»Jetzt konzentriere dich doch mal, Mann!«, murrte Simon.

Nach einer knappen Stunde behauptete ich, Kopfschmerzen zu haben, und verabschiedete mich. Sie protestierten nicht einmal und waren, glaube ich, sogar froh, dass ich verschwand.

Auf dem Rückweg kam ich an den Fischhütten vorbei. Der Regen hatte die meisten Obdachlosen verscheucht und John Yeti gehörte leider nicht zu den Hartgesottenen, die sitzen geblieben waren. Ich machte noch einen Umweg durch das überdachte Einkaufszentrum, doch da war er auch nicht. Ich sehnte mich nach Talisha, aber solange ich sie nicht ins Vertrauen ziehen konnte, brauchte ich gar nicht erst bei ihr anzuklopfen. Also schlenderte ich nach Hause, fühlte mich grauenhaft allein und badete in Selbstmitleid.

Zu meiner großen Verblüffung hatte ich eine neue Nachricht von Sylvia in meinem Posteingang. Ein neuer Auftrag? Jetzt schon? Die Angst schlug mir sofort wieder auf den Magen.

Es war kein Auftrag, sondern eine kurze Nachricht.

CODE: 4792

LERN IHN SCHON MAL AUSWENDIG

Warum schickten mir die Entführer einen Code? Sollte ich jemandem eine Bankkarte klauen und sein Konto abräumen? Irgendwo einbrechen und einen Tresor öffnen?

Die Ungewissheit war nervtötend. Ich versuchte, an andere Dinge zu denken, an bessere Zeiten, zum Beispiel daran, als mein Vater noch bei uns wohnte und wir gemeinsam einkaufen gingen. Er kaufte immer ein paar Rubbellose und dann durfte ich mit einer Münze die Schichten abkratzen. Das war unser Männergeheimnis – etwas, das Mütter nie begreifen würden. Manchmal gewannen wir und dann teilten wir uns den Gewinn. Ich kaufte meistens Süßigkeiten davon, mein Vater investierte lieber in neue Rubbellose – wenn man mit gewonnenem Geld spielt und verliert, verliert man nicht wirklich.

Der Klingelton meines Mailprogramms riss mich aus meinen Gedanken.

DU BRAUCHST MORGEN NICHT NUR DEN CODE.

ES STEHT NOCH MEHR FÜR DICH BEREIT.

AB JETZT, BEI DER BEKANNTEN ADRESSE.

»John Street oder Killen Street?«, fragte ich.

WAS DENKST DU?

Dreckskerle! Das dachte ich. Trotzig schaltete ich den Computer aus. Da ich Wonka die Reserveschlüssel zurückgegeben hatte, beschloss ich, erst in die Killen Street zu gehen.

Es war ein anderer Busfahrer als beim vorigen Mal. Dieser hier war mürrisch und grüßte keinen einzigen Fahrgast.

Keine zwanzig Minuten später stieg ich an der Haltestelle neben dem White Hart Hotel aus. GREAT FOOD stand auf einer Tafel neben dem Eingang. Ich erinnerte mich an den Frittierdunst, der in der Lobby hing – ziemlich übertrieben also. Über die Spielfläche und an den erbärmlichen Häusern vorbei kam ich zur Killen Street 3. Ich ging sofort zur Holzpforte und schob sie zur Seite. Dann stand ich auf dem schattigen Innenhof, als wäre es vorgestern. Nur war ich diesmal besser vorbereitet und hatte eine Taschenlampe dabei.

Draußen fand ich keine geheimnisvollen Päckchen, also trat ich durch das Loch der Küchentür und schickte einen Lichtstrahl über Fußboden, Wände und Decke.

Wenn die Entführer etwas für mich bereitgelegt hatten, dann nicht hier.

Ich ging weiter in den nächsten Raum und hielt die Lampe ganz fest in der Hand. Ein stinknormales, leeres Zimmer. Ich konnte mir kaum noch vorstellen, dass ich hier vor ein paar Tagen noch so in Panik geraten war. Zum Glück hatte mich keiner gesehen!

Das Päckchen stand in einer Ecke. Es war kein Karton, sondern eine braune Papiertüte mit Henkeln. Ich nahm sie mit hinaus, räumte sie aus und stellte alle Sachen vor mich hin. Weil es keinen Eimer oder Hocker gab, legte ich die Tüte auf die noch feuchten Platten, damit ich mich setzen konnte, ohne gleich einen nassen Hintern zu bekommen.

Es waren seltsame Gegenstände. Sachen, die Fragen hervorriefen.

– Fünf braune Fläschchen mit Lactulosesirup. Als ich das Kleingedruckte auf dem Etikett las, verstand ich, dass es sich um ein Abführmittel handelte.

– Ein Eimerchen, in dem Remouladensoße gewesen war. KÜHL LAGERN stand in schwarzen Buchstaben darauf. Über die Öffnung war ein Taschentuch gespannt, das von einem dicken Gummiband gehalten wurde. Als ich es wegzog, kam ein Deckel mit winzigen Löchern zum Vorschein. Die Art von Löchern, die ich früher in die Deckel von Marmeladengläsern gepikst hatte, damit die Insekten, die ich vorher hineingesteckt hatte, nicht erstickten. Schade, dass das Eimerchen nicht durchsichtig war. Den Deckel einfach so zu lupfen, traute ich mich nämlich nicht so richtig. Wer weiß, was mir da entkommen und in meinen Ärmel kriechen würde! Eine haarige Vogelspinne oder ein Skorpion ...

Ich hielt das Eimerchen neben mein Ohr. Wenn ich ganz still wäre, würde ich vielleicht Füßchen trippeln oder eine Flügeldecke am Plastik reiben hören.

Das einzige Geräusch, das ich hörte, kam von einem Auto auf der Straße. Ich stellte den kleinen Eimer auf den Boden und kniete mich daneben. Mit der rechten Hand zog ich vorsichtig am Deckelrand. Ich wollte nicht, dass er gleich ganz abginge, also hielt ich ihn mit der anderen Hand zurück. Ja, er gab nach. Ich beugte mich vor und versuchte, durch den schmalen Spalt hineinzuspähen. Es war zu dunkel, um etwas zu erkennen, aber ich nahm einen unangenehmen Salmiakgeruch wahr. Ich machte die Öffnung etwas größer und sofort sah ich, wie sie sich wanden. Hunderte von Maden. Genau wie damals aus der toten Katze.

Widerlich. Schnell drückte ich den Deckel wieder fest.

– Und wieder ein paar Latexhandschuhe – offenbar hatten sie einen Großeinkauf getätigt.

– Ein seltsamer Gegenstand, mit Plastik und Klebeband umwickelt. Dieselbe Sorte Klebeband, das die Entführer benutzt hatten, um den Umschlag bei meinem Vater an die Tür zu hängen. Ich war furchtbar neugierig, was wohl darin war, aber es klebte ein Post-it darauf: KÜHL LAGERN UND ERST ÖFFNEN, WENN DU DORT BIST.

Wenn ich wo bin?, dachte ich.

Das Päckchen fühlte sich kompakt an und machte kein Geräusch, als ich es schüttelte.

Nacheinander legte ich alles in die Papiertüte zurück und versuchte unterdessen, mir einen Auftrag auszudenken, bei dem man Abführmittel, Maden, Handschuhe und einen Code brauchte. Mir fiel nichts ein.

Moment. An der Unterseite des Eimerchens klebte ein Zettel.

Eine Kassenquittung. Ich prüfte Datum und Uhrzeit. Offenbar hatten die Entführer am Abend zuvor um 18:23 Uhr etwas in Princess Garden gekauft. Ich steckte den Kassenbon in die Innentasche meiner Jacke.

18

Animal instinct

Ich wagte es nicht, das Eimerchen mit den Maden in den Kühlschrank zu stellen. Wenn meine Mutter es fände, würde es im Müll landen und mein Auftrag wäre nicht durchführbar. Außerdem würde sie so lange quengeln, bis ich mich verplappern würde, und wenn die Entführer das dann wieder mitbekämen, wäre es für meinen Vater vorbei.

Die Kühlbox stand zwischen den Campingsachen auf dem Speicher. Darin waren vier Kühlelemente, die ich sofort in die Tiefkühltruhe legte. Meine Mutter kam um sechs Uhr nach Hause. Da standen die Kühlbox mit Kühlakkus, dem seltsam verklebten Päckchen und dem Eimerchen mit den Maden in meinem Kleiderschrank.

Die Kratzer von den Hahnenfüßen auf meiner Hand konnte ich leider nicht verbergen. »Die Katze von Peter und Simon«, antwortete ich auf ihre bohrenden Fragen.

Wir aßen Spaghetti und ich versuchte, nicht an die Maden zu denken, was nur so halb gelang.

»Du wirst doch nicht etwa krank?«, fragte meine Mutter wieder. »Entzugserscheinungen«, sagte ich. »Weißt du, wie einsam das Leben ohne Smartphone ist?«

»Puh, was muss ich eine elende Jugend gehabt haben.« Sie lächelte nachsichtig. »Sobald ich etwas von der

Versicherung gehört habe, kaufen wir dir ein neues, okay?«

Als ich am nächsten Morgen wach wurde, dachte ich sofort an die Führung durch die Fabrik. Daran, dass ich vielleicht meinen Vater finden würde. Oder den roten Stuhl oder den olivgrünen Fußboden, wodurch ich wissen würde, ob Papa tatsächlich in der alten Textilfabrik gefangen saß. Mein Kopf war so voller Erwartungen, dass ich fast vergaß, meinen neuen Auftrag zu lesen. Die Entführer hatten ihn wieder per Mail geschickt.

Ich musste zur Oysterbar. Dass Papa diesen Laden nicht ausstehen konnte, wusste ich schon – aber bei den Entführern musste das noch viel ausgeprägter sein. Die Durchführung meines Auftrags konnte das Aus für das Restaurant bedeuten.

Ich suchte im Internet nach den Öffnungszeiten. Die Oysterbar war den ganzen Tag geschlossen, also hatte ich noch jede Menge Zeit. Beruhigt schloss ich die Website. Frühstücken. Ich betrat den Korridor und folgte dem Duft gebratener Würstchen.

Zwei Minuten vor elf stand ich am Empfang von P&C Crawford Construction.

»Hallo.« Ich hatte meine alte Brille wieder aufgesetzt und meine Haare waren wieder schlierig und fettig.

»Kevin.« Die dunkelhäutige Frau namens Sascha lächelte. »Setz dich einen Moment auf das Sofa. Bert holt dich gleich ab.«

Das Sofa war riesig und weiß. Ich hatte Angst, ich könnte wie ein Zahnstocher zwischen den Nähten verschwinden oder meine Schweißfinger würden auf dem makellosen Leder Abdrücke hinterlassen. Ich fummelte an meinem Schreibblock herum und rückte immer wieder die Kamera meiner Mutter zurecht, die ich an einem Band um den Hals trug.

»Kevin?«

Oh ja, das war ich.

Ich stand auf und schaute in die wässrigen Augen eines Mannes, der zehntausend Jahre alt schien.

Das Fossil von Crawford, dachte ich.

»Bert.« Er hatte einen überraschend festen Händedruck.

»Du möchtest also das Gebäude sehen?«

Ich nickte.

»Früher war die Fabrik viel größer«, erzählte Bert. »Die meisten Gebäude wurden abgerissen, weil sie zu sehr heruntergekommen waren.« Er zeigte mit seinem krummen Finger durch das Fenster. »Dort stand die Weberei, ein niedriges Gebäude mit schrägen Rahmen im Norden für einen optimalen Lichteinfall. Und dort ...«

»Ich bin eigentlich vor allem an diesem Gebäude interessiert«, sagte ich so höflich wie möglich.

»Der Spinnerei also.« Bert versank in Stillschweigen, als hätte sein fossiles Gehirn Mühe, so plötzlich umzuschalten. Aber er programmierte sich neu, nickte und kam wieder in Schwung. »Wie du siehst, ist die Spinnerei ein hohes Gebäude. Wir stehen nun dort, wo früher die großen Wollschuppen waren ...«

Ich lauschte seiner monotonen Stimme und machte ein paar Fotos, um glaubwürdig zu wirken.

»Der breite, hohe Flur ist intakt geblieben.« Bert ging vor mir her. So langsam, dass es mich in den Fingern juckte, ihn zu schieben.

Wir betraten eine gigantisch große Halle mit einem

unendlich leeren Linoleumboden in der Mitte und gläsernen Arbeitsräumen an der Außenseite. Es sah aus wie ein Platz, aber überdacht und flankiert von durchsichtigen Häusern.

»Hier standen früher die Maschinen«, sagte Bert. »Jetzt wird die Halle für Feste, allgemeine Versammlungen und Ausstellungen genutzt. Der Maschinenraum ...«

Während er redete, kritzelte ich der Form halber ein paar Stichworte auf meinen Schreibblock und ließ unterdessen meinen Blick aufmerksam wandern. Hinter dem Glas sah ich Gruppen von Männern und Frauen an großen Tischen mit blauen Stühlen. Es gab ein kleines Restaurant mit gelben Barhockern und einem Sonnenblumenfoto als Tapete. In einer Art Wartezimmer standen rote Stühle, aber es war nicht das richtige Rot.

»Ich habe genug gesehen«, sagte ich.

Bert schaute mich leicht verstört an. Wahrscheinlich hätte er gern noch ein paar Stunden weiter über alte Dampfmaschinen und das Dreiphasensystem geplaudert.

»Die Kolumne darf nicht zu lang werden«, sagte ich.

Er schlenderte trotzdem einfach weiter.

»Dann kommen wir jetzt zu den kleinen Wollverschlägen. Wie du siehst, hat die Familie Crawford aus jedem Raum einen Arbeitsraum mit Glastüren und Lichtkuppeln gemacht, weil es sonst zu düster würde.«

Ich spähte überall hinein. Immer die falschen Wände und Stühle. Vermutlich war mein Vater doch nicht in der Fabrik fotografiert worden. Stimmte ja! Ich durfte nicht vergessen, selbst auch Fotos zu machen. Während ich auf den Auslöser drückte, entdeckte ich eine geschlossene Tür aus Edelstahl. »Was ist denn dahinter?«

»Putzsachen«, antwortete Bert. »Scheint mir nicht so

interessant für deinen Artikel. Oder wolltest du vielleicht ein Foto von einer Bohnermaschine machen?« Er lachte und zeigte seine gelblichen Zähne.

»Nun, nein.« Ich grinste mit ihm.

Wir setzten den Weg fort und kamen an zwei weiteren Edelstahltüren vorbei. Ich brauchte nicht zu fragen, was sich dahinter wohl befand, denn auf der einen war ein Mann und auf der anderen eine Frau abgebildet. Fünf Meter dahinter befand sich das Zimmer von Carl Crawford und daneben das von Patrick Crawford. Gestern war mir nichts Besonderes aufgefallen, aber da hatte ich das restliche Gebäude noch nicht gesehen. Verglichen mit den anderen Räumen waren diese wie Bunker. Geschlossene Wände ohne Fenster, Türen ohne Glas, nur mit Namensschildern. Die Crawfords legten offensichtlich großen Wert auf ihre Privatsphäre. Weil sie etwas zu verbergen hatten?

»Es ist ein ganz wunderbares Gebäude«, sagte ich. »Aber ich hätte etwas mehr echte alte Sachen erwartet. Ein System von Geheimgängen oder einen tiefen dunklen Keller oder so.«

Wo man ungestört eine Geisel halten konnte.

Bert schüttelte den Kopf. »Wenn es sie gegeben hat, so sind sie mittlerweile gründlich zugeschüttet. Herr Carl ist ein moderner Architekt. Er liebt Licht und Raum, keine schimmeligen Keller.«

»Carl? Das war doch der Sohn?«

Bert reckte ein wenig den Rücken. »Aber sicher«, sagte er nicht ohne Stolz. »Aber P&C Crawford hätte nie existieren können ohne den Großvater Carl Senior, für den ich noch gearbeitet habe. Er begann mit einer Baubaracke, ein wenig Werkzeug und ein paar fähigen Maurern und Zimmerleuten, die man bei ihm mieten konnte. Weil sie hervorragende Arbeit leisteten, kamen immer mehr Aufträge herein. Carl Senior erfand den Namen Crawford Construction und ließ sich in einem Gebäude in der Lemming Street nieder. Der Betrieb wuchs, er kaufte immer häufiger selbst Grund und entwickelte die Möglichkeiten weiter. Herr Patrick trat in die Fußstapfen seines Vaters und wurde ein wichtiger und vielbeschäftigter Unternehmer. Sein Sohn Carl hatte noch größere Pläne und studierte Architektur. Sie bekamen noch mehr Aufträge. Nicht nur zum Bauen, sondern auch, um Gebäude zu entwerfen. Der Firmensitz an der Lemming Street wurde zu klein und nach einem Zwischenschritt in einem anderen Gebäude sind sie hierher umgezogen. Reklame für das Unternehmen und ...«

»Ob ich Herrn Carl wohl fotografieren dürfte?«, fragte ich. »Schließlich hat er dieses Gebäude entworfen.«

»Er ist diese Woche nicht im Hause«, sagte Bert. »Aber dort hängt sein Porträt.«

Und das von Patrick Crawford. Die Farbfotos waren beide so groß wie eine Tür und nicht gerahmt, sondern auf Holz gepresst, sodass ich sie leicht fotografieren konnte. Wenn John Yeti doch noch auftauchen würde, könnte ich ihn fragen, ob einer dieser Männer ihn als Botschafter angeheuert hatte.

»Und sein Arbeitszimmer?«, fragte ich. »Das ist doch der Ort, an dem alles geschieht.«

Bert sah mich an, als hätte ich einen skandalösen Vorschlag gemacht. Dann nickte er zu meinem Schreibzeug hinüber. »Hast du auch alles notiert, was ich erzählt habe?«

Ich klappte den Block zu. »Natürlich. Alles erfasst.«

»Die Führung ist beendet«, sagte Bert feierlich. Er ging plötzlich schneller, wie ein Dieselmotor, der endlich auf Touren gekommen ist, und brachte mich zum Ausgang.

»Vielen Dank«, sagte ich.

Er wartete, bis ich draußen stand und verschwand.

Sobald er außer Sicht war, ging ich wieder hinein und sagte zu der Frau am Empfang, ich müsse noch zur Toilette. »Ich weiß, wo sie ist.«

Ich eilte durch den Flur. Hinter der ersten Edelstahltür fand ich tatsächlich eine Bohnermaschine, Eimer, Putzlappen, einen Staubsauger und Ähnliches. Schnell lief ich zurück und rüttelte an der Klinke zu Carls Zimmer. Ja, offen!

Grauer Teppichboden, blaue Stühle, weiße Wand. Auch hier war mein Vater nicht fotografiert worden. Ich wollte die Tür schon wieder schließen, als ich den Fotorahmen auf seinem Schreibtisch stehen sah. Laut Aussage der staubsaugenden Frau mit dem Kopftuch gab es keine Frau Crawford. Nun, die war auch tatsächlich nicht auf dem Foto. Das Foto im Rahmen zeigte einen schwarzen Hund. Es war genau das gleiche Foto, das ich an Lisa Thomsons Kühlschranktür hatte hängen sehen. Das war der Hund, den ich mit der teuren Gänseleber gefüttert hatte!

19

Crawfish

Ich hüpfte fast aus dem Gebäude. Okay, Papa hatte ich nicht gefunden, aber dass Carl etwas mit seinem Verschwinden zu tun hatte, stand so gut wie fest. Von wegen Urlaub, ich glaubte kein Wort davon. Er hatte Papa entführt, damit er mich benutzen konnte, um Rache zu üben. An Walters, am Besitzer des Hahnes und der Hundebesitzerin. Ich wusste noch nicht genau, welchen Zusammenhang es zwischen Carl und Lisa Thomson gab, aber das würde ich noch herausfinden. Und er hatte auch etwas gegen die Oysterbar oder gegen den Inhaber. Kurz überlegte ich, doch zur Polizei zu gehen. Nein, erst musste ich meinen Vater finden und sicher sein, dass sie ihm nichts mehr antun konnten.

Ich ging nach Hause, verwandelte mich wieder in Elvis und aß einen *Kidney Pie* und etwas Suppe. Dann holte ich das Eimerchen mit den Maden aus der Kühlbox und überprüfte, ob sie ihren Gastaufenthalt gut überstanden hatten. Der Trick mit den Kühlelementen hatte zu meiner Erleichterung funktioniert. Das verklebte Päckchen schien mir einen undefinierbaren Geruch zu verbreiten, aber das bildete ich mir wahrscheinlich ein. Ich stopfte beides in meinen Rucksack, zusammen mit den anderen Sachen, die ich solange unterm Bett versteckt hatte. Jetzt noch den Code. Ich schrieb mir die Ziffern innen aufs Handgelenk. Das schien mir viel praktischer, als sie auswendig zu lernen. Und schlauer, denn da das Leben meines Vaters davon abhing, durfte ich mich auf keinen Fall vertun.

Weil das Makler-Büro meiner Mutter in derselben Straße war, machte ich einen Umweg, damit ich von der anderen Seite bei der Oysterbar herauskommen würde. Die Lamellenjalousie war zugezogen und vor dem Fenster in der Tür hing ein Schild GESCHLOSSEN.

Es war eine lebhafte Straße – zu viel Betrieb, um es von vorn zu versuchen –, also ging ich über den Parkplatz zur Rückseite des Gebäudes. Dort wirkte plötzlich alles um einiges billiger. Ein Container. Waschbetonplatten, zwischen denen das Unkraut wucherte. Getränkekisten mit leeren Flaschen. Flach getretene Kartons, mit ein paar Ziegelsteinen beschwert – als hätte dieser regennasse Papierbrei überhaupt noch eine Chance wegzuwehen.

In der Hintertür befanden sich neun kleine Karos aus undurchsichtigem Glas. Ich zog an der Klinke. Natürlich verschlossen.

Ich suchte unter den Kisten nach einem Schlüssel, unter den Ziegelsteinen und oben auf dem Türrahmen. Außer einer Spinne, die sich wie ein Bungeespringer blitzschnell an einem Faden in den Abgrund stürzte, fand ich nichts.

Vielleicht steckte der Schlüssel ja von innen. Es gab nur eine einzige Möglichkeit dahinterzukommen. Ich würde eine Scheibe einschlagen müssen.

Waren die Ziegelsteine doch noch zu etwas nutze. Ich hob einen auf und klopfte mit der Ecke fest gegen das Glas.

Es klang wie ein Kanonenschuss. Ich wartete und lauschte, während mein Blut wie wild durch die Adern pumpte. Wenn das einer von den Nachbarn gehört hatte, war ich dran!

Es kam keiner. Noch einmal dagegenklopfen. Die Scheibe war draußen. Ich zog meinen Ärmel zum Schutz über meine Faust und schob die Hand durch das Loch. Meine Finger tasteten nach dem Schloss. Gefunden. Leider steckte kein Schlüssel darin.

Restaurants müssen Notausgänge haben. Türen, die man im Falle eines Brandes von innen sofort und ohne Schlüssel aufdrücken kann.

Ich tastete mit der Hand nach oben, bis ich die Klinke spürte.

Dies hier war kein Notausgang.

Vorsichtig zog ich meinen Arm zurück, während ich die Entführer verfluchte. Warum hatten die Trottel mir dieses Mal keinen Schlüssel mitgegeben? Oder wenigstens einen Glasschneider ...

Ich studierte das Küchenfenster, das aus drei Teilen bestand. Nur der Mittelteil besaß Scharniere. Ein Einbrecher würde es mit einem Kuhfuß problemlos knacken können, das Ganze aufbrechen und einsteigen. Aber ich war kein Einbrecher, zumindest kein echter. Außerdem hatte ich keinen Kuhfuß. Nur Backsteine. Und Getränkekisten!

Ich schob sie unter das Fenster. Drei in eine Reihe. Die zweite Kiste bekam noch eine obendrauf, die dritte noch eine mehr. Bauen mit Riesen-Lego. Alle Kisten zusammen bildeten eine Treppe.

Ich stellte mich auf die oberste Stufe. Jetzt hatte ich eine noch bessere Sicht auf die Restaurantküche. Viel Chrom. Herde, Abzugshauben, Regale mit Töpfen. Mich interessierte vor allem die Arbeitsplatte, die unter dem Fenster stand. Ein besseres Sprungbrett zum Küchenboden konnte es kaum geben. Ich musste nur noch irgendwie daraufkommen.

Ich schaute mir das Fenster noch genauer an. Der drehbare Teil mit den Scharnieren hatte einen Riegel an der Innenseite. Wenn ich den hochschnipsen könnte ...

Eine winzige Scheibe einschlagen, war ein Klacks. Als würde man einen Zweig von einem Baum brechen. Damit verglichen war dieses Fenster ein kompletter Baum, den ich fällen musste. Mit Lärm und einer größeren Chance, erwischt zu werden. Aufgeben und mich verdrücken, sagte mein Verstand.

Ich stieg die Treppe wieder runter. Statt nach Hause zu gehen, nahm ich einen Ziegelstein und stellte mich damit auf die oberste Stufe. Es zählt nicht wirklich als Einbruch, dachte ich – ich werde nichts stehlen. Trotzdem fühlte es sich hunderttausend Mal schlimmer an, als im Supermarkt einen Schokoriegel klauen.

Den Ziegelstein im Anschlag und die Ohren ausgerichtet wie Satellitenschüsseln, lauschte ich auf den Verkehr und wartete. Meine Hand zitterte und meine Ungeduld wuchs, aber ich verhielt mich mäuschenstill, bis ein röhrendes Motorrad durch die Straße raste, das alle anderen Geräusche übertönte. Da schlug ich zu und gleich noch ein weiteres Mal. Zum Glück war es Einfachglas. In der Scheibe war ein Loch, kleiner als ein Fußball, aber größer als ein Tennisball. Ich ließ den Ziegelstein auf den Boden fallen. Die Ränder des Lochs sahen ekelhaft scharf aus, also zog ich meinen Ärmel wieder länger, ließ meine Hand darin verschwinden und streckte den Arm durch die Scheibe.

Riegel fassen und nach oben schieben.

Es klappte! Jetzt brauchte ich dem Rahmen nur noch

von innen einen kleinen Schubs zu geben, bis das Fenster einen Spalt offen stand. Vorsichtig zog ich meine Hand aus dem Loch, schaute mich um und ... Moment! Ich sollte erst die Latexhandschuhe überstreifen. Je weniger Zeit ich drinnen brauchte, umso besser.

Es war mühsam, meine klammen Hände in die richtigen Latexfinger zu kriegen. Aus Nervosität verwechselte ich die kleinen Finger mit den Daumen und plötzlich schienen die Handschuhe zu klein und zu eng, als wären meine Hände gewachsen – aber schließlich klappte es doch noch. Mit der Spitze meines Zeigefingers bewegte ich das Fenster auf mich zu, bis es sperrangelweit geöffnet war. Es war nicht schwierig, über die höchste Kiste hineinzuklettern. Ich stellte meinen Fuß auf den Fensterrahmen, zog den anderen nach und sprang in die Küche.

Noch bevor ich die Arbeitsplatte berührte, brach die Hölle aus. Die Alarmanlage! Das Geräusch war so laut, dass ich es nicht nur mit den Ohren hörte, sondern es auch in meiner Brust dröhnen spürte. Vor Schreck stürzte ich nach hinten und streckte in einem Reflex die Arme aus. Der Rucksack rutschte mir ein Stück von den Schultern, ich knallte auf die Arbeitsfläche und ein gewaltiger Schmerz durchzuckte mein gestauchtes Handgelenk, aber ich konnte meinen Fall bremsen. Meine Füße schoben sich über den Rand, sodass ich mit dem Hintern volle Kanne auf die Arbeitsfläche donnerte und weiterschlitterte, bis meine Schuhe endlich den Küchenboden berührten und ich zum Stillstand kam. Mein Herzschlag hatte mittlerweile das Tempo der Sirene übernommen, mein Trommelfell stand kurz vorm Platzen und mein Herz schlug so fest gegen die Rippen, dass mir schwindelig wurde. Meine Muskeln sagten mir, ich müsse fliehen, so weit wie möglich weg von diesem Höllenlärm, aber mein Gehirn war taub. Ich konnte kaum mehr nachdenken und stand wie ein vor Angst gelähmtes Kaninchen in der Küche. Der Code!, dachte ich mit der letzten noch funktionierenden Hirnzelle. Das Makler-Büro meiner Mutter hat auch eine Alarmanlage. Das Kistchen hängt neben der Tür. Ich brauchte nur drei Schritte bis zur Tür der Oysterbar, aber jeder Schritt kam mir vor wie ein Kilometer. Türchen auf, ins Schränkchen schauen. Die Ziffern starrten mich an.

Er begann doch mit einer 4, oder?

Dieser blöde Handschuh war im Weg. Ich zog ihn aus, um den Code lesen zu können. Vier. Sieben. Neun. Zwei. Ich gab die Ziffern ein. Vier kurze Pieptöne.

Und dann wurde es still, aber richtig. Nur meine Ohren gellten noch nach, als wäre ich bei einem Live-Auftritt gewesen und hätte den ganzen Abend direkt neben der Box verbracht. Ich schaute durch das offen stehende Fenster. Es war wie bei einem Autoalarm. Die Leute hörten ihn, ärgerten sich darüber, schauten aber nicht nach. Lang lebe die Gleichgültigkeit!

Ich wollte gerade meinen Rucksack auspacken – alles sah zum Glück noch heile aus –, als ich im Restaurant ein Telefon klingeln hörte. Ein Schock durchfuhr mich. Wahrscheinlich ein Gast, der einen Tisch reservieren wollte, aber es konnte auch ein Mitarbeiter der Sicherheitsfirma sein. Manche Anlagen hatten nicht nur eine Sirene, sondern gaben auch noch ein Signal zu jemandem nach außen ab, der dann in dem betreffenden Gebäude anruft. Das Büro meiner Mutter hat auch so einen Alarm. Wenn keiner ans Telefon geht, kommt ein Sicherheitsmann und schaut sich die Sache vor Ort an.

Ich lief in den Restaurantbereich und nahm den Hörer ab.

»Ja?«

Eine Frauenstimme. »Wir sehen hier, dass der Alarm ausgelöst wurde.«

»Das war ein Fehlalarm«, sagte ich so erwachsen wie möglich.

»Um sicherzugehen, dass es sich wirklich um keinen Einbruch handelt, möchten wir doch gern Ihren Namen wissen.«

Denk nach, denk nach! Wie hieß der Mann mit dem kerzengeraden Scheitel und der Weste nun wieder?

»Tony«, fiel mir gerade noch rechtzeitig ein.

»Tony Jarvis? Sie stehen tatsächlich auf unserer Liste.«

»Es tut mir leid«, sagte ich. »Ich war ein wenig in Gedanken. Als der Alarm ausgelöst wurde, habe ich ihn gleich abgestellt, aber ...«

»Die Tatsache, dass Sie gleich den richtigen Code eingegeben haben, reicht uns in Kombination mit Ihrem Namen. Ich wünsche Ihnen noch einen angenehmen Tag.«

Sie hatte aufgelegt. Noch zitternd zog ich die Sachen aus meinem Rucksack. Jetzt schnell das Abführmittel in einen Behälter mit Garnelen oder so leeren. Die Maden sollten in irgendeinem Salat herumschwimmen. Das Problem war nur, dass ich überhaupt nichts Essbares entdecken konnte.

Dann also erst das verklebte Päckchen. Ich sollte es öffnen und den Inhalt an einem unauffälligen Ort deponieren. In der Küche oder im Restaurant, das war laut Anweisung egal, nur sollte das Personal den Inhalt nicht sofort entdecken. Ich suchte in der Küche nach einer Schere, schnitt das Klebeband durch und wickelte das Plastik ab.

Es war eine tote Ratte – vollkommen steif, als käme sie geradewegs aus der Gefriertruhe –, was ich so widerlich fand, dass ich sie augenblicklich fallen ließ. Schnell schob ich sie mit der Schuhspitze in eine dunkle Ecke hinter einem Schrank.

So, und jetzt nach Lebensmitteln suchen. In der Küche fand ich nur leere Töpfe, aber weiter hinten im Raum war eine Tür zu einer Art Kabine – ein Kühlraum? Ich schob den Hebel zur Seite und zog die Tür auf.

Fuck! Die Regale waren leer.

In so einem teuren Schuppen wurden natürlich nur frische Lebensmittel verwendet. Sachen, die höchstwahrscheinlich erst am nächsten Morgen geliefert werden würden.

Ich hatte einen undurchführbaren Auftrag erhalten.

Aus Versehen? Oder hatten mich die Entführer hereingelegt?

20

Fool

ES GING NICHT, mailte ich. DER KÜHLRAUM DER OYSTERBAR WAR NOCH LEER.

DEIN PROBLEM, schrieben sie zurück.

Ich spürte die Wut in meinem Bauch.

Ruhig bleiben. Es hatte sowieso keinen Sinn. Ich konnte höchstens den Computer schlagen.

»Wenn ihr meinem Vater etwas antut, gehe ich zur Polizei.«

DU VERDREHST DIE TATSACHEN.

ES IST GENAU ANDERSRUM.

DU BIST FÜR DEINEN VATER VERANTWORTLICH.

DU WILLST ZUR POLIZEI GEHEN?

GUT, ABER DANN ZWINGST DU UNS ZU BESTIMMTEN MASSNAHMEN.

DAS SCHICKSAL DEINES VATERS LIEGT IN DEINEN HÄNDEN.

NICHT IN UNSEREN.

»Ich habe nie gesagt, dass ihr ihn entführen sollt!«, schrie ich.

VIELLEICHT WIRST DU DEINEN VATER NIE WIEDERSEHEN.

WIR WERDEN ALLE SPUREN VERWISCHEN.

AUCH DIE AUF DEINER FESTPLATTE.

»Ach, meine Festplatte«, sagte ich cooler, als ich mich

fühlte. »Dann müsstet ihr ja doch erst einmal an meinen Computer herankommen.«

NICHT NÖTIG.

SCHON MAL WAS VON EINEM TROJANER GEHÖRT?

Ich konnte nicht abschätzen, ob sie blufften. Beim Pokern kann man sich zumindest noch an der Körpersprache des Gegners orientieren. Ein Schweißtropfen, ein leichtes Zittern an einem winzigen Augenmuskel oder ein wippender Fuß können Hinweise sein, behauptet Papa immer. Ich hatte nur schwarze Buchstaben auf einem Monitor. Auf jeden Fall sollte ich lieber die Taktik ändern. Ich musste die Entführer irgendwie auf meine Seite kriegen.

»Warum gebt ihr mir nicht noch eine Chance?«, schlug ich vor. »Wenn ich morgen noch einmal dorthin gehe, kann ich meinen Auftrag zu Ende bringen. Das wollt ihr doch so gerne? Die Oysterbar vernichten?«

Es dauerte einen Moment, bis die Reaktion kam.

ABER DANN MUSS ES EINEN AUSGLEICH GEBEN.

»Was denn?«

DU BEKOMMST EINEN ZUSÄTZLICHEN AUFTRAG.

AUSFÜHRUNG: HEUTE NOCH.

Ich schaute auf meinen Radiowecker. Schon in zwei Stunden würde meine Mutter nach Hause kommen.

DU WIRST ALS ELVIS AUFTRETEN.

IN EINEM ANZUG DEINES VATERS.

DU SINGST MINDESTENS EIN LIED VON ANFANG BIS ENDE.

ORT: LINTFERTPIER.

»Ich kann nicht singen.«

Sie schickten ein Smiley.

»Und wenn ich mich weigere?«

Als Antwort bekam ich ein Foto. Ein Foto von meinem

Vater mit der Zeitung von heute. Ich erschreckte mich zu Tode. Er sah aus, als hätte jemand sein Gesicht mit einem Schlagring bearbeitet.

»Was habt ihr mit ihm gemacht?« Meine Stimme überschlug sich.

DU HAST DEINEN AUFTRAG VERPFUSCHT.

UND MIT DER POLIZEI GEDROHT.

DA IST EINE KLEINE WARNUNG WOHL ANGEBRACHT.

Klein?

Ich trat mit voller Wucht gegen den Schreibtisch und stieß mir den großen Zeh. Tränen sprangen in meine Augen, liefen über und rollten die Wangen hinunter. Ich biss mir in die Hand, um das Schluchzen zu unterdrücken, und rannte aus meinem Zimmer. Sobald ich außer Hörweite der Entführer war, konnte ich nicht mehr aufhören. Ich heulte, wie ich seit der Scheidung meiner Eltern nicht mehr geheult hatte. Es war, als hätte mein Körper in all diesen Jahren heimlich Eimer voll Kummer aufgespart. Kummer, der sich nun endlich lautstark einen Weg nach draußen bahnte.

Ich weiß nicht mehr, wie lange ich dort auf dem Korridor gesessen habe, aber irgendwann ödete ich mich selbst an. Mit einem Tränenmeer würde ich meinen Vater bestimmt nicht retten. Im Bad riss ich ein langes Stück von der Klorolle und putzte mir die Nase. Mein Gesicht trocknete ich mit dem Handtuch. Über dem Waschtisch hing ein Spiegel. Was für ein Anblick mit den dicken verheulten Augen! Sogar hinter meinen Brillengläsern fielen sie auf. Und jetzt musste ich auch noch singen!

Papa zog sich immer an seinem Arbeitsplatz um. Dort hatte er einen eigenen Schrank für seine Anzüge, damit er sie nicht die ganze Zeit hin- und herschleppen musste.

In seinem Appartement hatte ich in den letzten Tagen keinen seiner Karateanzüge gesehen, also nahm ich an, dass sie im Vegas geblieben waren.

Es war gerade mal drei Tage her, dass ich pfeifend die Tür hinter mir zugezogen hatte, um zum Lintfertpier zu gehen, aber es fühlte sich an, als wäre es in einem früheren Leben gewesen. Obdachlosen begegnete ich heute nicht und für einen Besuch bei den Fischhütten hatte ich keine Zeit. Ich lief schneller. Wenn sie das Gesicht meines Vaters nicht vertrimmt hätten, wäre ich wahrscheinlich in die andere Richtung gerannt. Ich meine, man muss sich das nur vorstellen: singen! Auf Karaokefeten traute ich mich nur mit einer großen Gruppe hinters Mikro, dann konnte ich zumindest Play-back singen, ohne dass es jemand merkte. Papa kapierte das nicht, aber der war auch mit einer Nachtigall in der Kehle geboren. Ich hatte die musikalischen Qualitäten meiner Mutter, also null.

Am Roulettetisch wurde gelacht. Ein Croupier an einem hohen Tisch verteilte Karten. Der Glitzervorhang auf der Bühne war noch geschlossen. Laut der Leuchtreklame darüber sollten die Auftritte um acht Uhr beginnen: *Mister Magics Wondershow.*

Einer Kellnerin kam mit einem Tablett voller Biergläser vorbei, in ihrem Kielwasser ein Mann, seiner Uniform nach zu urteilen vom Wachpersonal.

»Junger Mann, ich glaube nicht ...«

»Ich möchte den Inhaber sprechen«, sagte ich. »Onkel Bob.«

»Dann komm mal mit.« Er brachte mich zum Privatbereich.

Onkel Bob war erstaunt und meiner Ansicht nach nicht

wirklich erfreut, mich zu sehen. »Elvis, hast du deinen Vater schon gefunden?«

»Hmmm«, machte ich vage. »Aber deswegen bin ich nicht hier. Ich würde mir gern einen Elvis-Anzug ausleihen.«

»Dein Vater hat dich wohl geschickt?« Onkel Bob presste die Lippen aufeinander, bis sein Mund so schmal war wie sein Strichbart. »Er wird natürlich irgendwo anders auftreten und hat nicht den Mumm, seinen Anzug selbst abzuholen.«

Ich wollte ihn unterbrechen. Wenig Chancen.

»Nun, das kann er vergessen. Ich behalte seine Kostüme als Pfand, bis er seine Schulden bei mir abbezahlt hat. Sag ihm das.«

»Es ist nicht für meinen Vater, sondern für mich«, sagte ich. »Ich muss mich als Elvis verkleiden für eine ... äh ... Wette.«

Onkel Bob machte sofort ein freundlicheres Gesicht. Das war eine Sprache, die er als Kasino-Besitzer verstand. »Eine Wette. Und du ziehst ihn an. Nicht dein Vater?«

Ich nickte, bis mein Kopf fast abfiel.

»Dann los. Ich habe sowieso noch keinen neuen Imitator. Such dir ein Kostüm aus.«

Das zerschlissene Sofa war durch eine unbequeme Couch mit geblümten Kissen ersetzt worden, aber die Kellnerinnen waren immer noch so hübsch und nett wie früher. Sobald sie hörten, was ich wollte, wurde ich in eine Wolke aus süßen Düften, zarten Händen und kleinen Lachern getaucht, die wie die Metallröhrchen der Windorgel in unserem Garten leise klirrten. Sie halfen mir in ein dunkelblaues Kostüm – das unauffälligste, das ich finden konnte –, zupften an meinen Haaren und schlangen mir einen roten Schal um den Hals. Dann schoben sie mich vor den Spiegel.

»Perfekt«, sagt eine blonde Kellnerin, die Lizzy hieß.

Perfekt lächerlich, ja. Nur Gartenzwerge trugen solche Gürtel. Außerdem war mir der Anzug eine Nummer zu groß.

»Nur noch deine Brille.« Ihre schlanken Finger gingen zu den Bügeln.

»Lieber nicht«, sagte ich. »Sonst bin ich so blind wie ein Maulwurf.«

Eine Brünette mit Lippen wie Angelina Jolie hatte eine Lösung. Im Koffer mit den Elvis-Accessoires lag eine Sonnenbrille, die so riesig war, dass sie bequem über meine eigene passte.

Ich weigerte mich, die Vegas-Besucher zu einer Modenshow zu bitten. Die Kellnerinnen schmuggelten mich über den Hinterausgang nach draußen und wünschten mir viel Erfolg.

Die weiten Hosenbeine flatterten unpraktisch um meine Beine. Ich versuchte, mich wie ein Chamäleon an den Häuserfassaden entlangzubewegen, aber der einzige Ort, an dem ich mit diesem Anzug nicht auffallen würde, oder besser gesagt: der einzige Zeitpunkt wäre an einem Elvis-Presley-Fanclubtag. Mit vorgezogenen Schultern und gesenktem Blick lief ich über den Boulevard.

Könnte ich bloß den Pier sperren lassen. Oder noch besser: ihn in eine unbewohnte Insel verwandeln. Ganz allein ein paar Palmen an einem verlassenen Strand ansingen, das schaffte ich gerade noch!

Ich sah es schon aus einiger Entfernung. Der Lintfertpier war alles andere als verlassen. Alle Bänke waren besetzt. Ein Vater ließ seinen Sohn durch einen Fernstecher schauen, Touristen fotografierten, zwei Mädchen aßen Eis und an der Balustrade lehnten ein paar Jugendliche. Wenn ich bloß keinem Bekannten begegnete und vor allem niemandem aus meiner Klasse!

Kaum zehn Meter weiter wurde ich bereits erkannt.

»Elvis, Schätzchen?«

Wonka wieder. War sie eine Stalkerin, oder was?

»Müssten Sie nicht im Laden sein?«, fragte ich.

»Das Mädchen schafft das im Augenblick ganz gut allein.« Wonkas Gesicht verdüsterte sich. »Als ich gestern zu meiner Schwester kam, war sie krank. Ich habe ihr Medikamente geholt und war für sie einkaufen.« Sie wischte ihre Worte zur Seite. »Aber deswegen habe ich dich nicht gerufen. Ich fragte mich, ob du wohl weißt, wo dein Vater ist.«

»Wieso?«, fragte ich, so unschuldig es ging.

»Meistens sagt er Bescheid, wenn er ein paar Tage weggeht. Aber ich habe ihn seit Samstag nicht mehr gesehen und auch nichts von ihm gehört.«

»Er wollte eine Woche weg mit einem Freund«, erfand ich. »Sie brauchen sich keine Gedanken zu machen.«

»Na, dann ist es ja gut.« Kaninchenlächeln. »Schöner Anzug übrigens. Sicher von deinem Vater geliehen?« Sie fühlte an meinem Ärmel, als wäre es ein Stoff auf dem Markt, den sie vielleicht kaufen wollte.

»Hmm. Der ist für eine Wette.«

»Damit erregst du jedenfalls eine Menge Aufsehen.«

Leider, ja ...

Die Entführer! Wie kontrollierten sie, ob ich wirklich auf dem Pier sang? Wie konnten sie sichergehen, dass ich nicht nur so tat als ob?

»Haben Sie ein Handy dabei?«, fragte ich Wonka. »Ich habe meins verloren.«

Sie suchte in ihrer Tasche.

»Wissen Sie, wie man damit filmt?«

»Wieso?«

In meiner Aufregung vergaß ich für einen Moment mein Lampenfieber. »Ich werde gleich eine Elvis-Nummer bringen und dann möchte ich gern, dass Sie jeden filmen, der stehen bleibt und zuhört.«

Sie hatte ihr Telefon gefunden. »Es ist doch viel schöner, wenn ich dich aufnehme. Dann kannst du es später deinem Vater zeigen, wenn er zurückkommt.«

»Schön ist nicht wichtig. Ich muss nachher beweisen, dass ich nicht irgendwo allein gestanden und gesungen habe. Darum geht es bei der Wette nämlich, dass ich vor echtem Publikum auftrete.«

»Wo stellst du dich hin?«

»Hinter *The Old Carousel.*« Das war wenigstens ein bisschen sichtgeschützt.

Ich war mit der Musik von Elvis aufgewachsen und hatte seine Songs so oft gehört, dass ich mühelos Dutzende von Texten absondern konnte. Singen war eine andere Geschichte. In meinem Kopf klang alles noch so, wie es klingen sollte, aber sobald ich den Mund öffnete ...

»Fool, you didn't have to hurt her.«

Die Worte stimmten noch, aber damit war alles gesagt. Ich lag ungeheuer daneben. Falsche Tonhöhe, falsche Melodie. Ohne meinen Anzug hätte niemand gewusst, dass ich Elvis imitierte.

»Fool ...«

Gute Textwahl, zweifelsohne.

»But now her love is gone.«

Ein Junge legte mir eine Münze neben die Füße und sagte: »Nicht für den Gesang, sondern damit du aufhörst.« Ein paar Leute lachten. Ich wünschte, im Pier würde sich ein Loch auftun, genau unter meinen Füßen, damit ich darin verschwinden könnte.

»Fool, you didn't have to lose her.«

Eine Möwe segelte haarscharf an meinem Kopf vorbei. Platsch! Etwas Feuchtes spritzte auf meine Wange. Igitt! Sie hatte geschissen, zur großen Belustigung des Publikums. Weil ich nichts anderes hatte, um den Schiss wegzuwischen, opferte ich den roten Elvis-Schal.

»Die Möwe findet es auch Kacke!«, rief derselbe Junge, der die Münze hingelegt hatte.

Da lachten alle noch lauter.

Ich fühlte mich bis auf die Knochen gedemütigt. Oh, wie hasste ich die kreischenden Möwen und die Leute mit ihren grinsenden Mäulern. Die Einzige, die mich noch aufrechthielt, war Willy Wonka mit ihrem Telefon. Wenn die Entführer in der Menschenmenge standen, würde ich sie nachher auf dem Film sehen können. Darauf konzentrierte ich mich, während ich mich von einer Strophe zur nächsten schleppte. Meine Stimme wurde immer leiser und wehte fast davon. Zu meiner großen Erleichterung langweilten sich die meisten Zuhörer und gingen weiter, nur eine Gruppe von Jungen und Mädchen blieb hartnäckig stehen. Zwei Quälgeister pfiffen mich aus und ...

Fuck, dort stand Talisha! Jetzt hatte ich meine Chancen bei ihr wohl endgültig verspielt. Sie würde wohl kaum mit einem singenden Idioten gehen wollen, der nach Möwenkacke stank.

»Fool, you only have to love her.«

Ende.

Eine Frau mit einem großen Muttermal auf der Wange begann zu klatschen. Aus Mitleid, dachte ich. Oder sie war taub.

Rasch ging ich zu Wonka. »Ist alles drauf?«

Sie zeigte es mir, aber ich wollte nur so schnell wie möglich weg und gab ihr meine Mailadresse, damit sie den Film schicken konnte. Mit großen Schritten ging ich zum offen stehenden Tor des Piers. Da war Talisha wieder. Ich tat, als würde ich sie nicht sehen, und überholte sie so schnell wie möglich.

Aber nicht schnell genug.

»Kennst du mich jetzt nicht mal mehr, oder was?«, fragte sie.

»Doch, doch.« Ich spürte, wie die Schamröte jetzt auch meinen Hals hinaufkroch. »Ich dachte eher, dass du mich nicht mehr kennen willst, nachdem ...«

»Ich habe tatsächlich schon bessere Auftritte erlebt, stimmt.« Sie sah mich durchdringend an. »Hat das vielleicht etwas mit deinem Vater und dem Zettel zu tun?«

Ein Mann schoss wie ein Klappmesser zwischen uns durch.

»He, was soll das denn?«, rief Talisha empört.

Ich sah nur noch seinen Rücken, aber ich war sicher, dass er zu den Entführern gehörte. Das war ganz klar eine Warnung gewesen.

»Entschuldige, ich muss gehen«, sagte ich zu Talisha.

»Aber ...«

Im Eilschritt ging ich hinter dem Mann her. Vielleicht war es ja Carl! Er würde mich zu den Entführern bringen. Und damit auch zu meinem Vater.

Es ist schwierig genug, jemanden unbemerkt zu verfolgen, aber in einem Elvis-Anzug ist es wirklich unmöglich. Jeder starrte mich an und auch der Mann hatte mich innerhalb kürzester Zeit bemerkt. Er ging zu dem überdachten Markt bei Butchers Row und verschwand zwischen den Besuchern. Ich versuchte, ihn wiederzufinden, aber es gibt offenbar sehr viele Männer mit schwarzer Jacke und braunem Haar. Da rief auch noch ein Händler »Elvis the Pelvis!« und wackelte mit den Hüften.

Am liebsten wäre ich tot umgefallen – oder wenigstens unsichtbar geworden.

21

It's now or never

Ich ging mit dem Anzug ins Vegas zurück und zog meine eigenen Sachen wieder an. Es war befreiend, wieder als normaler Mensch über die Straße laufen zu können.

Als ich nach Hause kam, überprüfte ich sofort, ob Wonkas Film schon auf meinem PC war.

War er!

Ich spielte ihn ab und hielt dabei Ausschau nach bekannten Gesichtern. Ich hoffte, Carl Crawford zu sehen oder John Yeti – ein Obdachloser, der Zettel zustellte, konnte durchaus auch als Spion angeheuert werden –, aber außer Talisha erkannte ich niemanden.

Danach schaute ich mir den Film noch einmal an. Keiner im Publikum verhielt sich verdächtig. Sie stießen sich gegenseitig an und lachten mich aus. Der Junge, der mir die Münze zu Füßen legte, hatte bestimmt nichts mit den Entführern zu schaffen. Wer mich kontrollieren sollte, würde natürlich nicht die Aufmerksamkeit auf sich lenken.

Wieder spielte ich den Film ab. Jetzt suchte ich nach Personen, die sich große Mühe gaben, nicht aufzufallen. Nach Leuten, die nicht zu einer Familie oder einer Gruppe zu gehören schienen. Nach Männern mit braunen Haaren und einer schwarzen Jacke – ich fand einen, aber der hatte zu viele Locken. Ich schaute und schaute, bis ich fast schielte, aber der Film brachte mich nicht weiter. Tränen der Enttäuschung stiegen mir in die Augen. Wütend rieb ich sie weg. Ich sollte mich lieber auf den nächsten Auftrag konzentrieren. Oder besser gesagt: den vorigen Auftrag. Meine Aufgabe in der Oysterbar war noch nicht erledigt.

Es durfte nicht noch einmal schiefgehen, also bereitete ich mich besonders gut vor. Als Erstes überprüfte ich das Eimerchen in der Kühlbox. Die Maden waren mausetot. Ich warf sie in den Mülleimer und ging zur nächstgelegenen Zoohandlung, um neue zu kaufen. Bloß: Wo sollte ich sie aufbewahren? Die Kühlakkus in der Box waren mittlerweile aufgetaut. Ich wollte kein Risiko eingehen und steckte die wimmelnden Tierchen schließlich doch in den Kühlschrank, ganz weit hinten in die Gemüseschublade, hinter eine Wand aus Karotten, Apfelsinen und einer Würstchenpackung.

Leider nicht weit genug. Meine Mutter wollte Kartoffelpüree mit Erbsen und Würstchen machen und stieß auf das Eimerchen.

»Igitt, Elvis!«, rief sie. »Was machen diese Viecher in unserem Kühlschrank?«

Hätte ich doch bloß die Würstchen aus der Gemüseschublade genommen!

»Ich gehe morgen angeln«, erfand ich schnell. »Mit Peter und Simon.«

Sie hielt den Eimer weit von sich, als wäre es ein Baby mit voller Windel. »Stell dir vor, sie wären da herausgekrochen. Dann wären sie jetzt in unserem Essen.«

Ich musste schon bei der Vorstellung fast würgen. »Sorry, der Deckel ist wirklich ganz dicht. Und im Eisschrank liegen schon Kühlakkus. Sobald die gefroren sind, kann ich die Kühlbox nehmen.«

Sie seufzte, stellte das Eimerchen aber trotzdem wieder zurück in die Gemüseschublade. Die Karotten und die Apfelsinen durften solange ins oberste Fach.

»Wir brechen übrigens schon sehr früh auf«, sagte ich. »Simon meint, dann beißen sie am besten.«

»Und wo wollt ihr hin zum Angeln?«

»Peter kennt da irgendeinen Weiher.«

Ich hatte nie darüber nachgedacht, wann Lebensmittel für ein Restaurant geliefert wurden. Am frühen Morgen? Oder vielleicht schon in der Nacht? Ich wollte ganz sichergehen und stellte den Wecker auf vier Uhr.

Es war noch dunkel, als er klingelte. Ich fühlte mich wie gerädert. Im Schein meiner Bettlampe zog ich mich an, möglichst leise, um meine Mutter nicht zu wecken. Dann holte ich die Maden aus dem Kühlschrank und steckte sie zu den Flaschen mit Abführmittel in den Rucksack. Der Fotoapparat kam auch wieder rein – wenn ich zufällig John Yeti begegnete, wollte ich ihm die Fotos von Carl und Patrick Crawford zeigen.

Ich schaltete meine Taschenlampe ein und schlich die Treppe hinunter. Haustür auf- und wieder zuziehen. Ein leises Klicken und dann stand ich auf der Straße.

Es war ziemlich frisch und genau das brauchte ich. Als ich an der Oysterbar ankam, war ich hellwach.

Die Vorderseite des Restaurants sah noch genauso aus wie am Tag zuvor. Die Rückseite hatte sich allerdings verändert. Die kleine Scheibe, die ich eingeschlagen hatte, war von einem Karton ersetzt worden und das demolierte Küchenfenster wurde jetzt von einer stabilen Holzplatte verdeckt. Die Inhaber der Oysterbar waren offensichtlich doch benachrichtigt worden. Mir wurde klar, dass der Code sich dann höchstwahrscheinlich geändert hatte. Na ja, es hatte sowieso noch keinen Sinn, jetzt reinzugehen. Ich würde meinen Auftrag erst nach der Lieferung der Lebensmittel erledigen können. Der Quadratmeter Gras hinter dem Container schien mir zum Warten am geeignetsten. Außer Sichtweite und aus dem Wind. Ich konnte die Obdachlosen hinter den Fischhütten immer besser verstehen.

Offenbar war ich doch kurz eingenickt, denn ich erwachte von einem röhrenden Geräusch. Es war nicht mehr ganz dunkel, aber noch dämmrig. Ich spähte am Container vorbei und sah starke Scheinwerfer auf mich zukommen. Ein kleiner Lieferwagen hielt seitlich vom Restaurant. Die Lichter erloschen.

In der Küche dagegen sprangen die Lampen an und die Hintertür öffnete sich. Im hell erleuchteten Rechteck stand eine schwarze Silhouette. Ich erschrak. War er oder sie schon die ganze Zeit da drinnen gewesen?

»Ihr seid schön pünktlich«, sagte eine Frau mit einer tiefen, heiseren Stimme. Ich stellte mir vor, wie sie am Container entlanggegangen war. Dass sie nur kurz um die Ecke hätte schauen müssen, um mich dort sitzen zu sehen. Trotz meiner steifen Muskeln wurde mir auf einmal siedend heiß.

Die Türen des kleinen Lieferwagens öffneten sich. Zwei Personen sprangen heraus und gingen zur Rückseite des Wagens. Den Geräuschen nach ging etwas auf und eine Ladeklappe senkte sich.

»Das kann sofort in den Kühlraum«, sagte die Frau.

Zwei Männer hievten große Kästen aus dem Lastwagen

und trugen sie in die Küche der Oysterbar. Die Frau folgte ihnen. Ich schaute auf die drei Rücken in der Küche. Jetzt oder nie.

Auf Zehenspitzen rannte ich zum Lieferwagen und betrat die Ladeklappe. Kisten. Viele Kisten. Aber welche waren für die Oysterbar? Ich schickte einen zittrigen Lichtstrahl über die aufgetürmten Stapel. Da! An den Kisten klebten Zettel mit Namen. SEA U las ich. THE HEAD OF THE KING und OYSTERBAR.

Oysterbar! Diese Kiste brauchte ich. Ich hob sie vom Stapel und betrachtete den Inhalt. Große Fische mit glasigen Augen auf einem Bett aus Eis. Ich schüttete eine Flasche Abführmittel darüber. Kiste Nummer zwei. Flusskrebse. Auch sie bekamen eine Abführmitteldusche. Als ich mit der dritten Kiste anfangen wollte, hörte ich Stimmen. Die Männer kamen zurück!

Ich knallte die Kisten an ihren Standort zurück und wollte schon fast auf die Straße rennen, als mir einfiel, dass ich ihnen dann direkt in die Arme laufen würde. Verstecken war besser. Zwischen den Kistenreihen war ein schmaler Gang. Ich machte mich so dünn wie möglich, aber ich war immer noch zu breit. Da erst wurde mir klar, dass ich meinen Rucksack wieder auf dem Rücken hatte. Trottel! Abschnallen und verschwinden! Meine Nerven waren zum Zerreißen gespannt. Ich hatte Angst, ich würde an etwas stoßen oder Lärm machen.

Still!

Da waren die Männer. Sie hoben die Kisten vom Stapel und gingen wieder. Vor Erleichterung hätte ich fast angefangen zu heulen, aber ich riss mich zusammen. Es blieb keine Zeit zum Ausruhen.

Wieder suchte ich nach den Kisten, die für die Oysterbar bestimmt waren. Ich kippte Abführmittel in eine gelbliche Soße. Das Eimerchen mit den Maden schüttete ich über irgendein rosa Zeug – Garnelen vielleicht? Jetzt noch eben umrühren. Es störte mich nicht einmal mehr, dass ich vergessen hatte, die Latexhandschuhe überzustreifen. Noch zwei Flaschen Abführmittel und dann war ich fertig!

Fuck, da waren die Männer wieder.

Wie eine Schlange in einen Felsspalt schlüpfte ich wieder in mein Versteck und wartete. Es ist nicht leicht, sich still zu verhalten, wenn einem die Zähne klappern und man außer Atem ist. Zum Glück machten die Männer auch selbst viel Lärm. Ich hörte die Kisten knirschen, hörte, wie sie gepackt und gestapelt wurden, das Stöhnen der Träger und ihre Schritte, immer weiter entfernt. Ich kam wieder zum Vorschein und las im Licht meiner Taschenlampe die Zettel. Oysterbar. Noch zwei Kisten. Gerade genug. Ich kippte die beiden letzten Fläschchen aus und wollte den Lieferwagen gerade verlassen, als ich die Männer zurückkommen hörte.

Nach hinten! In den Gang. Ich fiel fast um und verletzte mich am Knie, hockte aber gleich darauf wieder sicher im Dunkeln.

»Gib ruhig her!«, hörte ich die Frau mit der tiefen, heiseren Stimme sagen. »Die letzten Kisten kann ich auch selbst tragen.«

Es war noch ein wenig Herumkramen zu hören, dann verließen die Männer die Ladefläche und die Klappe surrte hoch. Ich traute mich nicht zu rufen. Es wurde pechschwarz und meine Lungen pressten sich zusammen. Schnell knipste ich die Taschenlampe an, das half ein bisschen. Aber sogar mit Licht ist ein Laderaum voller Kisten nicht gerade eine beruhigende Umgebung. Der Motor sprang an und der Lieferwagen fuhr los. Ich war gefangen.

Einfach weiteratmen. Es würde bestimmt nicht lange dauern. Ich brauchte keine Angst zu haben, dass man mich irgendwo weit weg in London oder so rausschmeißen würde. Der Laderaum war noch voller Kisten mit Zetteln. Sea U kannte ich nicht, aber bei The Head of the King hatte ich schon mal gegessen. Es lag knapp außerhalb des Zentrums. Ein Katzensprung. Wenn Illegale in geheimen Laderäumen die Überfahrt über den Kanal überlebten, würde ich hier wohl auch nicht sterben. Dann dachte ich an eine Folge von *Silent Witness* – die Lieblingsserie meiner Mutter –, bei der die Illegalen allesamt abgekratzt waren ...

Holy shit, was war ich froh, als der Lieferwagen anhielt. Fast hätte ich vergessen, meine Taschenlampe auszuschalten. Der Motor schwieg und die Ladeklappe ging auf. In der Morgendämmerung sah ich, wie zwei Männer hereinkamen. Ich versuchte, geräuschlos zu atmen. Meine Blase drückte von innen an meine Bauchdecke. Warten. Der eine reichte dem anderen ein paar Kisten. Dann verließen sie den Laderaum.

Meine Geduld war am Ende. Ich konnte zwar immer noch erwischt werden, aber der Drang rauszukommen war größer. Ich sprang von der Ladeklappe und sog die frische Morgenluft ein. Dann machte ich einen Schwenk um den Lieferwagen. Die Hintertür von The Head of the King stand offen. Ich änderte die Richtung und lief die Straße hinunter.

»Elvis!«, hörte ich es auf einmal hinter mir.

Ich schaute mich um. Kein Mensch zu sehen, nur Autos, Häuser, Geschäfte und Laternenpfähle. Und ein Briefumschlag. Er klebte an einer Laterne.

22

Big boots

Ich ignorierte den Umschlag und rannte zu der Stelle, von der die Stimme gekommen war.

Na ja, woher ich dachte, dass sie gekommen war. Ich sah niemanden. Der Mensch war wie vom Erdboden verschwunden.

Erst war ich wütend und frustriert. Danach lebte die Angst wieder auf. Der Mann, der mich da gerade gerufen hatte, kannte meinen Namen und wusste, dass ich hier war. Er musste also gesehen haben, dass ich bei der Oysterbar in den Laderaum gestiegen und bei The Head of the King wieder zum Vorschein gekommen war. Wahrscheinlich war er dem Lieferwagen gefolgt.

Dann musste er also ein Auto haben.

Hinter mir hörte ich einen Scooter wegfahren.

Oder er war auf dem Scooter! Ich drehte mich schnell um.

Zu spät, er war in einer Seitenstraße verschwunden.

Ich lief zur Straßenlaterne zurück und riss den Umschlag ab. Wieder stand mein Name darauf, als käme ich sonst nicht auf die Idee, er könnte für mich bestimmt sein.

Öffnen.

Ich wusste nicht, was mich dieses Mal erwartete, zumindest jedoch keine Schere. Und im Übrigen auch kein Foto von Ritchie Caruso. Er ist der zweitwitzigste Kabarettist von England, aber er müsste mal etwas mit seiner Frisur machen. Oder besser gesagt: Etwas weniger, denn er sieht aus, als hätte er eine Mädchenfrisur. Er wäscht, stylt und föhnt sie wahrscheinlich täglich. Oder vielleicht stündlich.

»Schwul«, sagen Simon und Peter.

Laut Talisha gehört es einfach zu Carusos Image.

Der Auftrag stand auf der Rückseite des Fotos.

GEH ZUM HAUS VON RITCHIE CARUSO.

SCHNEIDE MINDESTENS 15 CM VON SEINEN HAAREN AB.

Und wo wohnt Ritchie Caruso?

Grimmig stopfte ich die Sachen zurück in den Umschlag. Was jetzt? Ich hatte meiner Mutter weisgemacht, dass ich angeln gehen würde, ich konnte also nicht nach Hause. Zum Appartement meines Vaters dann? Nein, die Reserveschlüssel lagen bei Wonka und die schlief natürlich noch. Ich beschloss, meine Zeit zu nutzen und zu den Fischhütten zu gehen. Vielleicht würde ich ja endlich John Yeti finden. Aber erst mal pinkeln.

Es war seltsam still in der Stadt. Busse fuhren noch keine und ohne Smartphone konnte ich auch kein Taxi rufen. Nichts zu machen, ich würde zu den Fischhütten laufen müssen.

Bei jedem Geräusch schaute ich mich um. Wenn ein Auto oder Scooter vorbeifuhr, beschleunigte sich mein Herzschlag. Entführer? Spione? Verrückt genug, wünschte ich plötzlich, Jules wäre bei mir. Als wir beide so früh durch die Stadt geschlendert waren, hatte ich mich nicht einsam oder bedroht gefühlt.

Ich überquerte Bay Bridge und kam an einem Denkmal

mit einem Reiter auf einem Pferd vorbei. Meine Gedanken gingen zu meinem zehnten Geburtstag, als mein Vater mir ein Pferd versprochen hatte. Damals war ich verrückt nach Pferden. Oder anders: Ich war verrückt nach Jane und sie war verrückt nach Pferden – Jungen interessierten sie gar nicht. Aber wenn ich ihr hätte erzählen können, dass ich ein eigenes Pferd besaß, hätte sie mich bestimmt beachtet – das hatte ich mir zumindest eingebildet.

»Vergiss es«, hatte meine Mutter gesagt. »Ein Pferd ist viel zu teuer.«

Das sagte sie immer, wenn Papa eine gute Idee hatte: Vergiss es.

»Klar bekommst du ein Pferd«, hatte Papa geantwortet. »Ich habe mein ganzes Geld auf Speedy gesetzt und ich spüre, dass ich gewinnen werde.«

Speedy erwies sich als der lahmste Windhund aller Zeiten. Wie viel mein Vater mit seiner Wette verlor, weiß ich nicht mehr, aber ich weiß noch genau, dass es einen gewaltigen Streit gab und vor allem kein Pferd. Meine Mutter schrie meinen Vater an, sie würde ihn verlassen, wenn er sich keine Hilfe suchte. Mein Vater brüllte zurück, nicht jeder, der einmal spielte, sei gleich süchtig. Ich habe noch lange danach geglaubt, sie hätten sich wegen mir scheiden lassen. Wenn ich nicht unbedingt ein Pferd gewollt hätte ...

Die Morgensonne kroch hinter den Wolken hervor. Ein Strahlenkranz ließ alles golden aufleuchten. Auf alten Gemälden steigt in solchen Situationen immer ein Engel herab und in Science-Fiction-Filmen ein Ufo. Ich glaube weder an Engel noch an Ufos, aber ich hatte trotzdem eine Vision – nämlich, dass es mir nie im Leben gelingen würde, ein Stück von Carusos Haaren abzuschneiden.

Zuallererst wusste ich schon mal nicht, wo er wohnte, aber selbst wenn: Er würde mich ja nicht einfach machen lassen. Wenn ich eine Chance haben wollte, würde ich ihn erst k. o. schlagen müssen.

Da waren die Fischhütten. Vorläufig würde ich mich auf John Yeti konzentrieren. Ohne Computer kam ich sowieso keinen Schritt weiter mit dem langhaarigen Kabarettisten.

Hinter mir kam der Verkehr allmählich in Gang, vor mir rauschte die Brandung. Die letzten Frühnebelfetzen trieben an den Fischhütten vorbei. Ich musste nicht noch einmal in die Höhle des Löwen. Wie Jules war John Yeti ein Frühaufsteher. Ich sah ihn auf einer Bank sitzen und aufs Meer starren.

»Herr John«, sagte ich.

Er reagierte nicht, bis ich unmittelbar vor ihm stand. Da setzte er sich aufrechter hin. Ein Athlet in den Startlöchern.

»Sie haben mir diesen Zettel gegeben, wissen Sie noch?«

Er schaute mich an. Helle, stechende Augen. Heller, als ich erwartet hatte.

»Vielleicht können Sie mir den Auftraggeber beschreiben?«, fuhr ich fort. »Oder noch einfacher: Ich zeige Ihnen ein paar Fotos und dann sagen Sie, ob Sie jemanden erkennen.«

Ich wollte die Kamera aus meiner Tasche ziehen, aber John Yeti stand plötzlich auf und stach mit seinem schmutzigen Zeigefinger auf meine Brust. »Du«, sagte er. »Du.«

Es klang bedrohlich. Als hätte ich etwas Schreckliches auf dem Gewissen.

»Lügner!« Er röchelte und spuckte mir einen Klecks Speichel vor die Füße.

Langsam dämmerte mir etwas.

»Ich habe dein Telefon nicht gestohlen!« Wieder stach er mir mit dem Finger auf die Brust. »Und du sagst, ich hätte es. Ich habe dir nur einen Zettel gegeben.«

»Das weiß ich«, sagte ich eilig. »Sie waren der Botschafter. Aber wissen Sie auch, wer den Zettel geschrieben hat? Kennen Sie seinen Namen? Oder wissen Sie, wie er aussieht?«

»Ich habe zwei Nächte in der Zelle verbracht.« Yeti stach mich wieder. »Du hast gesagt, ich wär's gewesen. Snowboots. Gestreifter Pulli.«

Stech, stech. »Aber ich bin kein Dieb.«

»Das weiß ich. Die haben mich bestimmt falsch verstanden.«

»Du bist zur Polizei gegangen.« Er stach jetzt so gemein fest, dass es anfing wehzutun. »Du hast gelogen, ich habe dein Telefon nicht.«

»Nein, das weiß ich«, sagte ich ungeduldig. »Können wir jetzt mal über den Zettel reden?«

Er schaute mich an, als könnte ich seinetwegen auf der Stelle tot umfallen. Dann stach er noch einmal unsanft auf meinen Brustkasten ein und ging davon.

Ich überlegte noch kurz, ob ich ihm nachgehen sollte. Mein Vater konnte meine Mutter früher auch noch hin und wieder mit Schokolade oder Blumen besänftigen und bei Yeti wirkte vielleicht eine Flasche Whisky wie ein Sühneopfer. Das Problem war nur, dass ich die gerade nicht bei mir hatte.

Auf der gegenüberliegenden Straßenseite hielt ein Bus. Als ich sah, dass er in den Norden fuhr, beschloss ich einzusteigen. Das White Heart Hotel war Tag und Nacht geöffnet, also auch morgens um halb sieben. Und dort gab es Internet.

Die Lobby stank immer noch nach Frittierfett, ansonsten aber war es ein ausgezeichneter Ort für Recherchen. Keiner lag mir in den Ohren oder interessierte sich für mich. Während in den Saal neben mir immer mehr Leute zum Frühstück kamen, vertiefte ich mich in das Leben von Ritchie Caruso.

Heute Abend hatte er eine Vorpremiere in Kelton. Ich notierte die Theateradresse auf einer Serviette. Nachteil: Man brauchte schon mit dem Auto eine Stunde, um dorthin zu fahren. Mit dem Zug oder dem Bus wäre ich noch viel länger unterwegs. Und wie käme ich dort hinter die Kulissen oder in Carusos Umkleide?

Ich fand Fotos von seinem Haus oder zumindest von der Einrichtung. Wenn ich dem Begleitartikel glauben konnte, lag es ziemlich weitab, in einem Heidegebiet am anderen Ende des Landes. Aussichtsloser Fall Nummer zwei.

Irgendwo anders las ich, er besäße auch noch ein Haus am Strand. Der genaue Ort blieb unklar, bis ich auf wieder einer anderen Website eine Fotoreportage fand. Ritchie stand neben einem Schwimmbad bei einer Villa. Einer weißen Villa, die ich schon einmal gesehen hatte – auf der Website von Mill Hill.

23

It's impossible

Mill Hill war in Wirklichkeit noch brillanter, als die Fotos versprochen hatten. Die Villen waren so gebaut, dass jeder einen freien Blick hatte. Die untere Etage bestand hauptsächlich aus Glas. Auf der Rückseite war das Meer, das tief unterhalb des Abgrunds gegen die Klippen toste. An der Vorderseite lagen – außer der ruhigen Straße – sanft abfallende Schafweiden und ganz in der Ferne ein Waldrand.

Ich schlenderte an den Häusern entlang und spähte überall hinein. Caruso hatte weder Frau noch Kinder, also konnte ich ein paar Wohnungen sofort abhaken. Manche Häuser standen noch zum Kauf und bei einem waren die Vorhänge zugezogen. Dann kam ich an einem Wohnzimmer vorbei, in dem ein gigantisches Porträt von Ritchie Caruso hing.

Das musste seine Villa sein, es sei denn, irgendein anderer Riesenfan von ihm wohnte in diesem Haus, aber das schien mir weit hergeholt. Nein, ich spürte, dass ich richtiglag. Berühmte Leute sind verrückt nach Abbildern von sich selbst. Filmstars, Popidole und Diktatoren – sie alle wollten ein Denkmal, ein Wachsbild oder ein Porträt in der Galerie. Das war bei Caruso sicher nicht anders.

Ich suchte alle Fenster ab. Dass er hier wohnte, hieß noch lange nicht, dass er auch zu Hause war. Okay, es schien mir praktischer, von hier aus nach Kelton zu reisen als von seinem Haus beim Moor. Aber vielleicht liebte Caruso es ja unpraktisch, denn solche Leute soll es auch geben – warum staksten Frauen sonst auf hohen Absätzen durch die Gegend?

Im oberen Stock war ein Rollladen unten. Carusos Schlafzimmer? Ich hoffte, dass er wie Papa gern ausschlief, wenn er am Abend vorher einen Auftritt gehabt hatte, und vor allem, dass er sehr tief schlief.

Ich ging zur Rückseite des Hauses. Der schmiedeeiserne Zaun war nicht verschlossen, also kam ich einfach so in den Garten. Der bestand aus einem Boden aus grauen Steinplatten, einem rechteckigen Schwimmbad und einem Terrakotta-Topf mit einer Pflanze auf der Terrasse. Einen Schlüssel brauchte ich nicht, denn die Glasfassade stand einen Spalt offen. Das konnte zweierlei bedeuten: Caruso hatte die Schiebetür nicht richtig geschlossen, bevor er ins Bett gegangen war – oder er war schon wach.

Ich schob sie weiter auf und wartete, trat ein und wartete wieder. Noch immer ging kein Alarm los. Dann ging ich in das Wohnzimmer mit offener Küche und bestaunte die Kochinsel, das kolossale Sofa und alle Designermöbel. Beeilung! Wenn Caruso noch pennte, war das meine Chance.

Ich schlich die Treppe hinauf. Oben war es noch dämmrig und ich hörte keinerlei Geräusch. Weil ich keine Ahnung hatte, wo ich anfangen sollte, öffnete ich auf gut Glück eine Tür.

Das Bad. Eine irrwitzig große, runde Badewanne, eine Toilette und zwei Waschbecken.

Im Raum daneben war das Gästezimmer. Das dachte

ich jedenfalls, denn ich sah nirgends persönliche Sachen wie Fotos oder Poster oder so.

Die dritte Tür war nicht ganz geschlossen. Als ich durch den kleinen Spalt spähen wollte, hörte ich jemanden hüsteln. Ich federte zurück und suchte nach einem Fluchtweg. Das Gästezimmer! Während ich fast panisch wurde vor Angst, flog ich hinein und schloss die Tür. Mein Herz schlug wie eine Pauke und ich sah schon die Schlagzeilen vor mir: CARUSO ÜBERWÄLTIGT EINBRECHER. Und ich würde mich nicht herausreden können, denn dann würde ich meinen Vater in Lebensgefahr bringen.

Tief Luft holen. Ruhig bleiben. Caruso hatte keine Ahnung, dass ich in seinem Haus war, warum sollte er also ins Gästezimmer kommen? Ich legte das Ohr an die Tür und versuchte herauszufinden, was auf der anderen Seite passierte. Erst hörte ich eine Zeit lang nichts. Dann wieder ein Hüsteln und ein wenig Herumkramen und dann lief Wasser. Caruso nahm offensichtlich ein Bad. Das bedeutete, dass er die nächsten zwölf Stunden wahrscheinlich nicht mehr schlafen würde – und dass ich ihm die Haare würde schneiden müssen, während er bei vollem Bewusstsein war. Ein unmöglicher Auftrag!

Als Erstes würde ich mich vermummen müssen und ich hatte gerade keine Skimütze oder Strumpfhose zur Hand. Mein Blick fiel auf das gemachte Bett. Blauer Bezug mit dazu passendem Kopfkissen. Und ich hatte eine Schere! Ich streifte den Bezug vom Kopfkissen. Jetzt hatte ich einen blauen Stoffsack. Ich setzte meine Brille ab, zog den Bezug über meinen Kopf, fühlte, wo meine Augen saßen, und hielt die Stelle mit Daumen und Zeigefinger fest, während ich den Bezug wieder abstreifte. Genau an der Stelle schnitt ich einen Kreis in den Stoff. Ich wiederholte den Trick mit meinem rechten Auge und schnitt auch noch eine Öffnung für meinen Mund hinein. Fertig war meine Maske.

Ich drückte mir die Brille wieder auf die Nase und zog den Kissenbezug über den Kopf. Die Unterseite stopfte ich mir in den T-Shirt-Ausschnitt. Es war stickig und beklemmend und die Aussicht war erbärmlich.

Aber der Wasserhahn lief immer noch! Obwohl »Bett« noch immer mein Lieblingsort war, wurde mir plötzlich bewusst, dass »Badewanne« eine gute Alternative wäre. Warmes Wasser macht träge und entspannt. Wenn Caruso mich daran hindern wollte, ihm die Haare abzuschneiden, müsste er erst einmal aus dieser glitschigen Badewanne herausklettern.

So machte ich mir eine Zeit lang selbst Mut wie ein Trainer, der seine Mannschaft anfeuert, obwohl er fast sicher ist, dass sie verlieren wird. Da wurde der Wasserhahn abgedreht.

Ich öffnete die Tür einen Spaltbreit und überprüfte den Korridor. Im Badezimmer hörte ich Wasser schwappen und danach ein Quietschen. Caruso, der sich in die Wanne gleiten ließ?

Die Schere schnittbereit im Anschlag, verließ ich das Gästezimmer. An der Badezimmertür blieb ich wieder stehen. Lauschte. Noch ein wenig Quietschen, dann war es still.

Ich wünschte, Caruso bekäme ganz schwere Augenlider, damit er nicht sehen würde, wie ich hereinkäme. Bei einem Überraschungsangriff hätte ich vermutlich die besten Chancen. Schauen, Schneiden, Rennen. Ich brauchte bestimmt keine Angst zu haben, dass Caruso mit nacktem Hintern hinter mir herlaufen würde.

Das Badezimmer war noch immer eine Oase der Ruhe. Ich hatte keine Lust mehr zu warten, legte meine Hand auf die Klinke und versuchte, sie geräuschlos nach unten zu drücken. Ja, die Tür gab nach. Ich sah die Spiegel über dem Waschbecken. Darüber brauchte ich mir schon einmal keine Sorgen mehr zu machen. Sie waren beschlagen, mein Spiegelbild würde mich nicht verraten. Ich spannte die Muskeln an und wollte schon fast eintreten, als ich ihn sah. Caruso. Er lag tatsächlich mit geschlossenen Augen in der großen, runden Wanne. Aber ich hätte ihn fast nicht erkannt, denn er war so kahl wie eine Billardkugel.

24

I got lucky

Ich schloss die Tür und schlich die Treppe hinunter. Es kostete mich große Mühe, nicht zu rennen, zu schreien und etwas zu zerschlagen. Diese Drecksäcke! Eine Haarsträhne von Caruso war wie das Pferd, das ich zum elften Geburtstag haben wollte – ich würde sie nie bekommen. Was war das für ein krankes Spiel? Dachten sie sich jetzt nur undurchführbare Aufträge aus oder was? Ich riss mir den Kissenbezug vom Kopf und benutzte ihn, um mir den Schweiß vom Gesicht zu wischen. In der anderen Hand hielt ich noch immer die Schere. Ihre scharfen Spitzen ratschten über die grau gestrichene Wand. Plötzlich wusste ich, wie toll es sich anfühlen musste, wenn man jemandem das Auto zerkratzte. Oder eben die Wand. Ich hasste Caruso. Seine Frisur ist sein Image, hatte Talisha gesagt. Welcher Idiot rasierte denn wohl sein Image weg und …

Ich blieb stehen.

Irgendwas stimmte da nicht. Carusos Texte waren clever, hatten Biss und waren alles andere als chaotisch. Außerdem wäre es landesweit in den Nachrichten gewesen, wenn er plötzlich mit einer Glatze in der Öffentlichkeit aufgetaucht wäre.

Und schon gar nicht glaubte ich, dass er erst an diesem Morgen seinen Kopf rasiert hatte, genau an dem Tag, an dem ich meinen seltsamen Auftrag erhielt.

Den Kissenbezug wieder über meinem Kopf, ging ich erneut die Treppe hinauf, wobei ich wünschte, dass Caruso in der Badewanne liegen bliebe, bis seine Finger runzelig würden, denn wer weiß, wie lange ich suchen musste.

Ich begann hinter der dritten Tür. Wie ich gedacht hatte: das Schlafzimmer. Die Bettdecke war zurückgeschlagen, aber die Vorhänge waren noch zu. Ich schaute mich zum Korridor um und beschloss, mein Glück zu versuchen. Licht an und Kissenbezug vom Kopf. So, jetzt konnte ich wenigstens etwas sehen.

Auf einmal war es ein sehr einfaches Suchbild. An der Wand stand ein Frisiertisch mit einem Styroporkopf. Er hatte kein Gesicht und keine Ohren, dafür aber langes, blondes Haar. Jackpot! Ich hatte Carusos großes Geheimnis entdeckt.

Mein Auftrag war plötzlich ein Kinderspiel. Statt einer Strähne nahm ich, ohne zu schneiden, seine gesamte Frisur mit. Ich zog die Perücke von ihrem Ständer, löschte das Licht und lief schnell die Treppe hinunter.

Sobald ich draußen in Sicherheit war, schaute ich auf die Uhr. Meine Mutter war schon ins Büro gegangen, also konnte ich ganz normal nach Hause. Obwohl, normal ... Es fühlte sich eher ziemlich seltsam an. Gerade eben hatte ich noch Sachen machen müssen, die unmöglich schienen, während mir die Angst im Nacken saß und die Sekunden drohend langsam verstrichen. Jetzt brauchte ich auf einmal nichts mehr zu tun, jedenfalls nicht akut, doch ich steckte immer noch voller Adrenalin und ich wusste nicht, wohin mit all dieser Energie.

Schließlich ging ich zu McDonald's. Mein Gehirn war zwar aufgeladen wie ein Akku, aber mein Magen war unangenehm leer. Ich bestellte einen Double Sausage & Egg McMuffin, um den brüllenden Hunger zu besänftigen, und setzte mich mit meinem Tablett an einen Tisch am Fenster. Während des Essens überlegte ich, was ich an diesem Tag alles machen könnte. Eine Flasche Whisky erstehen und John Yeti noch einmal befragen. Und ganz viele Dinge herausfinden. Ich wusste zum Beispiel noch immer nicht, welche Verbindung es zwischen Carl Crawford und Lisa Thomson gab, außer dem Hund ...

Eine Frau am Tisch gegenüber zeigte mit ihrem kleinen Finger auf ihren linken Mundwinkel und danach zu mir: Ketchup-Alarm!

Ich wischte mir mit der Serviette über den Mund und nickte ihr dankend zu, denn sie hatte es bestimmt nur gut gemeint. Sie konnte ja nicht wissen, dass ich mich sofort nicht mehr wohlfühlte. Es war, als würde die ganze Welt mich beobachten. Heute Morgen bei der Oysterbar waren sie mir auch schon gefolgt. Und warum eigentlich? Wollten sie sehen, ob ich den Auftrag wirklich erledigte? Aber dann hätte auch jemand bei Orchid House stehen und durch das Küchenfenster spähen müssen, während ich in der schneeweißen Küche zugange war.

Nein, ich war fast sicher, dass man mich nicht die ganze Zeit bespitzelte. Wahrscheinlich wollten mir die Entführer nur Angst einjagen. Nun, das war ihnen jedenfalls gut gelungen.

Sobald ich nach Hause kam, verschickte ich eine E-Mail.

WARUM BEKOMME ICH IMMER SOLCHE UNDURCHFÜHRBAREN AUFTRÄGE? ERST DIE OYSTERBAR UND JETZT DAS WIEDER.

Es blieb still.

EINEM GLATZKOPF KANN MAN NICHTS ABSCHNEIDEN, schrieb ich. DESWEGEN HABE ICH CARUSOS PERÜCKE MITGENOMMEN.

Noch immer keine Reaktion.

Vor lauter Nervosität zupfte ich an meiner Jacke herum. Sie hing über der Rückenlehne meines Stuhls, mit einer prallen Innentasche, denn dort hatte ich die Perücke hineingestopft. Die meisten Haare hingen aber heraus, sodass es aussah, als hielte sich ein langhaariges Meerschweinchen mit den Pfoten an meinem Jackenfutter fest. Wenn ich sie den Entführern zeigte, würden sie bestimmt reagieren. Ich zog die Perücke aus der Tasche, aber dabei kam noch etwas anderes mit. Der Kassenbon von Princess Garden! Er trudelte zu Boden. Wie hatte ich nur so dumm sein können, das Ding zu vergessen?

Ich warf die Perücke aufs Bett und suchte sofort im Internet. Princess Garden war kein Geschäft, sondern ein chinesisches Restaurant mit Öffnungszeiten von zwölf bis vier und von sechs bis elf. *Sie können bei uns Mahlzeiten abholen, aber wir bringen sie auch zu Ihnen nach Hause.*

Dort würde ich zu Mittag essen! Ich notierte die Adresse.

Weil ich sowieso gerade auf Google war, versuchte ich, noch etwas mehr über Carl Crawford und Lisa Thomson herauszufinden. Aber außer dem Hundefoto fand ich keinerlei Zusammenhang.

Dann dachte ich an John Yeti.

Ich ging nach unten und inspizierte unseren Getränkebestand. Etliche Flaschen Wein, ein paar Bier, Liköre. Leider war nur eine Flasche Whisky dabei. Ich traute mich nicht, sie mitzunehmen, denn das würde sofort auffallen, und wenn meine Mutter auch nur dachte, ich würde

Alkohol trinken, würde sie mich für den Rest der Ferien einschließen, und dann hätte ich erst recht nichts erreicht.

Nein, ich sollte lieber eine Flasche *Famous Grouse* aus Papas Appartement mitgehen lassen. Nur müsste ich vorher dann erst wieder bei Wonka vorbei wegen der Schlüssel ...

Ich würde heute noch welche nachmachen lassen, dann musste ich in Zukunft nichts mehr erklären.

Kaum saß ich wieder am Computer, um einen Schlüsselspezialisten zu suchen, kam eine Mail.

STECK DIE PERÜCKE IN EINE TÜTE UND BRING SIE ZUM BEWEIS IN DIE KILLEN STREET.

DORT LIEGT AUCH DER NÄCHSTE AUFTRAG FÜR DICH BEREIT.

Ich versuchte mit aller Kraft, nicht an tote Ratten und lebende Maden zu denken.

WARNUNG:

DU DARFST DEN UMSCHLAG ERST MORGEN FRÜH ÖFFNEN.

Der Karton klebte noch immer vor dem Kameraauge. Dennoch überkam mich wieder das ekelhafte Gefühl, jemand würde mich beobachten. »Als ob ihr das kontrollieren könntet«, sagte ich mehr zu mir als zu meinem PC.

WIR KÖNNEN MEHR, ALS DU DENKST.

Jedes einzelne Haar an meinem Körper stellte sich auf.

Princess Garden war noch geschlossen, also ging ich erst zu Pies & Pastries.

»Elvis, Schätzchen!«, rief Wily Wonka, als wäre ich ihr verlorener Sohn, den sie zehn Jahre nicht gesehen hatte.

»Kann ich die Schlüssel noch einmal haben?«, fragte ich. »Ich habe in der Wohnung etwas liegen lassen.«

Sie nickte, machte aber keine Anstalten, sie zu holen.

»Hast du dir den Film von deinem Elvis-Auftritt schon angesehen?«

Ich nickte. »Wirklich sehr nett, dass Sie mir geholfen haben.«

»Kein Problem, Schätzchen. Sag es ruhig, wenn ich noch etwas für dich tun kann.«

Es war ganz schön anstrengend, freundlich zu bleiben. »Mir die Reserveschlüssel geben, zum Beispiel?«

Sie kicherte. »So eine Eile aber auch. Du willst bestimmt zu deiner Freundin?«

Ich dachte, ich hätte ziemlich deutlich gesagt, dass Jules nicht meine Freundin war.

»Ich muss auch gleich weg«, vertraute sie mir an. »Zu meiner Schwester. Es geht ihr immer noch nicht wieder gut.«

»Das tut mir leid. Aber zum Glück muss sie da nicht allein durch. Ich bin sicher, Sie kümmern sich gut um sie.«

»Ich tue, was ich kann. Auch wenn es nicht immer leichtfällt, wenn man selbst allerlei unangenehme Zipperlein hat. Meine Krampfadern ...«

»Sorry«, sagte ich. »Aber Jules wartet auf mich, und wenn ich zu spät komme, wird sie sicher sauer.«

Wonka legte gespielt erschrocken eine Hand auf ihre Brust. »Das will ich nicht auf meinem Gewissen haben. Ich hole dir die Schlüssel.« Im Weggehen drehte sie sich noch einmal um. »Ich lag also doch richtig – sie ist deine Freundin!«

Der nächste Schlüsselspezialist war zwei Straßen entfernt und verkaufte auch Schnürsenkel, Schlüsselanhänger und Taschenschirme. Ich ließ den Schlüssel der Wohnungstür nachmachen, aber auch den der Haustür. Weil ich keine Lust hatte, Wonka noch ein zweites Mal zu begegnen, warf ich die Originalexemplare in ihren Briefkasten. Dann öffnete ich die Tür zum Appartement meines Vaters und betrat die Diele. Die Stille drückte auf meine Schultern und es roch anders als sonst. Nicht nach Essen oder billigem Aftershave, sondern ein wenig stickig. Ich machte mir nicht die Mühe, ein Fenster zu öffnen, und ging sofort in die Küche. Im Kühlschrank standen ein paar Bierflaschen. Im Schrank über der Abzugshaube fand ich Whisky. Wieder nur eine Flasche, aber das war dieses Mal kein Problem. Papa hätte bestimmt nichts dagegen, wenn ich sie mitnähme, um sein Leben zu retten. Ich steckte den Whisky in meinen Rucksack und verließ das Appartement. Auf dem Weg zur Bushaltestelle kam ich an Pies & Pastries vorbei. Ich winkte durchs Schaufenster und ging schnell weiter.

Wieder nahm ich den Bus zur Haltestelle beim White Heart Hotel. Die Strecke zur Killen Street kannte ich inzwischen im Schlaf. Ich schob die Pforte auf, betrat den kleinen, verlassenen Innenhof und stellte meinen Rucksack ab. Nur die Tüte mit Carusos Perücke und die Taschenlampe mussten mit hinein.

Diesmal hatten es mir die Entführer leicht gemacht. Der Briefumschlag hing an dem bekannten Nagel an der Küchenwand. Ich nahm ihn ab und hängte stattdessen meine Plastiktüte hin. Mission erfüllt.

Ich wollte sofort zum Princess Garden gehen, aber kaum hatte ich die Pforte zugeschoben, kam mir eine bessere Idee. Jemand würde die Perücke abholen kommen. Ich brauchte mich nur zu verstecken und zu warten, dann würde ich die Entführer sehen. Oder wenigstens den Mann oder die Frau, der oder die für sie arbeitete. Das war die Gelegenheit, die Rollen umzudrehen. Sie hatten mich am Morgen bespitzelt und jetzt bespitzelte ich sie!

25

In the garden

In der schmalen Gasse neben Killen Street 3 stand ein Container. Ich setzte mich dahinter und machte es mir so bequem wie möglich. Weil der Pfad an der Rückseite als Sackgasse endete, brauchte ich nur auf die Straßenseite zu achten.

Es wurde zwölf Uhr und dann halb eins.

Na los, jetzt, dachte ich. Ich muss auch noch zum Princess Garden.

Um ein Uhr war immer noch keiner da.

Mir wurde langweilig und ich zog den Umschlag aus meinem Rucksack. Er war dünn und flach und wog fast nichts. Ich hielt ihn gegen das Licht, aber das Papier war vollkommen undurchsichtig. Schütteln brachte auch nichts und außer einem harten Knubbel in der Größe meiner Fingerspitze konnte ich nichts ertasten.

Obwohl ich nicht glaubte, dass ich in diesem Augenblick beobachtet wurde, traute ich mich nicht, den Umschlag zu öffnen. Die Entführer waren sehr deutlich gewesen. Außerdem wussten sie manchmal Dinge von mir, die ich nicht erklären konnte, also wagte ich es nicht, mir irgendeiner Sache sicher zu sein. Was, wenn sie meinen Vater wieder misshandeln würden? Sein blutiges Gesicht hatte sich mir für immer und ewig eingeprägt.

Widerwillig steckte ich den Umschlag in meinen Rucksack und richtete meine Aufmerksamkeit wieder auf die Straße.

Zwei Uhr. Zum Glück hatte ich anständig gefrühstückt.

Halb drei. In anderthalb Stunden würde Princess Garden schließen. Dann würde ich bis zum Abend warten müssen.

Drei Uhr. Wahrscheinlich wussten sie doch, dass ich hier hockte, sonst wären sie schon längst hier aufgetaucht. Ich war froh, dass ich den Umschlag zugelassen hatte.

Um fünf nach drei stand ich auf und betrachtete die Fenster der hohen Häuser auf der anderen Seite der Gasse. Da hing eine Satellitenschüssel, aber keine Kamera. Vielleicht stand jemand hinter den Vorhängen und spähte hindurch, ein Bewohner des Viertels, der die Entführer auf dem Laufenden hielt. Allmählich sah ich ein, dass meine Aktion ziemlich sinnlos war. Sie würden nicht kommen, bis ich verschwunden wäre, und wenn ich bis Mitternacht bliebe.

Um Viertel nach drei öffnete ich die Tür von Princess Garden.

Hinter dem Tresen telefonierte ein großer Mann und schrieb mit. Er hatte einen Bierbauch, einen rötlichen Bart und zwei Füllwörter. »Gebratene Muscheln mit schwarzer Bohnensauce? *No worries.* Princess Garden Spezialcurry mit einer extra Portion weißem Reis? *No worries.*« Und so ging das die ganze Bestellung hindurch.

In der Zwischenzeit ließ ich meinen Blick durch das Restaurant schweifen. Nur ein einziger Tisch war besetzt – nicht von einem Kunden, sondern von einer ganzen Horde Puppen und Bären und einem Mädchen mit asiatischen Gesichtszügen, das auf ein iPad starrte. Ich nahm an, dass sie hier wohnte, es sei denn, ihre Mutter arbeitete in der Küche und hatte sie wegen der Ferien und fehlender Aufsicht oder so mitgenommen. Ich meine, wie oft hatte ich bei Papa im Vegas gesessen?

Das Mädchen schaute mich kurz an und nahm dann ihr Spiel wieder auf. No Worries legte den Hörer ab und schob den Zettel mit der Bestellung durch eine Luke. Sein Blick ging zur Uhr. »Das Restaurant öffnet erst um sechs Uhr wieder. *No worries.* Du kannst noch was zum Mitnehmen bestellen.« Mit einer schwungvollen Geste legte er mir die Speisekarte hin.

Ich bestellte Peking Spareribs. Er sagte zum hundertsten Mal, ich solle mir keine Sorgen machen, und gab die Bestellung an die Küche weiter.

»Ich habe auch noch eine Frage«, sagte ich beim Bezahlen. »Kennen Sie Herrn Crawford?«

»Nicht, dass ich wüsste. Woher sollte ich ihn kennen?«

»Ich glaube, dass er in Ihrem Restaurant gewesen ist.«

»Das tut mir leid, aber ich kenne meine Gäste wirklich nicht alle mit Namen.«

Ich wollte schon fast *no worries* sagen, biss mir auf die Lippen und sagte dann: »Vielleicht erkennen Sie ihn ja, wenn Sie ihn sehen.« Ich zog die Kamera aus meinem Rucksack und zeigte ihm das Foto von Carl. Na ja, das Foto vom Foto.

»Sagt mir nichts«, sagte No Worries.

»Ich vermute, er war letzten Sonntag hier. Auf der Quittung steht, dass er um 18:23 Uhr bezahlt hat.«

No Worries machte mittlerweile ein ziemlich beunruhigtes Gesicht. »Und was, wenn? Es ist kein Verbrechen, hier Essen zu bestellen. Was ist denn mit dem Kerl, dass du so seltsame Fragen stellst?«

Ich schaute kurz zu dem Mädchen – sie war noch immer in ihr iPad vertieft – und beugte mich dann zu No Worries. »Das ist mein Onkel«, flüsterte ich. »Er war schon seit einiger Zeit depressiv, aber jetzt ist er auch noch verschwunden. Wir wissen nicht, wohin und auch nicht, wann genau.«

»Dann musst du zur Polizei gehen. *No worries*. Sie finden ihn bestimmt schnell.

»Vielleicht.« Ich seufzte. »Aber diese ganze Warterei macht mich verrückt. Es ist schrecklich, wenn man nichts machen kann. Und da fand ich in seinem Garten so eine Tüte – ich zeigte auf den Stapel brauner Papiertüten auf dem Tresen – »mit einer Quittung von Princess Garden. Die Polizei wollte ihn sich nicht einmal ansehen und meinte, die sei vermutlich zufällig in die Hecke geweht worden. Und deswegen bin ich jetzt hier.«

No Worries ließ das kurz auf sich wirken und streckte dann die Hand aus. »Darf ich sie mir mal genauer ansehen?«

Ich reichte ihm die Quittung. Er studierte das Datum und schaute danach auf den mit goldenen Drachen geschmückten Jahreskalender, der an der Tür hing. »Das war tatsächlich Sonntag.«

»Die Familie befürchtet, er könnte sich was antun«, sagte ich. »Es wäre schön, wenn ich ihnen berichten könnte, dass er Sonntagabend jedenfalls noch quicklebendig war. Zumindest, wenn er hier eine Mahlzeit bestellt hat.«

»Zeig mir das Foto noch einmal«, sagte No Worries.

Heimlich drückte ich die Daumen.

»Nein, da klingelt wirklich nichts. Weißt du sicher, dass er hier gewesen ist? Wir liefern auch nach Hause.« Er legte ein dickes Heft auf den Tresen. »Darin notiere ich alle Namen, Adressen und Telefonnummern, damit der Zusteller seine Route planen kann.« Er blätterte ein paar Seiten zurück. »Sonntag also ...«

»Soll ich sonst vielleicht mal schauen?«, versuchte ich es.

»*No worries*, wenn er dabei steht, finde ich ihn bestimmt. Crawford, sagtest du?«

Ich brummte zustimmend.

»Und die Adresse?«

Ich musste mich entscheiden. Weil ich fast sicher war, dass mein Vater nicht in der alten Textilfabrik versteckt gehalten wurde, sagte ich: »Elmore Lane 53.«

Dumm eigentlich, dass ich nicht früher daran gedacht hatte. Okay, da lief hin und wieder eine Putzfrau mit einem Staubsauger herum, aber Carl wusste natürlich genau, wann sie kam. Er könnte meinen Vater im Keller verstecken, mit einem Knebel im Mund. Und gerade, weil ab und zu die Putzfrau da war, käme niemand auf die Idee, dass Papa ...

»Tut mir leid«, sagte No Worries. »Sein Name und seine Adresse sind nicht dabei. Vielleicht hat die Polizei recht und es war Zufall.«

Tief enttäuscht nahm ich die Kamera vom Tresen. Dann fiel mir das asiatische Mädchen ein. »War sie Sonntag auch hier?«

»Ja, wieso?« Die Luke hinter No Worries ging auf und eine Aluminiumschale wurde hinausgeschoben. Er nahm eine Papiertüte vom Stapel, zog die Henkel auseinander und schlug Luft hinein, damit sich der flache Beutel zu einer Tasche aufplusterte. Als er sich umdrehte, um meine Bestellung einzupacken, stand ich schon bei dem Kind am Tisch.

»Hast du diesen Mann schon mal gesehen?«, fragte ich.

Ich glaube, sie hatte was mit Monitoren, ob jetzt von einem iPad oder einer Kamera, denn sie schaute sofort hin. Und dann begann sie auch noch zu nicken.

Na bitte! Carl Crawford war nicht wirklich im Urlaub. Das Mädchen hatte ihn gesehen, als er seine Bestellung abholte. Für sich selbst? Für Papa? Oder für beide?

»Sonntag?«, fragte ich. »Hier?«

Sie schüttelte den Kopf. »Er war in der Schule«, sagte sie. »Und da hatten wir ein Fest.«

Meine Hoffnung schrumpfte wie ein kaputter Luftballon.

»Fest?«, fragte ich.

»Peking Spareribs!«, rief No Worries.

Das war deutlich. Ich bewegte mich zum Tresen, schaltete die Kamera ab und steckte sie in meinen Rucksack. Dann nahm ich die Papiertüte.

»Wahrscheinlich irrt sie sich«, sagte No Worries leise. »Ihre Schule hat neulich einen neuen Gebäudeflügel dazubekommen. Bei der Eröffnung war den ganzen Tag Fest, aber ich glaube nicht, dass dein Onkel dabei war.«

Nein, aber der Architekt Carl Crawford schon. Hatte er den neuen Flügel eröffnen dürfen, weil er ihn entworfen hatte? Nicht, dass das irgendetwas besagte. Es würde nicht beweisen, dass Carl ganz normal in der Stadt war.

»No worries«, sagte No Worries, bevor ich Princess Garden verließ. »Du findest deinen Onkel bestimmt.«

Ich packte meine Bestellung aus und warf die braune Tüte in einen Abfalleimer. Die Servietten stopfte ich solange in meine Hosentasche.

Bis ich in der Killen Street war, lagen nur noch abgenagte Knochen in der Aluschale.

Ein Kleintransporter von Cut & Tidy fuhr an mir vorbei. Ich wusste, dass ich ihn vorher schon in der Nähe von Papas Appartement gesehen hatte, aber das hatte wahrscheinlich nichts zu bedeuten. Es gab Unmengen von Gärtnereien. Sogar meine Mutter hatte schon mal jemanden engagiert, obwohl sie doch selbst so gerne im Garten arbeitet.

Ich lief in die Gasse, benutzte die Servietten, um mir Mund und Finger abzuwischen, und warf sie dann mit den Resten meiner Mahlzeit in den Container. Danach betrat ich den kleinen Innenhof, knipste die Taschenlampe an und schlich in die Küche.

Ja, klar. Die Tüte mit der Perücke war weg. Als hätten sie am Mittag um die Ecke gestanden und gewartet. Bis ich weggehen würde.

Wie auch immer, Crawford blieb für mich der Verdächtige Nummer eins. Ich fand es schade, dass No Worries ihn nicht erkannt hatte, aber das war auch durchaus logisch. Carl hatte natürlich jemand anderen zu Princess Garden geschickt, um die Bestellung abzuholen. Genau, wie er mir Mister Obdachlos geschickt hatte.

Das stattliche Gebäude an der Elmore Lane 53 wirkte verlassen, aber um ganz sicherzugehen, klingelte ich doch lieber zuerst. Heute machte mir keine Putzfrau auf.

Ich lief seitlich am Haus entlang in den Garten mit der Fahnenstange. Rund um den Rasen standen Sträucher und sehr viele blühende Pflanzen. Über einen Pfad mit Rindenmulch gelangte ich zur Hintertür. Die war natürlich verschlossen. Unter dem Fenster war ein Blumenbeet.

Vorsichtig balancierte ich zwischen den gelben und violetten Blumen hindurch. Dann spähte ich ins Haus, die Hände wie einen Köcher um meine Augen gelegt.

Ein Parkettboden. Schwarze Stühle um einen naturbelassenen Holztisch. Eine Streifentapete.

Wieder nicht richtig geraten. Die Fotos von Papa waren nicht in der Textilfabrik aufgenommen worden, aber auch nicht hier. Wahrscheinlich hatte Carl einen unauffindbaren Ort ausgewählt, um meinen Vater zu verstecken. Einen Ort, an dem er niemals zuvor gewesen war, damit ihn niemand mit ihm in Verbindung bringen würde. Und das konnte fast überall sein. Ein Cottage auf der Heide, ein Büro in der Stadt ...

»Hallo!«, hörte ich es hinter mir rufen.

Als ich mich umwandte, sah ich eine Frau mit einer Küchenschere auf mich zukommen. Sie hatte den wackelnden Gang einer Gans. Ich trat aus dem Beet und wartete, bis sie bei mir war.

»Suchst du jemanden?« Sie sah mich misstrauisch an.

»Meinen Onkel Carl.« Es klang schon fast normal. »Er macht nicht auf.«

»Er ist im Urlaub«, sagte sie. »Wusstest du das nicht?«

»Nein. Ich wollte ihn überraschen, deswegen habe ich nicht angerufen.«

Sie rieb mit der Hand über ihre Schürze. »Ich bin übrigens Miss Hedges, die Nachbarin. Wenn dein Onkel weg ist, passe ich immer ein wenig mit auf.« Sie kicherte. »Ich dachte, du seist vielleicht ein Einbrecher.«

Während ich in ihr Lachen einstimmte, versuchte ich zu überlegen, wie ich sie dazu bringen konnte, noch mehr zu erzählen. Von dem schwarzen Hund zum Beispiel.

»Ich finde ja, die beste Alarmanlage ist ein Hund«, sagte ich.

»Und dein bester Freund, sagt dein Onkel immer.« Sie seufzte. »Wie fandest du das denn? Es ist doch lächerlich, dass Silky deiner Tante zugesprochen wurde?«

Zugesprochen? Wie in einem Rechtsstreit? Einen Augenblick war ich verwirrt. Soweit ich wusste, hatte Carl keine Kinder. Dämlicher Name auch: Silky. Das war ja fast noch schlimmer als Elvis.

»Tja«, sagte ich, nur um etwas zu sagen. Und während ich das sagte, begriff ich auf einmal, wie es war. Silky war natürlich kein Kind, sondern ein Hund. Wahrscheinlich der schwarze Hosenbeinhänger, der in einem Fotorahmen auf Carls Schreibtisch stand.

»Du willst Lisa nicht in den Rücken fallen.« Hedges nickte verständnisvoll. »Das ehrt dich, schließlich ist sie deine Tante. Aber dein Onkel hat so viel Kummer gehabt, als er Silky verlor. Er liebte dieses Tier. Und außerdem ...« Sie schüttelte missbilligend den Kopf. »Es tut mir ja leid, dass ich das sagen muss, aber ich habe immer das Gefühl gehabt, Lisa wollte deinem Onkel nur einen Streich spielen. Sie wollte sich nicht scheiden lassen, aber ...« Sie schlug mit den flachen Händen auf ihre Schenkel. »Was stehe ich hier und schwatze? Als würde es dich interessieren, was ich davon halte!«

»Vielleicht haben Sie ja recht«, sagte ich.

Sie strahlte, als hätte ich ihr ein Kompliment gemacht.

»Ich werde deinem Onkel sagen, dass du hier warst.«

Schlechte Idee. Ich nickte und lief über den Rindenmulchpfad davon. Als ich fast an der Straße war, hörte ich Hedges plötzlich rufen. »Du hast ja gar nicht gesagt, wie du heißt! Wer, kann ich sagen, ist hier gewesen?«

Ich wurde mit einem Schlag taub und bog rechts ab. Sobald ich außer Sicht war, begann ich zu rennen. Ach was, rennen! Es war, als würde ich fliegen. Lisa Thomson war die Exfrau von Carl Crawford! Und sie hatte sich seinen Liebling unter den Nagel gerissen. Darum wollte er, dass ich ihre Küche mit Hundekacke beschmierte. Das war eine Botschaft: Dies ist meine Rache für all die Scheiße, die du mir angetan hast.

26

Puppet on a string

Ich versteckte meinen Rucksack unter meinem Bett, damit meine Mutter die Whiskyflasche, die darin steckte, nicht finden würde. Weil ich mich kaum noch zurückhalten konnte, den Umschlag nicht aufzureißen, ließ ich den auch gleich im Rucksack. Inzwischen befand ich mich in einer Art Siegestaumel. Carl Crawford hatte etwas mit der Entführung meines Vaters zu tun, es konnte nicht anders sein. Die drei ersten Aufträge verwiesen allesamt auf ihn. Ich überlegte, mit meinen Informationen doch zur Polizei zu gehen, aber da bekam ich wieder eine E-Mail.

HÖR AUF, DEINE NASE IN ANDERER LEUTE ANGELEGENHEITEN ZU STECKEN.

SONST ...

Ich starrte auf die Buchstaben auf dem Monitor. Warum machten sie sich jetzt erst Sorgen? Als ich bei der Fabrik von P&C Crawford Construction gewesen war, hatte das niemand kommentiert. Wussten sie es nicht, weil ich mich als jemand anderes ausgegeben hatte? Oder kam ich ihnen jetzt zum ersten Mal so nahe, dass es sie nervös machte?

»Schönen Tag gehabt?«, fragte meine Mutter beim Abendessen.

Ich stocherte in meinem Püree. »Ja, doch.«

»Was hast du denn so alles gemacht?«

»Was hast *du* denn so alles gemacht?«

»Drei Wertbestimmungen, zwei Führungen und Wohnraum mit Schwimmbad für einen schwierigen Kunden gesucht.«

»Viel«, sagte ich.

»Hmmm. Und du?«

Was würde passieren, wenn ich ihr alles erzählte? Meine Mutter würde bestimmt wissen, was sie machen konnte, das wusste sie immer, und ansonsten konnte sie zumindest sehr gut so tun, als wüsste sie es.

»Nichts Besonderes.«

»Noch was gefangen?«

Meine Angel-Ausrede! Die hatte ich fast vergessen. »Nicht die Bohne.«

Sie grinste.

Wahrscheinlich würde sie vor allem wütend auf Papa werden, dachte ich. Weil seine Entführung auch mich in Probleme gebracht hatte. Sie würde nicht einmal begreifen *wollen,* dass er nichts dafürkonnte.

»Ist was?«, fragte sie.

»So ein Haus mit Schwimmbad«, sagte ich. »Das fände ich auch klasse.«

Um halb zwölf lag ich im Bett, die Schultern total verkrampft und den Kopf zum Bersten voll und hellwach. Ich wälzte mich nach rechts und nach links, so ungefähr hundert Mal, boxte in mein Kissen, machte das Licht an, setzte die Kopfhörer auf und hörte *The Comet Cowboys,* versuchte, was zu lesen, machte das Licht wieder aus und wälzte mich wieder hundert Mal ...

Dann hörte ich, wie jemand die Treppe hinunterging. Ich öffnete die Augen. Durch die Vorhänge schien Licht, und als ich auf meinen Wecker schaute, sah ich, dass es plötzlich sieben Uhr morgens war. Ich durfte den Umschlag öffnen.

Gestern hatte ich meine Neugier kaum aushalten können, jetzt verspürte ich so einen Widerwillen, dass ich zuerst zur Toilette ging.

Ich glaube, das hörte meine Mutter, denn als ich zurückkam, stand sie unten an der Treppe und rief: »Soll ich dir auch ein Ei braten oder schläfst du noch eine Runde?«

Ich dachte an die lange hungrige Warterei gestern hinter dem Container und das viel zu späte Mittagessen von No Worries. Ein kräftiges Frühstück konnte nie schaden. Außerdem hatte ich schon so lange warten müssen, da machte noch eine Stunde auch nichts mehr aus. Ich konnte sowieso erst zur Tür raus, wenn meine Mutter auf der Arbeit war, sonst würde sie gleich wieder wissen wollen, was ich vorhatte.

»Ja, gern!«, rief ich zurück.

Ich aß zwei Eier, ein Würstchen, gegrillte Tomate und Champignons und einen Stapel Toast. Meine Mutter war schon seit zehn Minuten fertig und blätterte in der Zeitung. Manchmal las sie mir ein Stückchen vor oder fasste einen Artikel zusammen. Meistens ging es mir zum einen Ohr rein und zum anderen wieder raus, bis ich den Namen Caruso hörte.

»Du weißt schon«, sagte meine Mutter, »dieser Kabarettist mit den langen Haaren. Aber die sind offensichtlich nicht echt, sondern eine Perücke. Jemand hat sich einen Scherz mit ihm erlaubt und das Ding geklaut.« Sie hielt die Zeitung etwas höher, damit ich das Foto sehen konnte. Meine Gabel blieb auf halbem Weg in der Luft hängen.

»Die Perücke hat man der Zeitung geschickt, aber der Absender ist nicht bekannt. Ein Berichterstatter hat Kontakt zu Caruso aufgenommen. Der wollte keinen Kommentar abgeben, doch ein anderer Reporter hat herausgefunden, dass er eine neue Perücke bestellt hat. Jetzt ruft die Zeitung alle kahlköpfigen Männer auf, Caruso klarzumachen, dass er sich lächerlich benimmt.« Sie schüttelte den Kopf. »Das ist natürlich ein Werbegag.«

Ich grinste, denn das hätte ich normalerweise wahrscheinlich auch getan. Dann stopfte ich mir das letzte Stückchen Wurst in den Mund.

Meine Mutter war weg. Ich hatte geduscht, mich angezogen und saß auf meinem Bett, den Umschlag auf dem Schoß. Der braune Umschlag mit dem kleinen Hubbel darin. Fast 22 Stunden später und ich hatte immer noch keine Ahnung, was das sein könnte. Gespannt schlitzte ich das Papier auf.

Wie immer steckte ein Brief darin. Und eine Tablette.

GEH ZUM FRIEDHOF AN DER GREEN LANE.

HINTER DEM FRIEDHOF VERLÄUFT EIN WEG.

DER STÖSST AUF DEN FLUSS.

FOLGE IHM STROMAUFWÄRTS.

SETZE DICH AUF DIE ZWEITE BANK, DER DU BEGEGNEST.

WENN NIEMAND ZU SEHEN IST, NIMMST DU DIE TABLETTE EIN.

Mir stockte der Atem. Bislang hatte ich immer andere Menschen schädigen müssen, aber jetzt war ich selbst an der Reihe. Wusste Carl, dass ich ihn durchschaut hatte, und war er deswegen auf Rache aus?

Die Tablette, die ich einnehmen sollte, war rund und

weiß. Sie sah aus wie eine normale Paracetamol, aber es schien mir doch sehr unwahrscheinlich, dass die Entführer mich eine Kopfschmerztablette schlucken lassen würden. Das war bestimmt eine Droge.

Neulich waren zwei junge Männer in St. Michael gewesen, um über die Gefahren von XTC zu erzählen. Jason hatte es selbst ausprobiert und war abhängig geworden. Dann hatte er von jemandem eine schlechte Pille bekommen und das hatte ihn umgehauen. Ein Wunder, dass er noch selbst davon erzählen konnte. Bill hatte seinen Bruder durch XTC verloren. Er erklärte, man wisse nie genau, was man da schlucke. In manchen Pillen steckte gefährlicher Dreck wie Abflussreiniger oder Rattengift. Kriminelle Pillendreher wollen so gerne reich werden, dass es sie nicht juckt, ob es dabei Tote gibt.

Ich rollte die Tablette zwischen Daumen und Zeigefinger hin und her.

Die Entführer würden etwas mit mir machen, was niemand sehen durfte, sonst würden sie mich nicht zu einer so abgelegenen Stelle schicken. Dafür war es sicher auch praktisch, wenn ich bewusstlos war, damit ich mich nicht wehren konnte. Sie wollten natürlich, dass ich wie Jason umfiele! Und wenn ich wieder zu mir käme, säße ich vielleicht bei Papa in dem Zimmer mit den roten Stühlen.

»Ihr seid verrückt«, sagte ich zum Computer. »Warum sollte ich mich euch ausliefern?«

UM DEINEN VATER ZU RETTEN.

»Vielleicht wollt ihr uns ja beide tot sehen.«

WARUM SOLLTEN WIR DICH JETZT SCHON TOT SEHEN WOLLEN?

DU MUSST HIERNACH NOCH EINEN AUFTRAG FÜR UNS ERLEDIGEN.

Jetzt schon. Das klang wirklich beruhigend.

Meine Finger waren klamm. Die Tablette blieb an meinem Schweiß hängen. Ich steckte sie in den Umschlag zurück und dachte nach.

»Was ist das für ein Zeug?«, fragte ich, ohne eine seriöse Antwort zu erwarten.

HAB KEINE ANGST.

WIR LASSEN DICH NICHT STERBEN.

SIEH ES ALS BETÄUBUNG VOR EINER OPERATION.

Operation. Ich dachte sofort an verbotenen Organhandel. Nachher wurde ich mit nur noch einer Niere wach. Wenn ich überhaupt noch einmal wach wurde ...

»Woher weiß ich so sicher, dass ich euch vertrauen kann?«

DAS WEISST DU NICHT.

ABER WIE WIR SCHON SAGTEN:

DAS IST NOCH NICHT DER LETZTE AUFTRAG.

»Und wenn ich mich weigere?«

DAS GESICHT DEINES VATERS IST GERADE DABEI ZU HEILEN.

WILLST DU ...

Mein Leben hatte sich in eine fortlaufende Horrorshow verwandelt. Meine Rolle darin: die Marionette.

»Nein!«, hörte ich mich schon rufen.

WIR FREUEN UNS, DASS DU SO VERNÜNFTIG BIST.

Ich fühlte mich alles andere als vernünftig. Wenn ich erst einmal betäubt und ausgeschaltet war, würden sie mit mir machen können, was sie wollten. Ich könnte sogar für immer verschwinden. Die Fahndungsdienste würden nicht wissen, wo sie mit der Suche anfangen sollten, und ohne Spuren oder Hinweise würde ich nie gefunden werden. Wer weiß, vielleicht würde ich den Rest meines

Lebens mit einem Sexbesessenen oder einem sadistischen Psychopathen in einem Keller eingeschlossen werden. Oder es ging ohne Rückfahrschein ins Moor. Wenn ich den Krimis meiner Mutter Glauben schenkte, lagen schon ganze Volksstämme in den Mooren begraben.

Eine unsichtbare Hand umklammerte meinen Magen.

»Ich mache es nicht«, sagte ich. »Gebt mir einen anderen Auftrag. Einen, bei dem ich keine Tablette schlucken muss.«

Es dauerte mindestens eine Viertelstunde. Die längste Viertelstunde meines Lebens. Dann kam ein Film. Ich brauchte nichts anzuklicken, er startete von allein und füllte meinen Bildschirm aus.

Papa. Auf demselben roten Stuhl und mit zerschlagenem Gesicht. In seinen Augen glitzerten Tränen. »Hallo Elvis«, sagte er heiser. »Das ist vielleicht das letzte Mal, dass du mich siehst.«

Mein Herz drehte sich in meinem Leib.

»Sie sagen, sie lassen dich Sachen machen, um mir zu helfen«, fuhr er fort. »Aber das brauchst du nicht, hörst du? Es ist alles meine eigene Schuld, die deines dummen Vaters.«

Ich fühlte mich schlecht. Welcher Sohn ließ schon seinen eigenen Vater krepieren? Ich versuchte, den Film anzuhalten, aber der Computer reagierte nicht auf meine Befehle.

Eine Hand mit einer Pistole kam ins Bild und setzte meinem Vater den Lauf an die Schläfe, wie vorher schon auf dem Foto.

»Hört auf!«, schrie ich. »Ich mache alles, was ihr sagt.«

Der Bildschirm wurde einen Augenblick schwarz und dann wieder normal. Ich wollte mir den Film noch einmal anschauen, konnte ihn aber nirgends finden. Langsam wurde mir bewusst, dass es wahrscheinlich kein Film gewesen war, sondern eine Live-Verbindung. Papa lebte also noch. Und wenn ich die Tablette nahm, würde ich ihn noch retten können.

Oder wir gingen beide drauf.

Ich konnte es nicht. Eine Tablette schlucken, ohne dass sonst jemand davon wusste! Ich hasste die Männer, die an den Fäden zogen. Gab es denn wirklich keine Möglichkeit, sie zu überlisten?

Ein Brief! Keine E-Mail, denn die Entführer hatten meinen Computer ja gewissermaßen übernommen, sondern einen sicheren, von Hand geschriebenen Brief. Jemand musste wissen, was ich machen würde. Nicht sofort, aber wenn ich nicht mehr zurückkäme. Die Aufträge, der Ort, an dem ich zuletzt gewesen war. Mit dieser Information konnte mich die Polizei vielleicht wiederfinden. Oder besser gesagt: meinen Vater und mich.

Liebst du ihn?, hatte Jules gefragt.

Ich hatte meinen Vater immer als selbstverständlich hingenommen und nie darüber nachgedacht. Jetzt wurde mir bewusst, wie unerträglich es wäre, wenn es ihn nicht mehr gäbe.

Wieder kam eine Mail herein.

DEINE NEGATIVE HALTUNG WIRD BESTRAFT.

WENN DU NICHT INNERHALB EINER HALBEN STUNDE AUF DER BANK SITZT ...

Scheißkerle!

Der Brief. Wem könnte ich ihn schicken?

Das Polizeirevier kam nicht infrage. Sie würden sofort aktiv werden und nicht erst, wenn ich es gern wollte. Und wenn sich der Brief doch nicht als notwendig erwies, gäbe es keinen Weg zurück. Es würde eine Untersuchung geben, und wenn die Entführer davon Wind bekamen ... Kurz: zu gefährlich für Papa.

Simon und Peter vielleicht?

Nein, die könnten denken, es wäre ein Scherz.

Meine Mutter bekam schon fast einen Herzinfarkt, wenn sie auch nur *dachte*, mir könne etwas passieren. Blieb nur noch Talisha. Sie wusste schon von dem ersten Zettel und ließ sich nicht so schnell verrückt machen. Ja, wenn ich so darüber nachdachte, vertraute ich ihr am meisten von allen. Ich nahm einen Notizblock und begann zu schreiben.

Sei mir bitte nicht böse. Mein Vater ist wirklich entführt worden. Ich muss Aufträge erledigen, damit sie ihn gehen lassen. Sie haben gesagt, ich müsste dich loswerden, deswegen habe ich mich so komisch benommen. Ich wollte dich nicht verlieren, aber ich durfte auch meinen Vater nicht in Gefahr bringen. Deswegen habe ich mich auch nicht zur Polizei getraut. Ich habe schon sechs Aufträge ausgeführt. Mein Elvis-Auftritt gehörte auch dazu. Jetzt soll ich eine Tablette einnehmen und ich vermute, dass ich dadurch das Bewusstsein verliere. Ich habe Angst, dass sie mich gefangen nehmen oder vielleicht sogar ermorden.

Heute ist Donnerstag, der 31. Juli. Gleich werde ich zum Friedhof Green Lane aufbrechen. Ich soll den Weg hinter dem Friedhof nehmen und mich auf die zweite Bank am Fluss setzen. Dort soll ich die Tablette einnehmen. Ich weiß nicht, was passieren wird. Wenn du dies liest, sind 24 Stunden vergangen und ich bin verschwunden. Gib diesen Brief der Polizei und berichte ihnen alles, was du weißt. Ich hoffe, dass ich am Samstag lebend und wohlauf zurück bin und dass du dann mit mir zu The Comet Cowboys *gehen willst.*

Elvis.

Ich faltete den Brief zwei Mal, steckte ihn in einen Briefumschlag und klebte ihn zu.

Nicht öffnen vor Freitag, den 1. August, 10:00 Uhr, schrieb ich darauf. *Und nur, wenn du Elvis Long nicht erreichen kannst. Ist er ganz normal zu Hause? Dann vernichte diesen Brief oder gib ihn Elvis zurück.*

Ich steckte den Briefumschlag in einen noch größeren Umschlag und schrieb Talishas Namen und Adresse darauf. Jetzt noch eine Briefmarke ...

Ich packte meinen Rucksack gar nicht erst aus, sondern verstaute noch schnell eine Flasche Wasser darin. Den Brief für Talisha hatte ich in das Vorfach gesteckt. Er ragte ein Stück hervor, damit ich ihn herausziehen konnte, ohne den Rucksack absetzen zu müssen. Unterwegs würde ich bestimmt einen Briefkasten finden.

Bis zum Friedhof dauerte es mindestens zehn Minuten, selbst wenn ich rennen würde. Anfangs schaute ich mich noch alle paar Meter um, hatte aber nicht das Gefühl, verfolgt zu werden. Nervös war ich trotzdem. Ich fragte mich immer wieder, ob ich nicht einfach so tun könnte, als ob: die Tablette angeblich einnehmen und angeblich bewusstlos auf der Bank liegen. Die Entführer könnten doch nicht wissen, ob ...

Ein Auto hupte. Erschrocken machte ich einen Satz auf den Bürgersteig zurück und wartete, bis ich die Straße überqueren konnte. Wieder eine kostbare Minute verloren. Hastig spurtete ich weiter und wurde von einem Jogger überholt. Rechts ab. Der Bürgersteig endete. Ich musste über einen schmalen Asphaltweg zwischen meterhohen Hecken weiter, als liefe ich durch einen Tunnel. Mein Atem ging in kurzen Stößen und bald würde ich keine Spucke mehr haben.

Nach der Kurve endete die Hecke und ich sah einen Weg, *Bridleway*. An dessen Ende stand ein Briefkasten! Ich tastete nach meinem Rucksack. Wo war der verflixte Umschlag? Ich schob den Rucksack von der Schulter und schaute in das Vorfach. Leer. Ich hatte den Brief verloren!

Ich erwog zurückzugehen, aber dann würde ich niemals rechtzeitig auf der Bank sitzen, und wenn sie Papa dann etwas antaten ...

Schon rannte ich weiter, die Angst in den Beinen. Weiter, weiter, weiter! Den Kuhlen und Pfützen wich ich aus, so gut es ging. Dann kam ein schlammiger Abschnitt, den ich nicht meiden konnte. Ich glitt aus, konnte mich gerade noch fangen, tat mir aber am Knöchel weh. Ich verbiss mir den Schmerz und stolperte weiter, prustend wie die alte Dampflokomotive, die in den Sommermonaten vollgeladen mit Touristen nach Linthurst fährt.

Ja, dahinten war die Kirche von Green Lane. Sie lag auf einem Grashügel und war von Gräbern umgeben. Mein Blick fand den Pfad, bevor ich ihn erreicht hatte.

Noch vier Minuten, sah ich auf der Kirchturmuhr.

Ich nahm die kürzeste Strecke zwischen den moosigen Grabsteinen und Kreuzen hindurch. Manche standen schief, als hätten sie zu viel gesoffen. Ich ignorierte die Stiche in meiner Seite und folgte dem geschlängelten Asphaltweg hinter der Kirche. Er stieß auf den Fluss und zehn Meter weiter sah ich eine Bank. Ich war so erschöpft, dass ich nichts lieber wollte als sitzen. Es fühlte sich an, als wären meine Lungen aus Schmirgelpapier.

Endlich, dort war die zweite Bank. Keuchend ließ ich mich darauffallen. Vor mir lag der glitzernde Fluss. Am Ufer standen niedrige Sträucher und Bäume. Hinter mir, nicht weit vom Weg entfernt, lag ein kleiner Parkplatz mit vier Stellflächen. Eine war besetzt. Die Sonne spiegelte sich in den Autofenstern, sodass ich nicht sehen konnte, ob jemand darin saß. Die Entführer vielleicht?

Ich schaute auf meine Uhr. Noch anderthalb Minuten.

Hätte ich den Brief doch einfach in der Hand gehalten, dann wäre er mir nicht aus der Tasche gefallen.

Noch *eine* Minute.

Ohne den Brief würde man mich nie wiederfinden.

Mein Hals war wie zugeschnürt, das Blut raste durch meinen Kopf. Ich konnte das nicht. Aber es gab keine andere Möglichkeit, als das Risiko einzugehen: Tun, als ob, und dann hoffen, dass sie darauf hereinfallen würden. Ich tat, als würde ich die Tablette aus dem Rucksack nehmen, schaute in meine leere Handfläche, nahm sie angeblich ein, trank ein wenig Wasser, schloss die Augen und wartete ab.

Nichts geschah. War ich nicht überzeugend genug?

Ich machte mich schlaff, ließ mich zur Seite auf die Bank gleiten und konzentrierte mich auf die Geräusche um mich herum. Ein Auto fuhr davon, aber nicht auf mich zu. Warum kam niemand?

Vielleicht war ich zu ungeduldig. Sie standen bestimmt in einiger Entfernung, beobachteten mich und wollten erst sicher sein, dass ich wirklich bewusstlos war. Mit noch immer geschlossenen Augen lauschte ich dem Fließen des Wassers vor mir, dem Wind, der die Blätter rauschen ließ und dem Brummen eines Flugzeugs hoch am Himmel. Aber ich hörte noch immer keine Schritte oder

Autos, die sich näherten, und es wurde immer schwieriger, das Spiel durchzuhalten.

Nach einiger Zeit gab ich es auf. Enttäuscht setzte ich mich wieder aufrecht hin und schaute hinter mich. Alle Stellflächen waren jetzt leer. Ließen sie mich doch in Ruhe? War ich gerettet?

Dann kam ein Mann mit einem Hund vorbei. »Bist du Elvis?«, fragte er.

Sobald ich nickte, legte er mir einen Zettel auf den Schoß.

WENN DU NICHT INNERHALB VON 3 SEKUNDEN DIE TABLETTE WIRKLICH SCHLUCKST, BIST DU DURCH DEN TEST GEFALLEN.

DU WEISST, WAS DAS HEISST.

Ich schaute zu dem Mann mit dem Hund, der schon wieder etliche Meter entfernt war. Noch bevor ich ihn ansprechen könnte, wären die drei Sekunden vorbei. Ich brauchte schon zwei davon, um die Tablette und die Wasserflasche aus meinem Rucksack zu holen.

Sie zogen an den Fäden. Ich steckte die Tablette in den Mund und schluckte sie hinunter, während ich mir fast in die Hose machte, weil ich dachte, dass ich jetzt vielleicht sterben würde.

27

Help me

Ich befand mich im Dämmerzustand zwischen Wachen und Schlafen. Ich war da und doch auch nicht da oder jedenfalls noch nicht ganz. Ich lag auf der Seite, die Knie angewinkelt. Meine Arme waren gebeugt, die Hände berührten mein Kinn. Die Finger der rechten Hand umschlossen die linke Faust wie eine Muschel. Hatte ich mich selbst so hingelegt oder hatte mich jemand in diese Haltung gebracht, wie ein Fotograf sein Model?

Der Boden war härter als eine Matratze, aber weicher als ein kahler Steinuntergrund. Es roch gummiartig, ein Geruch, den ich zwar kannte, aber nicht erkannte, wahrscheinlich, weil mein Kopf voller Watte schien – wie nach meiner Blinddarmoperation, als die Wirkung der Narkose noch nicht ganz nachgelassen hatte.

Wie still es war.

Im Krankenhaus waren Geräusche, leise Stimmen gewesen und ich hatte in der Ferne jemanden weinen hören. Genau wie jetzt wusste ich damals auch nicht so genau, wo ich war, bis eine Krankenschwester zu mir ans Bett kam, um zu fragen, wie ich mich fühlte. Sie sagte, die Operation sei gut verlaufen.

Jetzt lag ich nicht im Aufwachraum. Es war kein anderes Geräusch zu hören als mein Atem. Es gab keine Krankenschwester, die sich danach erkundigte, wie es mir ging.

Offenbar interessierte es niemanden, dass meine Knochen und Muskeln wehtaten und ein kleiner Mann mit einem Schlagbohrer in meinem Schädel hockte. Meine Augen waren offen, aber ich sah nichts. Ich streckte die Hand aus. Ein kleines Stück nur, aber trotzdem berührte ich etwas. Es hatte nicht die Struktur einer normalen Wand. Stein, Tapete oder Stuck war nicht so glatt. Plastik, dachte ich. Und etwas Metallisches. Aus irgendeinem Grund klang das nicht wirklich gut.

Da war etwas mit einer Tablette.

Ich bewegte die Hand nach oben. Fuck, da war ich sofort. Das war schlechter als nicht wirklich gut. Das war eine Decke, die keinen Meter hoch war. Das löste etwas in meinem Gehirn aus. Ich hörte Männer reden und lachen, nicht in meinen Ohren, sondern in meinem Kopf.

Angenommen, ich bildete es mir doch nicht ein ...

»Hilfe!«, rief ich. »Hilfe!«

Ich trat gegen die Decke, die überhaupt nicht wie eine Decke klang. Keiner kam. Einatmen, ausatmen. Wenn ich mich ruhig verhielte, verbrauchte ich weniger Sauerstoff und meine Überlebenschancen würden wachsen.

»Hilfe! Ich bin hier. Hilfe!«

Ich wartete und lauschte. Ich hörte nur meinen eigenen Herzschlag und das Rauschen meines Atems. Der Nebel in meinem Kopf lichtete sich und immer mehr Bilder trieben an die Oberfläche. Ein Brief, der in einen Umschlag geschoben wurde. Ein Jogger, der mich überholte, eine Bank am Fluss. Ein Mann mit einem Hund. Eine weiße, runde Tablette auf meiner Handfläche. Dann hatte ich sie also doch genommen.

Mein Atem und mein Herzschlag beschleunigten sich. Was, wenn ich nie mehr gefunden wurde.

»Hilfe!«

Ich dachte an meine Mutter. Ob sie wohl schon wusste, dass ich verschwunden war? Vielleicht bekam sie ja genau so einen Zettel, wie ich ihn von John Yeti bekommen hatte.

WIR HABEN IHREN SOHN.

ERZÄHLEN SIE ES NIEMANDEM.

John Yeti. Der Whisky. Meine Taschenlampe! Wo war mein Rucksack? Ich tastete umher. Kein Rucksack. Allerdings ein kleiner, harter Gegenstand. Rechteckig, einen Finger lang und anderthalb Finger breit. Daran befand sich etwas, das sich bewegte. Ich spürte ein Rädchen und eine Art Kappe. Als ich daraufdrückte, wurde der Raum von einer Flamme erleuchtet.

Ein Feuerzeug. Warum keine Taschenlampe?

Damit ich es merkte, wenn der Sauerstoff schwand?

Ich spürte eine Panikattacke nahen, aber ich konnte sie unterdrücken. Die Tablette. Ich vermutete, dass ihre Wirkung noch längst nicht nachgelassen hatte und sie nicht nur betäubte, sondern auch beruhigte.

Au! Ich verbrannte mir den Daumen. Das Feuerzeug flog mir aus der Hand und ich lag wieder im Pechschwarzen. Fuck, fuck. Ich trat gegen die Wand und tat mir am Fuß weh. Fucking hell.

Ich schob meine Verzweiflung zur Seite und tastete verbissen mit der flachen Hand Zentimeter für Zentimeter den Boden ab. Ja! Ich stieß einen Schrei aus und umklammerte das Feuerzeug. Jetzt aber vorsichtig. Ich zündete zum zweiten Mal und spähte umher.

Viel Dunkelgrau und Schwarz. Geripptes Plastik. Eine karierte Decke. Ich lag im Kofferraum eines Autos! Einer Limousine wahrscheinlich, sonst hätte ich die Hutablage vorhin vermutlich herausgetreten. Mein Atem verwandelte sich in einen Sturm und ich blies aus Versehen die Flamme aus. An, an, an! Ein brennendes Feuerzeug bewies, dass es noch Sauerstoff gab, und solange es Sauerstoff gab, würde ich nicht sterben.

Da kam mir plötzlich eine blendende Idee. Dieses Feuerzeug gehörte mir nicht. Die Entführer hätten mich auch im Dunkeln liegen lassen können, aber nein. Offenbar wollte sie, dass ich etwas sehen sollte!

Ich benutzte das Feuerzeug als Scheinwerfer und fuhr mit gestrecktem Arm alle Wände und Ecken des Kofferraums ab, so weit meine Hände reichten. Ich versuchte, mich auf den Rücken zu drehen, aber damit ging es mir noch schlechter, also drehte ich mich wieder zurück und da spürte ich, wie etwas durch den Stoff meiner Hosentasche gegen meinen Oberschenkel pikste. Ich zwängte Mittel- und Zeigefinger in meine Tasche und fischte etwas heraus.

Es war ein spitz gefalteter Zettel.

Ich klemmte die Unterseite des Feuerzeugs zwischen meine Lippen, damit ich beide Hände frei hatte und den Zettel entfalten konnte. Ich hielt ihn vor mich und machte das Feuerzeug wieder an.

Die bekannten schwarzen Buchstaben. Für einen winzigen Augenblick war ich erleichtert.

DAS IST DEIN VORLETZTER AUFTRAG.

IN EINER STUNDE ÖFFNET SICH DER KOFFERRAUM.

WENN DU ES SO LANGE AUSHÄLTST,

HAST DU BESTANDEN.

Eine Stunde! Die Panik, die die ganze Zeit wie ein Heckenschütze auf der Lauer gelegen hatte, schlug sofort zu.

Ich würde ersticken. Ich wusste genau, wie es vor sich

gehen würde, ich war schon in Phase eins. Kurzatmigkeit. Beschleunigter Herzschlag. Wenn der Sauerstoff noch weiter aufgebraucht war, würde alles verschwimmen und meine Organe würden nach und nach ausfallen, auch mein Gehirn, und dann würde ich ins Koma fallen und dann sterben, ohne es zu merken. Ich würde genauso kalt und steif werden wie die Ratte, die ich in der Oysterbar zurückgelassen hatte. Oder ich würde doch nicht ersticken. Denn in meiner Brust klopfte es jetzt noch heftiger und mir wurde schwindelig, so schwindelig ...

Ich legte meine Hand an den Spalt zwischen Klappe und Kofferraum. Spürte ich dort Luft hereinströmen? Ich hielt meinen Kopf so dicht wie möglich an die Klappe, ließ das Feuerzeug ausgehen, schloss die Augen und stellte mir vor, ich läge nicht im Kofferraum eines Autos, sondern in meinem Bett. Es war Abend. Ich ging schlafen. Meine Mutter saß unten im Wohnzimmer und schaute noch ein wenig fern. Mein Vater war ganz normal in seinem Appartement und aß die Cupcakes, die Wonka ihm an diesem Abend gebracht hatte. Talisha ...

Drei Minuten hielt ich es aus. Höchstens. Dann begann ich wieder, zu schwitzen und zu zittern. Ich wusste genau, dass dies ein luftdichter Kofferraum war.

»Hilfe!«

Ich sog tief und in festen Zügen, aber ich bekam keine Luft mehr. Ich würde sterben. Ich war absolut sicher, dass ich sterben würde. In einem letzten verzweifelten Versuch rammte ich beide Fäuste gegen die Klappe über meinem Kopf. Meine Lunge pumpte wie verrückt und ich schnappte nur noch nach Atem. Und während ich erstickte, pisste ich mir vor Angst in die Hose. Ich trat und schlug. Ich wollte nicht sterben, nicht sterben, nicht sterben ... Aber das schwarze Monster, das Dunkelheit hieß und meinen Brustkasten eindrückte, interessierte das gar nicht. Ich hörte mich noch ein paar Mal rufen und dann verlor ich wohl das Bewusstsein.

Wie lange ich ohnmächtig war, weiß ich nicht genau, aber als ich wieder zu mir kam, war ich so verwirrt, dass ich dachte, ich läge in einem Schrank. Die Stille raschelte in allen Ecken und Löchern und kam immer näher. Ich wusste kaum noch, was ich tat. Wie von selbst begann ich wieder, um mich zu schlagen und zu schreien.

Da hob sich auf einmal der Kofferraumdeckel. Ich sah einen blauen Himmel mit weißen Wolken, Baumkronen und einen Vogel. Ich träumte. Oder ich war gestorben und das war der Himmel. Ein Engel mit großen Brüsten beugte sich über mich.

Meine Augen blinzelten im grellen Licht.

Das war kein Engel, sondern Jules.

28

Easy question

Ich saß auf dem Boden, den Rücken an einen Autoreifen gelehnt. Obwohl es genügend Sauerstoff gab, erstickte ich immer noch.

»Du hyperventilierst«, sagte Jules.

Ich wollte ihr sagen, sie solle einen Krankenwagen rufen, weil ich sonst sterben würde, aber ich konnte noch immer nicht sprechen. Mein Atem ging keuchend und meine Wangen waren tränennass.

»Geht es wieder?«, fragte Jules.

Blöde Frage. Aber sie durfte sie stellen. Sie hatte mir das Leben gerettet.

Sie schaute auf etwas, das neben dem Auto lag. Mein Rucksack. Sie öffnete ihn und grinste. »Whisky oder Wasser?«

Ich musste husten.

»Alkohol entspannt.« Dann schüttelte sie den Kopf. »Nein, ich gebe dir doch lieber Wasser. Alkohol scheint das Gehirn junger Menschen anzugreifen und du bist schon so weit, dass du dich nüchtern in einen Kofferraum legst.«

Ich nahm die Flasche von ihr, trank gierig und verschluckte mich.

»Nur die Ruhe.« Sie stellte sich neben mich, beugte meinen Rücken vor und klopfte darauf.

Ich hustete noch ein paar Mal. Dann hatte ich meine Stimme wieder. »Wie hast du mich gefunden?«

»Das erzähle ich dir gleich. Soll ich dich erst mal nach Hause bringen? Du willst bestimmt duschen.«

Sie hatte natürlich den Urinfleck in meiner Hose gesehen. Ich schämte mich zu Tode und hielt meine Hände möglichst unauffällig vor den Schritt, aber so würden meine Hände auch noch schmutzig und ich schämte mich noch mehr als vorher. Ich nickte stumm.

Sie half mir hoch. Meine Muskeln waren steif. Ich kam mir vor wie ein alter Mann und trotzdem lachte Jules mich nicht aus, was angenehm, gleichzeitig aber auch beunruhigend war, denn wenn selbst Jules mich nicht mehr auslachte, musste es schon ziemlich traurig um mich gestellt sein.

Ich schaute mich um. Wir waren immer noch in Flussnähe. Dort war der Parkplatz, den ich von der Bank aus gesehen hatte, ich erkannte ihn am Mülleimer.

Das Auto, in dem sie mich eingeschlossen hatten, war ein altes amerikanisches Modell, wie man es manchmal in Roadmovies sieht. Von Sträuchern versteckt, stand es außer Hörweite von Weg, Parkplatz und Straße. Es war ein Wunder, dass Jules mich gefunden hatte.

»Hast du einen Führerschein?«, fragte ich.

Sie nickte. »Aber keine Autoschlüssel.«

»Wie hast du dann den Kofferraumdeckel aufbekommen?«

»Er war offen. Nur die Autotüren sind verschlossen.«

Ich konnte es nicht lassen, selbst zu testen.

»Sag ich doch?« Sie lachte. »Komm, wir nehmen den Scooter.«

Der war unter einem Baum geparkt und ich sollte mich hintendrauf setzen.

Mit meiner bepinkelten Hose wollte ich nicht so dicht an sie heranrutschen, also schob ich den Rucksack zwischen uns. Die Sonne schien auf meine Uhr. Ich war erstaunt, dass es schon fast zwölf war. Wie konnte das sein? Ich hatte eine Stunde im Kofferraum gelegen und meinen Auftrag erfüllt!

»Halt dich fest!«, sagte Jules.

»Warte.« Ich schaute auf die Rückseite des Wagens, fest entschlossen, dieses Nummernschild nie mehr zu vergessen.

Es gab keine Nummernschilder. Jemand hatte sie von dem rostigen Schlitten abgeschraubt.

»Fahr zu!«, rief ich.

Jules gab Gas und wir knatterten los. Es war fantastisch, bis ganz weit zum Horizont schauen zu können, den brausenden Wind um die Ohren. Wirklich, so lebendig hatte ich mich noch nie gefühlt.

Mit nassen Haaren und sauberer Kleidung saß ich Jules am Küchentisch gegenüber. Während ich unter der Dusche stand, hatte sie in den Schränken geschnüffelt, ein paar Becher und Teebeutel gefunden und Wasser aufgesetzt. Obwohl ich mich noch immer ein wenig neben der Spur fühlte, war ich froh, dass sie mit in die Wohnung gekommen war. Jetzt konnte ich ihr endlich die eine brennende Frage stellen: »Woher wusstest du, dass ich in diesem Kofferraum lag?«

»Was hast du in dem Auto gemacht?«, fragte sie genau im selben Moment.

Wir lachten.

»Du zuerst«, sagte sie.

»Wie hast du mich gefunden?«

»Ich wollte das Shirt von deinem Vater zurückbringen.«

»Ich hab doch gesagt, du darfst es behalten.«

Sie zuckte mit den Schultern in ihrer eng anliegenden Bluse. Der oberste Knopf würde gleich abplatzen. »Ich war sowieso in der Gegend«, sagte sie, »und ich fand es auch nett, dich noch einmal zu treffen.«

Mir wurde ziemlich warm und das kam nicht vom heißen Tee. Mein Herz dachte: Talisha. Aber es gab auch noch einen anderen Körperteil, der sich daran nicht störte.

»Es war keiner zu Hause«, fuhr Jules fort. »Da erinnerte ich mich an die Nachbarin, wie hieß sie noch ...«

»Wonka.«

»Ich hatte dich so verstanden, dass sie unten einen Tortenladen hat.«

Blick nach oben. Ich konzentrierte mich auf den Schmetterling an ihrem Hals. »Und dann?«

»›Ah, die Freundin von Elvis‹, sagte Wonka sofort.«

Ich rollte die Augen.

Jules grinste. »Als ich erklärte, weshalb ich da war, sagte sie, dein Vater sei gerade eine Woche weg und ich sollte am besten das Shirt in sein Appartement legen. Sie holte sofort die Reserveschlüssel und begleitete mich.« Jules zog einen braunen Umschlag aus ihrer Tasche. »Und dann fand ich das da.«

Jules' Brüste verloren augenblicklich ihre magische Anziehungskraft. Wie konnten die Entführer wissen, dass jemand zu Papas Wohnung gehen würde?

»Hast du jemandem erzählt, dass du das Shirt zurückbringen wolltest?«, fragte ich.

»Warum sollte ich?«

»Was weiß ich.«

Sie kramte wieder in ihrer Tasche. Jetzt kam ein zerknittertes Stück Papier zum Vorschein. »Das war darin.«

Ich studierte den Zettel, was nicht leicht war, weil ich mich plötzlich so fühlte, als hätte jemand die Küche umgedreht.

ELVIS STECKT IN PROBLEMEN.

HILF IHM BITTE.

Das stand da. Geschrieben in der bekannten Handschrift und wieder mit schwarzer Tinte.

Unter dem Text war eine Wegskizze. Ich erkannte Green Lane, die Kirche, den Weg und den Fluss. Der Parkplatz war auch darauf und das amerikanische Auto im Gebüsch. Ein fetter Pfeil zeigte auf den Kofferraum, ÖFFNEN stand daran.

»Das habe ich dann gemacht«, sagte Jules. »Den Kofferraum auf, meine ich.«

»D-danke.« Zurzeit brauchte es nur wenig, um meine Tränendrüsen anzuregen – zum zigsten Mal liefen mir fast die Augen über. Jules hatte den Brief ernst genommen und mich nicht im Stich gelassen. Es hätte auch ganz anders enden können.

»Das steckt dir noch ganz schön in den Knochen, was.« Sie trank einen Schluck Tee. »Hast du das öfter, so eine Panikattacke?«

»Ich mag eben keine kleinen Räume.«

»Es heißt, dass viele Ängste schon in der Jugend entstehen. Dann erlebt man etwas Schlimmes, und wenn man das nicht gut verarbeitet …«

Meiner Ansicht nach hatte Jules vor gar nichts Angst. Sie schien eher zu den Mädchen zu gehören, die Löwen streichelten.

»Du gehst doch zur Kunstakademie?«, sagte ich. »Oder studierst du jetzt auch noch Psychologie?«

Sie grinste. »Ich lese eine ganze Menge. Und der menschliche Geist hat mich immer schon fasziniert.«

Ich blies in meinen heißen Tee.

»Und?«, fragte sie.

»Und was?«

»Kannst du dich noch an etwas Bestimmtes erinnern? Dass du eingeschlossen wurdest oder so?« Ihr Blick bohrte sich wie ein Laserstrahl durch meine Brillengläser, über die Pupillen direkt in mein Gehirn. So fühlte es sich zumindest an.

»Es tut mir leid, Frau Psychologin, aber ich habe echt keine Ahnung.«

»Dann hast du es verdrängt.« Sie verschränkte die Arme und nickte zu dem Brief hinüber. »Irgendeine Ahnung, wer den geschrieben hat?«

»Nein.« Die Entführer natürlich. »Wo genau lag er?«

»Im Wohnbereich, glaube ich. Ich habe das Shirt auf die Esstheke gelegt und dann sagte Wonka: ›Schau mal hier‹, und als ich mich umdrehte, stand sie da mit dem Briefumschlag in der Hand.«

Ich hatte das Gefühl, etwas auf der Spur zu sein. Es war wie bei einer Klassenarbeit: Man weiß, dass man die Antwort auf eine Frage kennt, aber man kommt gerade noch nicht darauf.

»Und jetzt bin ich dran«, sagte Jules, als würden wir ein Gesellschaftsspiel spielen. »Wie bist du in diesen Kofferraum geraten?«

Die Versuchung war groß. Das Leben wäre so viel einfacher, wenn ich das Geheimnis der Entführung nicht mehr ganz allein mit mir herumtragen müsste. Und warum sollte ich die Wahrheit nicht erzählen? Mein Computer stand oben und die Küche würden sie ja wohl nicht abhören. Außerdem hatten die Entführer es selbst herausgefordert, indem sie mich mit Jules in Kontakt gebracht hatten. Dann hätten sie den Brief halt nicht schreiben sollen.

»Es war eine Art ... äh ...« Ich schaute zur Lampe und zur Anrichte. Alles sah ganz normal aus.

»Ja?«, fragte Jules.

Mein Blick glitt weiter, vom Herd zum Kühlschrank. Der Magnet an der Tür blinzelte mir zu. Es war eine Eule – ein Auge auf, eins zu.

»Eine Art Test«, antwortete ich. »Und ...«

Ich weiß nicht, warum, aber das geöffnete Eulenauge erinnerte mich auf einmal an eine Kamera und da wurde ich in der Zeit zurückkatapultiert. Ich war nicht mehr hier, sondern in der schneeweißen Küche von Orchid House und vertauschte die Kühlschrankmagnete.

»Und?«

Der Küchenwaagenmagnet aus dem Briefumschlag war natürlich eine versteckte Kamera gewesen! Carl Crawford hatte nicht nur Rache an seiner Ex genommen, er wollte dabei sein, wenn sie entdeckte, was mit der Küche passiert war. Er wollte sie leiden sehen.

»Bist du noch da?«, fragte Jules.

Plötzlich war ich mir nicht mehr so sicher, dass die Entführer uns gerade nicht hören konnten, und suchte nach einer Ausrede.

Die Frau mit der Vogelspinne!

»Peter und Simon wollten wissen, ob es wirklich funktioniert«, sagte ich. »Was dieser Kerl von *Go Away Phobia* behauptet.«

»Bitte?«

»Das neue TV-Programm von diesem beknackten Psychiater. Seiner Ansicht nach kann man sich nur von seiner Angst befreien, wenn man sie sucht und besiegt. Menschen mit Angst vor Schmutz und Infektionen lässt er in ein schmutziges Haus einsperren. Bei einer Spinnenphobie setzt er dir eine ganze Horde Spinnen auf den Arm. Simon meinte, es ginge nur um die Einschaltquoten, aber Peter dachte, es würde vielleicht auch wirklich funktionieren. Und weil ich ein Problem mit kleinen Räumen habe ...«

»... haben sie dir eine Kofferraumtherapie verordnet?« Ihre Augenbrauen hoben sich. »Was sind das denn für seltsame Typen?«

»Zwillinge, die ich von der Schule kenne.« Ich grinste. »Aber ein bisschen gestört sind die schon.«

»Vollkommen bekloppt, meinst du wohl.«

»Sie wollten mir nur helfen, meine Klaustrophobie loszuwerden.«

»Schöne Hilfe, jemanden einsperren und dann abhauen. Okay, sie haben noch einen Zettel bei deinem Vater hingelegt, aber sonst?«

»Jaja, du hast schon recht.« Das Eulenauge hatte einen stechenden Blick. Ich wünschte, ich wäre allein, damit ich den Magneten abreißen könnte.

Aber Jules war manchmal wie ein Stückchen Fleisch, das zwischen den Zähnen hängt: nervig und nicht so leicht wegzukriegen.

»Sie haben dich also einfach ersticken lassen, während du eine Angstattacke hattest«, beharrte sie.

Ich trank meinen Tee aus und stellte den Becher mit einem Knall auf den Tisch. »Können wir jetzt damit aufhören?«

»Wenn ich du wäre, würde ich es so machen wie bei Walters: SIMON UND PETER SIND ECHT FIES UND RICHTIGE VOLLIDIOTEN. Prima Text für die Schulmauer.«

»Ich habe aufgehört mit Graffiti«, sagte ich. »Viel zu gefährlich. Man kann sich dabei einfach so das Handgelenk brechen.«

»Sag mir, wie ich es wiedergutmachen kann.« Jules konnte vielsagend, herausfordernd, spöttisch und verführerisch grinsen, und das alles gleichzeitig.

»Das hast du schon getan«, antwortete ich schnell, bevor ich es mir anders überlegen konnte.

Sie stand auf. »Dann gehe ich mal lieber.«

Ich schaute ihr durch das Wohnzimmerfenster hinterher. Der Scooter verschwand aus meinem Blickfeld, aber sein Knattern konnte ich noch eine Weile hören. Ich schob das Einsamer-Cowboy-Gefühl zur Seite, ging in die Küche zurück, um mich an dem Eulenmagneten abzureagieren, und bearbeitete ihn auf der Werkbank im Schuppen mit einem Hammer. Eine Kamera kam nicht zum Vorschein, aber blinzeln konnte die Eule auch nicht mehr. Ein magerer Trost. Wäre ich nicht so misstrauisch gewesen, hätte ich Jules von meinem Vater erzählt und ...

»Als ich mich umdrehte, stand sie da mit dem Umschlag in ihrer Hand«, hatte sie gesagt.

Endlich schoss mir die Lösung durch den Kopf. Plötzlich wusste ich, wer mit den Entführern unter einer Decke steckte.

29

Suspicion

Die Entführer konnten die Schlüssel meines Vaters benutzen, um in die Wohnung zu kommen. Es war also nicht unmöglich, dass sie den Brief dort deponiert hatten, aber schon sehr unwahrscheinlich. Warum sollten sie eine Nachricht an einer Stelle hinterlassen, zu der niemand kam? Nein, ich war davon überzeugt, dass Wonka den Brief schon bei sich gehabt hatte. Ich denke, laut Plan hätte sie mich selbst aus dem Kofferraum befreien sollen. Angeblich, weil sie den Brief bekommen hatte. Es war gar nicht so schwierig, sich dazu eine schlüssige Geschichte auszudenken: Die Ladenglocke hatte geläutet. Als sie nachschaute, war kein Kunde da gewesen, aber auf der Theke hatte ein Umschlag gelegen. So was in der Art.

Aber dann hatte Jules auf einmal im Laden gestanden, so ein Glücksfall! Kein Wunder, dass Wonka ihr sofort helfen wollte, und sie nach oben begleitete. Sobald sie im Appartement waren, hatte Wonka den Brief aus ihrer Schürze genommen und gesagt: »Schau mal hier.« Und anstatt den Umschlag selbst zu öffnen, hatte sie ihn gleich Jules gegeben, denn wenn Jules mich retten würde, käme ich erst recht nicht auf die Idee, dass Wonka dahinterstecken könnte.

So musste es gewesen sein. Alle Puzzleteile fanden ihren Platz. Ich sah Wonka wieder neben mir auf der Bank sitzen und mich über den Hahn ausfragen. Sie wollte natürlich überprüfen, ob ich ihn wirklich ermordet hatte. Normale Nachbarinnen kamen auch nicht morgens in aller Frühe im Nachthemd und auf Pantoffeln und brachten eine Tupperdose mit Muffins vorbei. Jetzt erst verstand ich ihre ständige Fürsorge. Miss Nervensäge war eine Art lebendes Abhörgerät. Dass sie mir auch gerade vor meinem Elvis-Auftritt auf dem Pier wieder entgegenkam ... kein Zufall, sondern Absicht. Und ich war auch noch so dumm, sie zu bitten, eine Aufnahme zu machen. Kein Wunder, dass ich nichts Verdächtiges auf dem Film finden konnte. Derjenige, der kontrollieren sollte, ob ich meinen Auftrag auch ausführte, stand hinter der Kamera!

Trotzdem bekam ich das Puzzle nicht ganz zusammen. Es blieb die große Frage: Warum? Ich hatte immer gedacht, Wonka gehörte zu den wenigen Menschen, die meinen Vater durchaus mochten.

Im Zweifel für den Angeklagten – wie oft hatte mein Vater das nicht zu meiner Mutter gesagt?

Ich ging nach oben, um meinen Rucksack zu holen.

Die Ladenglocke von Pies & Pastries läutete.

»Elvis, Schätzchen«, sagte Wonka.

»Ich hab gehört, Jules war hier?«

»Wie kommst du denn darauf?

»Sie hat doch das Shirt von meinem Vater in seine Wohnung gelegt?«

Wonkas Augenbrauen hoben sich fast bis zu ihrem Hinterkopf.

»Entschuldige, Elvis, aber ich weiß wirklich nicht, wovon du sprichst.«

»Sie haben sie doch reingelassen?«

»Sagt sie das?« Wonka war die Empörung in Person. »Ich würde niemals einfach jemanden in die Wohnung deines Vaters lassen. Dass ich die Reserveschlüssel habe, will nicht heißen, dass ...«

»Mich lassen Sie doch auch immer rein.«

Ihre Empörung schlug in Gekränktheit um. »Er ist dein Vater!«

Nur eine Oscargewinnerin konnte so gut schauspielern. Verfolgte ich doch die falsche Spur?

»Tut mir leid«, sagte ich. »Dann habe ich bestimmt etwas falsch verstanden.«

»Das scheint mir auch so, ja«, sagte Wonka in einem Ton, der dafür sorgte, dass ich mich auch noch schuldig fühlte.

Die Ladentür öffnete sich und zwei Kunden kamen herein.

»Bekomme ich einen Haferriegel und zwei Scones?«, fragte ich.

Ich saß auf der Bürgersteigkante und aß meinen Haferriegel, ohne irgendetwas zu schmecken. Wenn ich nur wüsste, wie ich herauskriegen könnte, ob Wonka log.

Die Schwester, die in dem gelben Gebäude am Palmera Drive wohnte!

Ich klopfte die Krümel von meiner Jacke, holte die Kamera aus meinem Rucksack und fotografierte Wonka heimlich durch die Schaufensterscheibe. Wenn ich John Yeti treffen würde, könnte ich ihm so allmählich eine ganze Reportage zeigen.

Ohne ihm zu begegnen, kam ich zu dem gelben Koloss, in dem Wonkas Schwester ein Zimmer hatte. Die Glastüren schoben sich von selbst auf, es war die Empfangsdame, die mich zurückhielt – eine Frau mit einer grauen Landebahn in den rot gefärbten Haaren. Rot war anscheinend ihre Lieblingsfarbe, denn auch ihre Lippen waren rot nachgezogen und ließen ihren Mund wie eine blutige Wunde wirken.

»Elvis Suthers«, sagte ich. »Ich möchte meine Tante besuchen.«

Ihre Augen verengten sich. »Ich habe dich bisher noch nie gesehen.«

»Klar, denn ...« Ich durchforstete mein Hirn auf der Suche nach logischen Erklärungen. »Meine Eltern und ich haben immer in Australien gelebt. Wir sind erst vor Kurzem zurückgekommen. Ich soll Ihnen übrigens herzliche Grüße von meiner anderen Tante ausrichten. Sie kennen sie bestimmt. Will Suthers ...«

Die blutige Wunde begann zu lächeln. »Ja, sicher.« Sie überlegte noch kurz und beschloss dann, dass ich ungefährlich sei. »Caroline Suthers wohnt im dritten Stock, Zimmer 302.«

Ich nahm den Aufzug. Die Zimmernummern standen auf den dunkelblau gestrichenen Türen. Es gab keine normale Klingel, sondern eine Art Sprechanlage.

Es dauerte eine Ewigkeit, bevor eine sehr dünne Stimme erklang: »Ja?«

»Ich bringe eine Nachricht von Ihrer Schwester Will.«

Ein Summer. Die Tür sprang auf.

Es roch nach Fischhütten, gemischt mit dem leicht muffigen Geruch, den alte Menschen oft an sich haben. In einem grünen Sessel saß eine sehr kleine, runzelige Frau.

»Ist etwas mit Will?«, fragte sie sofort.

Sie wirkte verletzlich. Ich beeilte mich, ihr zu versichern, dass alles gut sei. »Zumindest mit Ihrer Schwester. Wie ich hörte, sind Sie krank?«

»Es geht schon wieder viel besser«, sagte sie. »Die Medikamente, die Will mir gebracht hat, helfen gut.«

Wonka hatte also doch einen guten Grund, dauernd hier in der Nähe zu sein.

»Was willst du eigentlich?«, fragte ihre Schwester.

Die Scones. Zum Glück hatte ich sie aufgehoben. »Wo ... äh, Miss Suthers bat mich, diese bei Ihnen abzugeben.« Ich legte ihr die Tüte auf den Schoß. »Danach geht es Ihnen bestimmt noch viel besser.«

Sie bedankte sich freundlich bei mir. »Möchtest du vielleicht eine Tasse Tee?«

»Nein, vielen Dank. Ich muss noch ...«, antwortete ich vage, bevor ich in Richtung Gang verschwand.

Ich war total durcheinander. Es hatte zwar so ausgesehen, als sei Wonka schuldig, aber jetzt kamen mir wieder Zweifel. Wenn ich John Yeti doch nur dazu bekäme, sich die Fotos auf meiner Kamera anzuschauen. Wenn er Wonka erkannte, hätte ich zumindest einen Beweis.

Beweis. Plötzlich dachte ich an das Elvis-Shirt. Wie blöd von mir, dass ich nicht sofort ins Appartement gegangen war, um nachzuschauen, ob es auch wirklich auf der Esstheke lag! Jetzt musste ich das ganze Stück zurücklaufen. Bis diese grässliche Woche vorbei war, hatte ich bestimmt ein paar Schuhe verschlissen.

Im Treppenhaus nahm ich immer zwei Stufen auf einmal, öffnete die Wohnungstür und lief gespannt über die Diele ins Zimmer.

Ja, da lag es, ordentlich gefaltet. Wonka hatte also doch gelogen. Jules hatte das Shirt tatsächlich zurückgebracht.

Ich zog es zu mir heran und drückte mein Gesicht in den Stoff.

Erneut erwog ich, zur Polizei zu gehen. Wenn man Wonka kräftig unter Druck setzte, würde sie Papas Aufenthaltsort vielleicht verraten. Auf der anderen Seite könnte sie auch knallhart lügen, und wem würde Jenkins dann glauben? Mein Wort stand gegen das von Wonka.

Es sei denn, John Yeti würde meine Geschichte bestätigen ...

Also ging ich wieder zu den Fischhütten. Weil ich mittlerweile wusste, was mich erwartete, war es weniger schlimm als beim ersten Mal. Ich erkannte die Frau mit den schwieligen Händen und das Mädchen mit den hohlen Augen, das mir am letzten Samstag geholfen hatte.

»Wisst ihr, wo ich John Yeti finden kann?«, fragte ich.

Das Mädchen machte eine unbestimmte Handbewegung. »Ich würde es mal beim Aqualand versuchen.«

Aqualand war früher mal ein fantastischer Ort für kleine Piraten. Als wir noch eine *happy family* waren, ging ich öfter mit meinen Eltern dorthin. Meine Lieblingsattraktion war ein täuschend echt nachgebautes Schiffswrack auf dem Spielplatz. Es gab Schiffstaue und einen Ausguck, auf den man klettern konnte. Das Deck war eine Rutschbahn und überall waren Schätze versteckt. In einem meergrünen Gebäude gab es Aquarien mit seltenen Fischen in grellen Farben, die einen in einer summenden Stille anstarrten, und in dem Pavillon daneben trat alle halbe Stunde eine singende Meerjungfrau auf.

Heutzutage verlangten sie keinen Eintritt mehr. Die Zäune am Eingang waren verschwunden und ich konnte einfach so auf das Gelände. Alles wirkte viel kleiner als in meiner Erinnerung. Das Schiffswrack hatte sich in ein farbloses Schiffchen mit verrotteten Tauen verwandelt und die Tür zu dem Raum mit den Aquarien war verschlossen. Als ich durch die Scheibe spähte, sah ich nur Finsternis. Ich fragte mich, wie es wohl der Meerjungfrau ergangen war. Das Einzige, was in dem Pavillon noch sang, war ein kleines Transistorradio.

Ich ging auf das Geräusch zu und fand John Yeti. Er wiegte sich zur Musik hin und her.

Fest entschlossen zog ich den Whisky und die Kamera aus meinem Rucksack. »Bitte nicht weglaufen, Herr John.«

Er schaltete das Radio aus, steckte es sofort in den schwarzen Müllsack, der neben ihm lag, und stand auf.

»Ich wollte Ihnen zeigen, dass es mir wirklich leidtut«, sagte ich, während ich ihm den Whisky vor die Nase hielt wie einem Hund die Wurst. Er lief nicht sofort davon, das war immerhin schon ein Erfolg.

»Du bist ein Mistkerl.« Er starrte wie gebannt auf die Flasche.

»Ich verstehe, dass Sie wütend sind. Aber der Zettel, den Sie mir gaben, hat mich auch sehr erschreckt. Sie wissen doch, was darauf stand?«

Er schüttelte den Kopf.

»Warum haben Sie ihn mir dann gegeben?«

»Nur ein Irrer sagt Nein zu zwanzig Pfund.«

»Es stand nicht gerade etwas Nettes darauf«, sagte ich. »Deswegen wüsste ich gerne, wer Ihnen die zwanzig Pfund bezahlt hat.«

Er machte ein Gesicht, als hätte ich ihn nach seinem PIN-Code gefragt, den er vermutlich nicht einmal hatte.

»Sie helfen mir und ich helfe Ihnen.« Ich bewegte die Flasche hin und her.

Sein Blick folgte dem Whisky, als wäre es das Pendel eines Hypnotiseurs.

»Ich zeige Ihnen ein paar Fotos«, sagte ich. »Sie brauchen nur Ja oder Nein zu sagen. Wenn Sie niemanden erkennen, ist es auch in Ordnung. Aber ich möchte gern, dass Sie ehrlich sind. Dann gehört diese Flasche Ihnen.«

Seine Empörung war dem Alkohol nicht gewachsen. John Yeti setzte sich und wartete. Ich schaltete die Kamera ein und hielt das Display so, dass er gut sehen konnte.

»Ist er das?« Ich zeigte ihm ein Foto von Carl.

»Nein.«

Okay, es war keine Überraschung, dass Carl seine Nachrichten nicht selbst überbrachte.

»Vielleicht der da?« Ein Foto von Patrick Crawford.

»Es war kein Mann.«

Na bitte. Dann war es doch Wonka! Ich hielt ihm das Display wieder hin.

»Zu alt«, sagte er. »Es war eine hübsche junge Frau mit einem Schmetterlingstattoo im Nacken.«

30

So close, yet so far

Ich überließ Yeti den Whisky und trottete mit dem Gefühl vom Gelände, ich sei gerade von einem Lastwagen überrollt worden. Wie hatte ich so dumm sein können? Nicht Wonka, sondern Jules war der böse Geist. Und auch so fucking nervig: Dieses Wissen brachte mich kein Stück weiter, denn ich hatte keine Ahnung, wo sie wohnte, und kannte ihren Nachnamen nicht. Dass sie die Kunstakademie besuchte, war vermutlich ebenfalls gelogen. Und ich war voll darauf hereingefallen. Ein paar Brüste, ein wenig Aufmerksamkeit und – schwups – hatte ich den Feind sogar in der Wohnung meines Vaters schlafen lassen!

Ich trat gegen ein Büschel Unkraut, das zwischen dem Pflaster wuchs, und lief weiter, die Hände in den Taschen zu Fäusten geballt und den Blick gesenkt.

Sie hatte den Brief mit der Wegskizze natürlich von den Entführern bekommen. Oder vielleicht hatte sie ihn einfach selbst geschrieben, damit sie den rettenden Engel spielen konnte, ohne sich verdächtig zu machen. Diese Rettung war auch das einzig Positive des heutigen Tages. Die Entführer wollten mich offensichtlich nicht tot sehen. Oder zumindest: noch nicht. Ich hatte schon jetzt Angst vor dem letzten Auftrag.

Ich kämpfte mit dem Wind auf dem Boulevard und

klaute zwei Äpfel aus einer Kiste, die beim Obsthändler vor der Tür stand. Als jemand eine Bemerkung dazu machte, zeigte ich ihm den Mittelfinger. Unterdessen versuchte ich, mir zu überlegen, was ich jetzt noch tun konnte. Ein Besuch auf dem Polizeirevier war keine Option mehr. Ich könnte höchstens erzählen, wie Jules aussah, aber sonst? Es würde eine Ewigkeit dauern, bis sie sie fanden – wenn sie sie überhaupt fanden –, und vielleicht hieß sie in Wirklichkeit nicht einmal Jules ...

Ich dachte mir einen ganzen Haufen hässlicher Namen für sie aus und trampelte immer weiter. Nach einer Viertelstunde hatte ich endlich genügend Dampf abgelassen. Ich setzte mich auf ein Mäuerchen, biss in meinen zweiten Apfel und dachte nach.

Jules hatte dem Obdachlosen den Zettel gegeben. Sicher.

In Carls Auftrag. Wahrscheinlich.

Hatte sie auch den Brief mit den Zebrahaaren bei Papa an die Tür gehängt? Wenn Carl tatsächlich mein Smartphone abgehört hatte, brauchte er Jules nur noch die Adresse zu geben. Dann hatte sie also gewusst, wo mein Vater wohnte, bevor ich sie mitnahm. Vielleicht war sie sogar schon drinnen gewesen, um die Sprühdosen in den Schrank zu stellen, mit Papas Schlüssel.

Die Entführer hatten ihm nicht nur die Schlüssel abgeluchst, sondern auch meine Telefonnummer und Mailadresse. So war die Spyware auf meinen PC gelangt. Aber wie kontrollierten sie mich, wenn ich nicht in meinem Zimmer war? Es war, als würde ich ab und zu verfolgt. Und dann war da noch der Kühlschrankmagnet mit der eingebauten Kamera. Aber sonst?

Im Übrigen kapierte ich auch nicht, wie Jules sich

verhielt. Sie hatte nicht nur ein Piece auf meine Wand gesprüht, sondern mir auch noch fast das Handgelenk zerschmettert, als wollte sie, dass ich den Auftrag nicht durchführen konnte. Wenn sie mit den Entführern unter einer Decke steckte, machte das überhaupt keinen Sinn.

Ich warf das Apfelgehäuse in hohem Bogen ins Gebüsch.

Als ich mit dem Hahn im Hühnerstall stand, war ich auch schon gestört worden. Aber das konnte Jules nicht gewesen sein, denn ich hatte eine Männerstimme gehört.

Ich dachte wieder an den Morgen nach dem Regenschauer, als wir zum Geldautomaten liefen. Sie hatte mir ihre Faust wie ein Mikrofon vor den Mund gehalten, in der Hoffnung, ich würde singen. Ja, Pustekuchen. Selbst wenn du mir eine Pistole an den Kopf halten würdest, hatte ich gesagt. Prompt musste ich auf dem Pier einen Liveauftritt hinlegen und Papa wurde mit der Waffe bedroht.

Von wegen reiner Zufall. Ich hasste Jules.

Meine Mutter ließ sich aufs Sofa fallen und trat die Schuhe von ihren Füßen.

»Was für ein Tag«, seufzte sie. »Erst wurde nichts aus einem Verkauf, weil mein Kunde keine Hypothek bekam, dann sollte ich mit einem potenziellen Kunden in der Oysterbar zu Mittag essen. Und was glaubst du? Der Laden war dicht und die halbe Straße mit Absperrband abgeschlossen. Überall standen kleine Lieferwagen, nicht nur vom Gesundheitsdienst, sondern auch von der Presse. Ich hab immer gedacht, das wäre ein Toprestaurant, aber das ist wohl nur die Fassade. Das Essen hat eine ganze Menge Gäste krank gemacht. Kein Wunder, man hat dort eine tote Ratte gefunden.«

Ich fühlte mich schuldig. Papa hatte die Oysterbar immer als Schickimickilokal bezeichnet und ich war auch nicht gerade ein Fan von Tony, aber damit fühlte ich mich jetzt auch nicht wohl. Ich wollte meinen Vater retten und nicht anderer Leute Leben ruinieren.

Meine Mutter nahm die Fernbedienung von der Sofalehne. Sie musste vollkommen erledigt sein, denn normalerweise schaute sie tagsüber nie fern. Sie zappte ein wenig und blieb dann bei einer Wiederholung von *Go away Phobia* hängen. Eine Frau sollte einen Spezialanzug überziehen, der von oben bis unten mit Brot und Vogelfutter bedeckt war. Sie musste sich ganz allein auf einen Platz mit vielen Tauben setzen. Innerhalb weniger Sekunden tauchten Vögel auf sie herab und fraßen sie vollkommen kahl. Die Frau war vor Schreck wie gelähmt und starrte mit angstgeweiteten Augen in die Kamera.

»Sie hat bestimmt eine Vogelphobie«, sagte meine Mutter.

Und wenn sie die noch nicht hatte, würde sie augenblicklich eine bekommen.

»War ich mal irgendwo eingeschlossen?«, fragte ich.

Meine Mutter stellte den Ton leiser. »Wie kommst du denn auf einmal darauf?«

»Du weißt doch, dass ich mich in kleinen dunklen Räumen schnell beengt fühle? Und neulich meinte jemand, ich hätte vielleicht früher mal etwas erlebt, wodurch ich eine Phobie entwickelt hätte.«

»Du weißt nichts mehr davon?«

»Ich erinnere mich nur an ein paar Stimmen.«

»Du warst in einem Schrank eingesperrt«, sagte meine Mutter. »Das ist alles.«

»Wie kam ich denn da rein?«

»Dein Vater hat Verstecken mit dir gespielt. Du bist in den Kleiderschrank zwischen meine Kleider und Jacken gekrochen. Dann kam Hank und holte deinen Vater ab, sie wollten zusammen zu einem Fußballspiel. Chris rief dich, aber du hast nicht geantwortet.«

»Warum nicht?«

»Du wolltest einen großen roten Lutscher gewinnen. Also bliebst du mucksmäuschenstill sitzen, wo du warst.«

»Und Papa und Hank?«

»Die gingen zu dem Spiel. Dein Vater meinte, du kämst sicher von allein wieder zum Vorschein.«

»Aber das tat ich nicht?«

»Du warst eingeschlafen. Als du wach wurdest und aus dem Schrank kriechen wolltest, ging das nicht, weil die Tür klemmte.«

»Und da geriet ich in Panik?«

»Es ging eigentlich noch. Du hast gerufen und mit den Fäusten gegen die Tür gehämmert, bis ich dich hörte. Aber abends in deinem Zimmer durfte plötzlich das Licht nicht mehr ausgemacht werden und die Tür musste noch wochenlang offen bleiben. Und daran war nur dein Vater schuld.«

»Warum hast du ihn eigentlich geheiratet?«, fragte ich. »Ihr passt überhaupt nicht zusammen.«

»Weil ich ganz verrückt nach ihm war.« Sie bekam etwas Weiches und ich konnte mir plötzlich vorstellen, wie sie als Mädchen gewesen sein musste. »Chris sah Elvis damals ungeheuer ähnlich, wie aus dem Gesicht geschnitten, und er konnte auch fantastisch singen. Wenn er mit der Gitarre auf der Bühne stand, schmolzen die Herzen aller Mädchen. Meine Freundinnen waren wahnsinnig eifersüchtig, als er sich für mich entschied. Er steckte alle Zeit und Energie in die Musik, denn er wollte berühmt werden, seine eigenen Songs schreiben und durch die ganze Welt touren.« Sie seufzte. »Und ich war so naiv, es zu glauben. Während ich studierte und an meiner Karriere arbeitete, spielte er in Hinterzimmern. Erst noch mit *The Blast* – bis sich die anderen Bandmitglieder für eine richtige Stelle und eine Familie entschieden – und schließlich nur noch als Elvis Presley. Das brachte zumindest Geld ein und das konnten wir gut gebrauchen, denn inzwischen warst du auf der Welt.« Sie klopfte mir aufs Knie. »Das Beste, was mir dein Vater je gegeben hat.«

»Bis auf das Geld, meinst du wohl.« Ich grinste. »Und ich dachte, Papa würde immer alles verzocken.«

»Das kam erst später. Anfangs waren wir noch ziemlich glücklich, weil du da warst und so. Aber es konnte nicht ewig gut gehen. Wir hatten uns auseinandergelebt. Ich hatte mich weiterentwickelt und dein Vater war stehen geblieben. Wenn du nur mal überlegst, wie lange er schon bei Onkel Bob auftritt.«

Es lag mir auf der Zunge zu sagen: Jetzt nicht mehr.

»Das ist natürlich alles total schön, Freundinnen haben und sich verlieben und so«, sagte meine Mutter. »Aber glaub mir: Nimm bloß nicht alles zu schnell zu ernst, mein Schatz.«

Ich reckte mich und stand auf. Meine Mutter stellte den Ton wieder lauter.

Beim nächsten Gast ging es um einen Mann mit Clownphobie. Er saß auf einem Stuhl in einer Zirkusarena und war mit Klebeband festgebunden. Clowns mit bunten Latschen und roten Nasen betraten die Arena. Der Mann schwitzte. Vielleicht war Papa auch gerade festgebunden und stand Todesängste aus, wie ich damals in diesem Schrank. Ich würde es besser machen. Ich würde ihn finden.

31

Devil in disguise

Bevor Papa entführt wurde, konnte ich meinen Wecker problemlos verpennen. Jetzt reichte schon das Ping meiner Mailbox, um mich aus dem Bett zu scheuchen. Schnell setzte ich mich an den Computer, während mir das Herz in der Kehle klopfte, denn was konnte es noch Schlimmeres geben, als in einen Kofferraum gesteckt zu werden? Und ich rechnete damit, dass es noch härter werden würde als das.

Ja, da war die Nachricht von Sylvia Hotmail.

FINDE DEINEN VATER.

DU BEKOMMST WIE IMMER 12 STUNDEN ZEIT.

War das mein letzter Auftrag? Es fühlte sich an, als müsste ich einen Sandhaufen mit einem Teelöffel umschaufeln. Ich hatte schon die ganze Woche versucht, meinen Vater zu finden. Die Wahrscheinlichkeit, dass es mir heute einfach so gelingen würde, war so gut wie nicht vorhanden.

»Das ist nicht fair«, sagte ich. »Ihr habt gesagt, ihr werdet ihn gehen lassen, wenn ich alle Aufträge ausgeführt habe.«

STIMMT.

FÜHRE DIESEN LETZTEN AUFTRAG GUT AUS UND ER IST FREI.

Er war nicht in Carls Haus und wahrscheinlich auch nicht in der alten Textilfabrik. Wo denn aber sonst?

Ich schlug meinen Kopf auf meinen Schreibtisch, als könnte ich mein Gehirn wie eine Walnuss knacken. Nein, nichts. Mir fiel nichts Besseres ein, als noch einmal zu P&C Crawford Construction zurückzugehen. Vielleicht hatte ich doch einen geheimen Keller übersehen.

Ich veränderte Brille und Frisur, nahm die Kamera wieder mit und meldete mich erneut bei der Rezeption an.

»Kevin, nicht wahr?«, fragte die farbige Empfangsdame. »Dein Artikel ist immer noch nicht in der Zeitung erschienen, wir haben uns schon Gedanken gemacht.«

»Die Fotos waren nicht gut genug«, sagte ich. »Ist es in Ordnung, wenn ich ein paar neue mache?«

Ihrer gerunzelten Stirn nach zu urteilen, verlor sie allmählich die Geduld.

»Sonst bin ich meinen Ferienjob los«, flehte ich.

»Also gut. Aber niemanden stören, okay?«

Ich folgte demselben Weg wie beim letzten Mal, machte Fotos und konzentrierte meinen Blick auf geheime Gänge und kleine Räume, die ich beim letzten Mal vielleicht übersehen haben konnte. Bloß dass es keine geheimen Gänge oder unentdeckten Zimmer gab, also stand ich nach einer Stunde tief enttäuscht wieder bei der Rezeption.

»Und?«, fragte sie.

Ich hob den Daumen und betrachtete unterdessen die Ansichtskarte, die neben ihr am Schwarzen Brett hing. »Aha, Barbados«, sagte ich.

Sie lachte. »Da wäre ich auch gern. Die hat Herr Carl geschickt. Es geht ihm ausgezeichnet dort.«

Ich spürte, wie ich nickte, während sich mein Kopf in einer vollkommen anderen Dimension befand. Wenn die Karte aus Barbados kam, war Carl also doch im Urlaub.

Es sei denn, er hätte jemanden angeheuert, der für ihn dorthin flöge, speziell um eine von ihm geschriebene Ansichtskarte zu verschicken. Das kam selbst mir zu weit hergeholt vor.

Statt der Lösung näher zu kommen, trieb ich für mein Gefühl immer weiter davon weg.

»Ich gehe nach Hause«, sagte ich. »Meine Fotos anschauen.«

Sie nickte. »Ich hoffe, diese sind besser gelungen.«

Ich musste mich fast nach Hause schleppen. Wo ist Papa?, dachte ich bei jedem Schritt, aber mir kam kein einziger guter Gedanke mehr. Ich hasste die Entführer. Sie hatten mich gezwungen, Straftaten zu begehen. Ich war von einem Hund angegriffen worden und fast erstickt. Ich hatte mich auf dem Pier zum Idioten gemacht und war belogen und betrogen worden. Ich hatte ein unschuldiges Tier ermordet ...

Je länger ich die Ereignisse der letzten Woche wiederkäute, desto wütender wurde ich. Als ich zu Hause ankam, war ich so aufgewühlt, dass ich sofort in mein Zimmer polterte. Ich nahm mir nicht einmal die Zeit, mich hinzusetzen, und schnauzte zum Computer hinüber: »Das ist nicht fair. Ich habe immer getan, was ihr wolltet, und alle Aufträge durchgeführt. Und was hat es mir gebracht? Nichts! Ich will einen Tipp, wo sich mein Vater aufhält. Koordinaten, eine kryptische Beschreibung, egal was! Wenn ich bloß eine faire Chance bekomme.«

Der Computer schwieg. Ich drückte die Taste, um Mails abzuholen.

Keine neuen Nachrichten.

»Wollt ihr vielleicht, dass ich zur Polizei gehe? Ich

werde wohl müssen, wenn ich Papa nicht aus eigener Kraft finden kann, das ist dann eure eigene Schuld.«

Ich wartete kurz und überprüfte wieder meinen Posteingang. Noch immer nichts. Nicht einmal ein Foto oder ein Filmchen von meinem Vater, um mich unter Druck zu setzen.

»Gut, ihr müsst wissen, was ihr tut. Ich gehe.«

Sie taten immer noch, als wäre ich Luft. Ich zog meine Schreibtischschublade auf, nahm meine neue Brille heraus und warf meine alte hinein. »Ich gehe jetzt wirklich.« Ich trat mit dem Fuß gegen die Schublade, setzte meine Brille auf und ging mit festem Schritt zur Tür, damit sie hören konnten, dass es mir ernst war.

Noch bevor ich meine Hand auf die Klinke gelegt hatte, kam eine Mail rein.

WOHIN?

Hatten sie geschlafen oder war das wieder eins ihrer Spielchen?

»Was glaubst du?«

WARTE!

Anscheinend erschraken sie endlich. Aber warum erst jetzt? Hatten sie mich beim ersten Mal vielleicht nicht verstanden? Ich ging zurück und zog das Kartonstück vom Kameraauge. Sollte das Kontrolllämpchen nicht eigentlich brennen? Trotzdem musste die Webcam an sein, sonst könnten die Entführer mich doch nicht hören?

»Ich warte schon seit einer Viertelstunde«, bluffte ich. »Ihr gebt mir jetzt sofort einen Hinweis über Papas Aufenthaltsort. Wenn nicht, gehe ich zur Polizei.«

DU WEISST, WAS DANN MIT DEINEM VATER PASSIERT.

»Ich sehe ihn auch nicht wieder, wenn ich ihn nicht

rechtzeitig finde. Was habe ich dann noch zu verlieren?«

DU GIBST ALSO AUF?

DAS GEHT ABER SCHNELL.

Wieso schnell? Ich hatte schon fast sechs Tage durchgehalten. Innerhalb von drei Sekunden beschließen, ob man eine Tablette nimmt oder nicht, das war schnell. Ich sah mich wieder auf der Bank am Wasser sitzen.

BIST DU SICHER?

DU HAST NOCH 8 STUNDEN, 5 MINUTEN UND 6 SEKUNDEN.

Woher wussten die Entführer eigentlich, dass ich die Tablette nicht eingenommen hatte? Ich hatte so getan, als wäre ich bewusstlos. Und dass sie nicht wirklich in meiner Hand lag, war aus der Entfernung unmöglich zu erkennen.

Ich schob meine Brille hoch, damit ich mir mit Daumen und Zeigefinger über das Nasenbein reiben konnte. Mein Blick ging nach unten und blieb an meiner Schreibtischschublade hängen. Sie war nicht ganz zugeschoben, sodass ich das Glas meiner alten Brille aufblitzen sah. Dadurch bekam ich eine so geniale Eingebung, dass ich mich einen Moment für eine Art Einstein hielt – die Spyware steckte nicht in meinem Smartphone oder meinem Computer. Die Entführer wussten so genau, was ich tat, weil sie durch meine Augen mitschauten! In meiner neuen Brille befand sich eine Kamera! Deswegen hatten sie mir auch nie Fragen über die alte Textilfabrik gestellt. Solange ich meine alte Brille trug, hatten sie keine Ahnung, was ich trieb. Meine neue Brille war wie ein glänzender Apfel mit Gift darin.

Sie hatten mir also auch beim Pissen zugesehen!

Am liebsten hätte ich meine Brille auf den Boden geworfen und sie mit den Schuhen zerbröselt, aber dann würden die Entführer sofort kapieren, dass ich ihr Geheimnis entdeckt hatte. Zum ersten Mal war ich ihnen einen Schritt voraus. Von jetzt an konnte ich ihnen zeigen, was ich sie sehen lassen wollte. Und musste ich gerade etwas erledigen, was ungesehen bleiben sollte, brauchte ich meine Brille nur kurz in eine dunkle, schalldichte Schublade zu stecken.

Ich könnte zu Talisha gehen! Ich könnte ihr alles erzählen, ohne dass ich Angst haben müsste, wir könnten abgehört werden. Jedenfalls, wenn ich recht hatte.

Das ist ein Test. Nun, dieses Mal war es meiner.

Ich nahm einen Schreibblock und einen Stift und setzte mich mit dem Rücken zum Computer.

Hey Talisha,

kann ich dich sprechen? Ich habe ein Problem. Es geht um meinen Vater. Er wurde entführt.

Meine Mailbox gab ein Signal.

DU BIST SEHR BEGRIFFSSTUTZIG.

Na bitte. Sie lasen mit!

DEN LETZTEN BRIEF HABEN WIR DIR AUCH SCHON WEGNEHMEN MÜSSEN.

Der Brief an Talisha. Ich hatte ihn nicht verloren. Sie hatten ihn mir aus dem Rucksack gestohlen! Aber wie und wer?

KEIN KONTAKT MIT TALISHA.

KEIN KONTAKT MIT WEM AUCH IMMER.

Der Jogger! Der Angeber in seinen Nikes hatte mich absichtlich überholt.

DU HAST NOCH 8 STUNDEN, 2 MINUTEN UND 3 SEKUNDEN.

Darunter stand ein Link. Als ich ihn anklickte, hörte ich meinen Vater singen. *Gonna get back home somehow.* Einfach wieder so eine Heulnummer von Elvis, dachte mein Gehirn. Aber es fühlte sich an, als zerspränge ich in kleine Stücke.

»Okay«, sagte ich. »Ich gebe noch nicht auf und ich werde Talisha in Ruhe lassen.« Um meinen Worten Nachdruck zu verleihen, knüllte ich den Brief zusammen und warf ihn in den Papierkorb.

BRAVO!, schrieben die Entführer.

Ich schaute auf den Monitor, während ich nach meiner alten Brille in der Schublade tastete und sie in meiner Hosentasche verbarg.

»Aber erst kurz ausruhen.« Ich tat, als würde ich gähnen, und rieb mir die Augen. Ich zog meine Schuhe aus und legte meine Brille auf das Nachtschränkchen, die Gläser vom Bett abgewandt. Die Entführer hatten jetzt freien Blick auf meinen Schreibtisch und die Wand, aber nicht auf mich. Ich legte mich mit viel Getöse auf mein Bett, gähnte noch ein paar Mal und gab Schnarchgeräusche von mir. Ich drehte mich um, seufzte noch einmal und wurde schließlich still. Dann ließ ich mich vom Bett rollen und schlich auf Strümpfen aus meinem Zimmer.

Unten hing meine Sporttasche an der Garderobe. Ich zog meine Sportschuhe an und ging zur Tür. Noch bevor ich sie öffnete, fiel mir ein, dass die Entführer mich ja auch verfolgen lassen konnten. Sie dachten zwar, dass ich auf dem Bett lag und ein Schläfchen machte, aber ich war schon öfter von Handlangern im Auge behalten worden. Jemandem, der Umschläge an Laternenpfähle heftete. Menschen wie Jules, und vielleicht steckte ja sogar der Nasen-Typ mit unter ihrer Decke. Dass die Entführer über meine Brille sehen konnten, was ich tat, war offenbar noch nicht genug, Manchmal wollten sie mich auch direkt stoppen oder mir einen Auftrag mitgeben.

Ich wollte nicht das Risiko eingehen, von jemandem aufgehalten zu werden, und schon gar nicht wollte ich daran denken, dass ich Talisha in Gefahr bringen könnte. Also sollte ich mich ihr am besten auf Abstand nähern. Kein Treffen, sondern eine Nachricht. Nicht wieder einen Brief, denn das dauerte zu lange, sondern eine Mail. Nicht von meinem eigenen Computer verschickt, sondern von einer Adresse, über die die Entführer absolut keine Kontrolle hatten, dem White Heart Hotel. Ich setzte eine Basecap auf und verließ das Haus über die Rückseite, wobei ich mich unablässig umschaute.

Eine knappe halbe Stunde später hockte ich wieder im Frittiermief am Computer und schickte Talisha eine Mail.

Ich weiß, dass du mir böse bist, aber ich sitze total in der Scheiße und brauche deine Hilfe. Erinnerst du dich noch an den Zettel, den ich dich lesen ließ? Das war kein Scherz von jemandem aus der Schule, mein Vater ist wirklich entführt worden. Als es klingelte, stand niemand vor der Tür, aber es hing ein Umschlag daran mit einem Brief, in dem stand, ich müsse dich loswerden. Die ganze Woche über bekam ich Aufträge von den Entführern. Wenn ich nicht tue, was sie sagen, bringen sie meinen Vater um. Ich muss ihn innerhalb der nächsten sieben Stunden finden, sonst ist es zu spät. Ich konnte dir nichts erzählen, weil sie mich immer beobachteten. Inzwischen habe ich entdeckt, dass in meiner neuen Brille eine winzige Kamera steckt. Ich habe sie gegen meine alte Brille ausgetauscht und bin zum White Heart Hotel gegangen.

Ich schreibe dir von einem Hotelcomputer aus und hoffe, dass niemand mitlesen kann. Wenn du mir immer noch helfen möchtest, komm hierher. Pass auf, dass dir keiner folgt, man weiß ja nie.

Ich warte auf dich.

Elvis

Ich schrieb die Adresse unter die E-Mail und klickte auf *Versenden.*

Ich traute mich nicht, das Hotel zu verlassen, und bestellte Fish & Chips zum Mittagessen. Der Kellner versuchte, mir noch eine französische Zwiebelsuppe aufzuschwatzen, gab aber auf, als er mein Gesicht sah. Ich hatte mir den strategisch günstigsten Tisch ausgesucht – mit Blick auf die Lobby. Während ich aß, versuchte ich, mir zu überlegen, was ich als Nächstes machen würde, wenn Talisha nicht auftauchte. Sie konnte mit ihren Eltern in Urlaub sein. Oder sie hatte mittlerweile so die Nase voll von mir, dass sie nicht kommen wollte, was ich auch durchaus verstehen konnte. Die Zeit verging und meine Fritten wurden kalt und geschmacklos. Ich schob den Teller von mir, als ich eine junge Frau eintreten sah. Sie trug eine große Sonnenbrille und hatte sich einen Schal um den Kopf gewickelt, mit dem sie wie eine Schauspielerin aus einem alten Film wirkte. Sie kam direkt durch den Speisesaal auf mich zu.

32

This is the story

Sie nahm die Brille ab.

Talisha. Sobald ich sie erkannte, fühlte ich mich stärker, größer und weniger allein.

»He, eine Muslima«, sagte ich.

»Sehr witzig, Herr Potter.« Sie setzte sich mir gegenüber. »Dieses Modell geht echt nicht mehr.«

»Mit der anderen Brille können sie uns abhören«, sagte ich.

»Das habe ich verstanden.« Ihr Blick musterte mein Gesicht.

»Bist du sicher, dass das kein Spiel ist?«

»Ich bin doch nicht verrückt!«

»Entschuldige, aber es klingt schon so.«

»Als wäre ich verrückt?«

Sie grinste. »Als wäre es ein Spiel, Dummie.«

»Wär es bloß so.« Ich seufzte. »Ich habe Fotos und Filme von meinem Vater gesehen. Sie haben ihn fürchterlich zugerichtet.«

»An deiner Stelle würde ich zur Polizei gehen.«

»Und meinen Vater damit in Gefahr bringen?« Ich schüttelte wild den Kopf.

»Die Entführer brauchen doch nicht zu wissen, dass du gehst?«

»Und wenn sie mir folgen?«

»Du kannst dich vermummen, wie ich.« Sie grinste. »Oder du ziehst deinen Tarnumhang über.«

»Haha.« Ich schaute auf meine Uhr. »Zur Polizei kann ich immer noch gehen, wenn ich Papa nicht selbst finden kann oder wenn ich weiß, dass er in Sicherheit ist. Ich habe noch sechs Stunden Zeit.«

»Es scheint, als hättest du Angst vor ihnen.«

»Natürlich. Hättest du keine Angst, wenn dein Vater ...«

»Vor der Polizei, meine ich. Nicht vor den Entführern.«

»Blödsinn«, sagte ich etwas zu laut.

Sie hob eine Augenbraue.

»Ich will einfach kein Risiko eingehen«, flüsterte ich. »Wenn sie hören, was ich getan habe ...«

Jetzt hob sich auch ihre andere Augenbraue. »Muss ich mir Sorgen machen? Ich meine, du hast doch niemanden umgebracht?«

Ich lachte nervös. »Nur einen Hahn.«

»Igitt, Elvis.«

»Meinst du, mir hat das Spaß gemacht? Es war ein Auftrag.«

Sie fixierte mich. »Was musstest du sonst noch machen?«

Es war, als hätte sie auf einen Knopf gedrückt. Augenblicklich schüttete ich einen Schwall von Worten über ihr aus und konnte nicht mehr aufhören zu reden – dass Jules die Nacht bei mir verbracht hatte, vergaß ich der Einfachheit halber, aber sonst erzählte ich alles. Als ich beim Kofferraum angelangt war, hielt Talisha meine Hand und streichelte sie mit ihrem Daumen, was sich einfach wunderbar anfühlte.

»Die Polizei wird bestimmt verstehen, dass du nicht anders konntest«, sagte sie, als ich endlich schwieg.

»Aber wenn ich auf dem Revier sitze, kann ich Papa nicht suchen. Also.« Ich sah sie fragend an. »Hilfst du mir jetzt oder nicht?«

»Was glaubst du, weshalb ich hier bin?« Sie drückte meine Finger.

»Wir werden ihn finden.«

Seltsam. Man konnte also gleichzeitig glücklich und verzweifelt sein. Ich nickte und seufzte. »Ich weiß nur nicht, wie.«

»Was weißt du denn genau?«, fragte sie. »Über seinen Aufenthaltsort, zum Beispiel.«

»Olivgrüner Teppichboden, roter Stuhl mit schwarzen Armlehnen, gelbliche Wand«, zählte ich auf. »Das habe ich auf den Fotos gesehen.«

»Aber die Entführer sind dir nie begegnet?«

»Ich glaube nicht, nein. Sie schicken Briefe und E-Mails. Und wenn ich Sachen für einen Auftrag brauche, stehen die in der Killen Street.«

Ihre Wangen wurden ein wenig rot vor Aufregung. »Immer dort?«

»Fast immer. Nur die Sprühdosen standen bei meinem Vater in der Wohnung.«

»Wenn sie dich immer zum selben Ort schicken, sind sie wahrscheinlich irgendwo dort in der Nähe. Die Entführer finden es bestimmt nicht praktisch, immer zum anderen Ende der Stadt fahren zu müssen.«

Ich spürte, wie mir der Mund offen blieb. Ich hatte die schlauste Freundin der Nordhalbkugel. Na ja, Fast-Freundin.

»Ich bin in der Killen Street nie im oberen Stock gewesen«, sagte ich heiser. »Vielleicht ist mein Vater ja dort.«

»Wo ist deine andere Brille?«, fragte sie.

»Zu Hause. Ich habe sie auf mein Nachtschränkchen gelegt. Sie glauben, ich liege auf meinem Bett.«

»Und wie lange liegst du schon dort?«

»Über eine Stunde.« Noch während ich sprach, wusste ich, was sie sagen würde.

»Dann kommen ihnen jetzt die ersten Zweifel.«

»Ich habe die Brille schon öfter abgesetzt. Als ich in der Textilfabrik herumgeführt wurde.«

»Hast du damals auch so getan, als würdest du schlafen?«

»Das nicht. Damals wusste ich noch nicht, dass sie eine Kamera ...«

»Ich habe eine Idee«, fiel sie mir ins Wort.

»Ich auch«, sagte ich. »Blitzschnell nach Hause gehen und diese Brille wieder aufsetzen, bevor die Entführer dahinterkommen, dass ich die Kamera entdeckt habe.«

»Meine Idee ist besser. Wir werden die Entführer zum Narren halten. Du gibst mir den Schlüssel zu eurem Haus. Ich nehme deine Brille und setze sie auf. Solange ich in keinen Spiegel schaue und nicht spreche, werden sie denken, ich sei du. In der Zwischenzeit kannst du ungestört suchen. Angenommen, du stehst kurz davor, deinen Vater zu finden. Normalerweise könnten die Entführer das über deine Brille mitverfolgen und ihn dann möglicherweise woandershin bringen. Aber wenn *ich* deine Brille trage, glauben sie, du seist dort, wo ich bin. Solange sie über mich die Bilder von einem vollkommen anderen Ort reinkriegen, wähnen sie sich in Sicherheit. Und du kannst in der Zwischenzeit ungestört weitersuchen.«

Ich hatte mich geirrt. Talisha war nicht die schlauste Fast-Freundin der Nordhalbkugel, sondern der ganzen

Welt. Ich wusste nicht, woher ich den Mut nahm, aber ich küsste sie voll auf den Mund.

»Elvis Long«, sagte sie missbilligend und außer Atem, als ich sie losließ. Aber ihre Augen strahlten.

»Du bist großartig«, sagte ich, während Simon und Peter in meinem Hinterkopf riefen: Sag nie einem Mädchen, dass du sie nett findest.

»Ha, endlich hat er es kapiert.«

»Ich muss nur noch irgendwie an eine Taschenlampe kommen«, sagte ich. »Es ist unglaublich dunkel in diesem Haus.«

»Darum kümmere ich mich.« Sie winkte dem Ober. »Zahl du inzwischen schon mal.«

Kaum hatte ich bezahlt, war Talisha auch schon wieder zurück. Mit einem Knall stellte sie die Lampe auf den Tisch. »Von der Rezeption. Ich habe aber versprechen müssen, dass du sie ganz bestimmt zurückbringst.«

»Mache ich.«

»Wo soll ich eigentlich hingehen?«, fragte sie. »Es muss ein logischer Ort sein, an dem ich nach Hinweisen suchen kann. Sozusagen jedenfalls.« Sie lachte. »Durch deine Brille sehe ich natürlich nicht die Bohne.«

»Zu meinem Vater in die Wohnung. Dort habe ich schon öfter gesucht.« Ich gab ihr die Schlüssel.

Zehn Minuten später stand ich wieder auf dem kleinen Innenhof von Killen Street 3. Hielten sie meinen Vater hier versteckt? Ich unterdrückte die Versuchung, seinen Namen zu rufen. Wenn die Entführer bei ihm waren, wollte ich sie lieber überraschen.

Ich schaltete die Taschenlampe an und betrat das Haus. Das Zimmer, in dem ich schon gewesen war, ließ ich links liegen. Ich ging gleich weiter zur Treppe und stellte meinen Fuß auf die erste Stufe. Sie fühlte sich stabil an. Ich zog den anderen Fuß nach und ging in die Knie, als wollte ich springen, aber ich sprang nicht wirklich, denn ich wollte keinen Lärm machen, sondern bewegte mich nur auf und ab, als stünde ich auf einem Waveboard. Nicht das geringste Knacken war zu hören, also bestand meiner Ansicht nach keine Einsturzgefahr. Stufe für Stufe ging ich die Treppe hinauf, während ich mich auf Stimmen, Musik oder andere Geräusche konzentrierte, die auf die Anwesenheit von Menschen hinweisen könnten, aber es blieb sehr still.

Wieder wollte ich fast rufen – vielleicht lag Papa ja allein dort oben, festgebunden und mit einem Knebel im Mund –, aber ich konnte mich gerade noch beherrschen und ging weiter und weiter, die sausende Stille in den Ohren und die Taschenlampe in der zittrigen Hand. Noch sechs Stufen, noch fünf. Mein Rücken fühlte sich klamm an. Noch zwei Stufen, noch eine. Dann stand ich oben auf dem Korridor. Holzboden, kein Teppich. Zwei offene Türen und eine geschlossene. Ich betrat das erste Zimmer. Blümchentapete mit verblichenen Rechtecken. Die Fußbodenleisten waren hier und da lose. Ein vergilbtes Poster mit Rennwagen. Keine Matratze. Kein olivgrüner Teppichboden. Und mein Vater war auch nicht da.

Offenes Zimmer Nummer 2. Dieselben Blümchen. Kein Poster, aber ein verschlissener Teppich in nichtssagender Farbe.

Ein Zimmer blieb noch übrig. In der Ecke erklang ein Rascheln.

»Papa?« Gespannt leuchtete ich mit meiner Lampe.

Eine Ratte schoss davon.

Wenn die Entführer überhaupt in der Nähe waren, dann jedenfalls nicht hier. Es war leichter, eine Nadel im Heuhaufen zu finden. Wie viele Häuser standen denn wohl im Umkreis von vielleicht dreihundert Metern? Ich konnte ja schlecht überall klingeln.

Enttäuscht ging ich zum Hotel zurück. Der Empfangschef stand mit dem Rücken zu mir und telefonierte. Ich wollte die Taschenlampe schon auf dem Tresen hinterlassen, als ich das gerahmte Foto an der Wand hängen sah. Drei Männer posierten im Elvis-Kostüm ...

Was war das denn? Der linke sah aus wie mein Vater!

Ich stellte mich hinter den Tresen, damit ich das Foto besser betrachten konnte.

Tatsächlich, das war mein Vater, breit lachend, den rechten Arm um die Schulter des Mannes in der Mitte gelegt.

»Kann ich dir helfen?«, fragte der Empfangschef.

»Entschuldigung«, sagte ich. »Aber ich sah plötzlich das Foto dort und ...« Ich zeigte auf Papa. »Das ist mein Vater.«

»Ich hänge es mal kurz ab«, sagte der Empfangschef und hob den Rahmen vom Nagel. »Dann kannst du dir das Bild bei Tageslicht anschauen.«

Ich dachte, er wollte mich bloß hinter seinem Tresen weghaben, aber er war wirklich hilfsbereit und trug das Foto für mich zu einem kleinen Tisch am Fenster.

»Der Mann in der Mitte ist *mein* Vater«, sagte er dann. »Früher schämte ich mich für ihn. Ich wünschte, er hätte ein normales Hobby. Angeln oder Billardspielen oder so.«

»Das kenne ich.«

Er legte das Foto hin und wir betrachteten es, wie man ein Gemälde in einem Museum betrachtet. Mein Atem stockte. Dieser olivgrüne Teppichboden auf dem Foto ...

»Wo wurde es aufgenommen?«, fragte ich.

»Hier im Hotel. Oben ist ein kleiner Saal für geschlossene Gesellschaften und Versammlungen.«

»Und Elvis-Treffen.« Ich muss mich bremsen, nicht sofort die Treppe hinaufzustürmen.

»Die auch. Ich heiße übrigens William.«

»Dann hast du noch Glück gehabt«, sagte ich. »Mich haben sie Elvis genannt.«

Er grinste. »Auch mit Erdnussbutter-Bananen-Sandwiches groß geworden?«

Elvis Presleys Lieblingsessen.

»Das zum Glück nicht.« Mein Blick flog wieder zur Treppe. »Ich habe die Taschenlampe übrigens auf den Tresen gestellt«, sagte ich. »Danke fürs Ausleihen.«

»Gern geschehen.«

»Und vielen Dank für das Foto.« Die Treppe lag dem Ausgang genau gegenüber. Meine Beine wollten rennen, aber ich musste Zeit schinden. Als ich zur Außentür kam, schaute ich mich um. William hängte das Foto wieder an die Wand – eine Arbeit, die gerade genügend Zeit in Anspruch nahm, dass ich ungesehen die Treppe hinauflaufen konnte.

Im Gang oben derselbe braune Teppichboden wie unten in der Lobby. Links und rechts waren nummerierte Türen.

Hotelzimmer, dachte ich. Keine Säle.

Ich eilte weiter, bis der Gang breiter wurde und in eine Art Korridor überging. Auch hier wieder Türen, allerdings nicht mit Nummern, sondern beschriftet. WÄSCHEKAMMER. DAMEN. HERREN. LAUNDRY. GEMEINSCHAFTSRAUM. Das musste der Saal sein, den der Empfangschef gemeint hatte!

Vor dem Fenster hingen Lamellenvorhänge, die leider

geschlossen waren. Ich blieb kurz stehen und lauschte, aber ich hörte niemanden reden. Ich klopfte an die Tür, bereit wegzurennen, wenn es nötig wurde.

Auf der anderen Seite blieb es still.

Ich trat ein.

33

Keeper of the key

Die gute Nachricht war, dass ich das Zimmer mit dem olivgrünen Teppichboden und den roten Stühlen gefunden hatte. Die schlechte, dass ich meinen Vater nirgends sah – und im Übrigen auch keine Kaffeetasse, Essensreste oder eine Matratze. Wenn sie Papa hier gefangen gehalten hatten, waren seine Spuren jedenfalls gründlich beseitigt worden. Sogar der Papierkorb war geleert.

Beseitigt. Das Wort verursachte mir plötzlich einen kalten Schauder. Ich sah Papa mit einem Betonklotz an den Füßen von einem tuckernden Fischerboot ins Wasser gleiten. In Stücke geschnitten und in Säcke verpackt auf der Müllkippe deponiert. Vielleicht lag er aber auch mit gebrochenen Knochen im Schacht einer alten Mine. Ich meine, weshalb sollten die Entführer auch so lange hier auf mich warten, bis ich Papa gefunden hatte? Es war sowieso ein tückischer Ort, um jemanden gefangen zu halten. Jeder konnte einfach so hereinkommen, Hotelgäste, Personal ...

Eigentlich glaubte ich auch nicht, dass mein Vater die vergangene Woche hier verbracht hatte. Nicht einmal für die Fotos und Filme. Es musste noch einen anderen Raum mit demselben Teppichboden und denselben Stühlen geben – einen Privatraum, den sonst niemand betrat.

Ich verließ den kleinen Saal und schaute mir die anderen Türen auf dem Korridor an. Eine davon führte zu den Zimmern 23 bis 28. Ich drückte sie auf und betrat einen schmaleren Gang. Hier kam es mir vor wie in einem älteren Hoteltrakt, auf jeden Fall war der Flur weniger gut gepflegt und es roch nach nassem Hund.

Aus Zimmer 26 kamen zwei Männer. Der eine hatte etwas vergessen und lief wieder zurück, während der andere die Tür aufhielt, sodass ich die Einrichtung des Hotelzimmers ausführlich begutachten konnte. Ich sah einen kleinen Schreibtisch mit einem roten Stuhl, gelbliche Wände und einen olivgrünen Teppichboden. Mein Vater hat mir mal erzählt, dass er sich vor einem Wettkampf fast betrunken fühlt: So viele Windhunde, so viele Chancen. Nun, genauso fühlte ich mich auch. Plötzlich gab es ungeahnt viele Möglichkeiten. Unzählige Hotelzimmer, in denen Papa sein konnte!

Der kleinere der beiden Männer verschloss die Tür und ließ den Schlüssel an einem Finger baumeln. Gemeinsam gingen die beiden davon.

Schlagartig war ich wieder nüchtern. Wie durchsucht man dreißig Zimmer, deren Schlüssel man nicht hat, und dann auch noch, ohne eventuellen Gästen einen höllischen Schrecken einzujagen? Na ja, dreißig minus eins, denn Nummer 26 war somit gecheckt.

Erst schlenderte ich ein wenig herum, in der Hoffnung, dass noch mehr Gäste ihre Zimmer verlassen würden und ich durch die geöffnete Tür einen Blick ins Innere erhaschen konnte. Aber es kam niemand. Nach fünf Minuten war ich es leid und ging zurück in den neueren Gebäudetrakt. Vielleicht waren dort mehr Zimmer belegt.

Ich hatte Glück, denn gerade kam eine Frau mit einem Rollkoffer. Ich tat so, als würde ich ganz intensiv ein Bild an der Wand betrachten, und wartete, bis ich hinter mir einen Schlüssel im Schloss knacken hörte. Umschauen.

Brauner Teppichboden, wie beim Eingang und unten. Es schien mir logisch, dass alle neuen Zimmer mit derselben Art Teppichboden ausgelegt waren. Damit konnte ich diesen ganzen Gang abhaken!

Als ich zur olivgrünen Abteilung zurückwollte, kam ich wieder durch den Korridor. Aus der Wäschekammer kam ein Mädchen mit ein paar Handtüchern auf dem Arm. Sie nickte mir freundlich zu und ging zielstrebig auf Zimmer 22 zu. Als ich sah, wie sie die Tür öffnete, wurde mir klar, dass sie einen Generalschlüssel besaß – die Lösung all meiner Probleme. Mit ein wenig Glück ...

Ich schlich in die Wäschekammer. Handtücher, Laken, Kissenhüllen, alles ordentlich in großen, offenen Schränken gestapelt. Da standen auch schon zwei Karren mit sauberer Bettwäsche für den nächsten Tag. Und auf einem dieser Karren lag ein Zimmerschlüssel. Ich schnappte ihn mir und machte, dass ich wegkam. Gerade noch rechtzeitig! Das Handtuchmädchen kam mit leeren Händen zurück. Ich verschwand wie ein Wiesel in dem schmalen Gang, bis ich vor Zimmer 23 stand.

Ohr an die Tür. Lauschen. Weil es auf der anderen Seite vollkommen still war, wagte ich es und steckte den Generalschlüssel ins Schloss.

Der Teppichboden stimmte, aber das Zimmer war leer und auch im Badezimmer fand ich meinen Vater nicht. Ich zog die Tür zu und lief zur 24. Dort hörte ich sehr wohl etwas. Unterschiedliche Stimmen und spannende Musik. Vermutlich der Fernseher.

Dann erst das nächste Zimmer.

Oder nein, warte. Wenn ich jemanden entführt hätte,

würde ich möglichst weit von den anderen Hotelgästen entfernt sein wollen. Ich sollte lieber mit dem letzten Zimmer anfangen.

Ich lief zum Ende des Ganges, aber dort sah ich nur Nummer 27. Laut Schild im Korridor musste es auch ein Zimmer 28 geben. Wo war das denn abgeblieben?

Wieder wurde mir schwindelig vor Aufregung. Ein geheimes, verborgenes Zimmer. Ich war mir sicher, wenn ich das fand ...

Der Gang machte eine Biegung. Ich kam an einer dunklen Nische vorbei, in der jemand ein Tablett mit Resten vom Mittagessen hinterlassen hatte. Von Papa? Ich eilte weiter und dachte dabei an ein Spiel von früher: kalt, lau, wärmer, ja, wärmer, du verbrennst dich fast – und da war es plötzlich: Zimmer 28. An der Klinke hing ein Schild mit BITTE NICHT STÖREN. Ich würde all mein Geld darauf setzen: In diesem Zimmer hielten sie meinen Vater gefangen.

Ich lauschte wieder, und als ich nichts hörte, steckte ich den Schlüssel ins Schloss. Die Klinke gab nach. In Gedanken ermahnte ich die Tür, nicht zu quietschen.

Thank God, sie gehorchte.

Ich setzte einen Fuß auf den olivgrünen Teppichboden. Check. Die Wand über der Fußleiste war gelblich. Check. Ich schlich weiter und ja – da war auch der rote Stuhl. In diesem Zimmer waren die Aufnahmen von Papa gemacht worden. Hier hatte er gesessen, während ihm jemand eine Pistole an die Schläfe hielt.

War das der glatzköpfige Mann auf dem roten Stuhl gewesen? Sobald ich ihn sah, brach mir der Schweiß aus. Er saß mit dem Rücken zu mir, die Schultern weit hochgezogen. Zum Glück trug er Kopfhörer, sonst hätte er mich bestimmt hereinkommen hören. Vor ihm standen sechs kleine Monitore, die er angestrengt studierte – eine Aktivität, die zu einem Wachmann passte, aber nicht zu einem Entführer. Bis ich auf einem der Monitore ein höchst bekanntes Bild entdeckte. Der Glatzkopf schaute nicht auf Bilder von Überwachungskameras, die im Hotel hingen. Er spionierte Papas Appartement aus. Ich erkannte das Sofa, die Esstheke und die kleine Küche. Das Bild wackelte und war nicht von einem einzigen Kamerastandpunkt aus aufgenommen. Talisha hatte also tatsächlich meine Brille aufgesetzt und war zur Wohnung meines Vaters gegangen.

Mein Blick scannte das restliche Hotelzimmer. Zwei getrennte Betten. Ein Spiegel in einem Holzrahmen. Ein altmodischer Kleiderschrank und eine verschlossene Tür. Das Badezimmer, nahm ich an. Ob Papa dort eingesperrt war?

Mit dem Handrücken fuhr ich mir über die feuchte Stirn und schaute wieder zu dem Glatzkopf hinüber. Er glaubte mich in Papas Appartement. Solange die Monitore nicht zu viel spiegelten, würde er nie auf die Idee kommen, ich könnte hinter ihm stehen. Es sei denn, ich müsste niesen oder husten ...

Sofort verspürte ich ein Kribbeln. Ignorieren! Ich konzentrierte mich wieder auf die Badezimmertür.

Sollte ich es wagen?

Noch bevor ich eine Entscheidung gefällt hatte, hörte ich eine Klospülung. Bei den Nachbarn, dachte ich erst noch. Dann wurde mir bewusst, dass gar kein anderes Hotelzimmer an diesen Raum angrenzte, und dann hörte ich in der Nähe auch noch einen Wasserhahn laufen und wieder stoppen und ...

Die Badezimmertür öffnete sich!

Papa ließen sie bestimmt nicht frei herumlaufen, also musste es ein zweiter Entführer sein. Mir wurde schlecht vor Angst. Es gab nichts, hinter oder unter dem ich mich verstecken konnte, ich war so etwas wie eine rote Flagge auf einem verschneiten Berggipfel und ich wusste nicht mehr ein noch aus.

Ein Mann kam aus dem Badezimmer.

»Papa!« Erleichterung und Freude hauten mich fast um. Ich vergaß, dass ich vielleicht besser vorsichtig sein sollte, und breitete die Arme aus, um ihn zu umarmen, mich davon zu überzeugen, dass er quicklebendig war und ...

Warum reagierte mein Vater nicht? Warum blieb er wie angewurzelt stehen, als wäre er unangenehm überrascht worden?

Schlaff ließ ich die Arme fallen.

Wir starrten einander an. Er blinzelte. Dann wandte er den Kopf ab, schaute auf die Monitore, danach zu mir und wieder zu den Bildschirmen. Ich sah unverwandt in sein Gesicht. Sah den altmodischen Backenbart und die unversehrte Haut. Ich kapierte es nicht. Konnten blaue Flecken und Wunden so schnell heilen?

»Elvis«, sagte er dann endlich. »Du trägst eine andere Brille.«

Das war nicht gerade die Bemerkung, die ich erwartet hatte.

Der Glatzkopf setzte seinen Kopfhörer ab – mit Mikrofon, sah ich jetzt – und machte eine Vierteldrehung mit seinem Stuhl.

»Ist das dein Sohn?« Dann nickte er zu dem Bildschirm hinüber, auf dem Papas Appartement zu sehen war. »Und wer ist das dann?«

Das war auch nicht die Art von Gespräch, die ich zwischen einem Entführer und seinem Opfer erwartete.

Jetzt starrten wir alle drei auf den Monitor. Talisha betrachtete die Hülle einer DVD, die ich zuvor bei Papa gefunden hatte. Sie trug eines meiner Sweatshirts. Die überlangen Ärmel waren prima geeignet, ihre Mädchenhände zu verbergen. Dann schaute sie zu dem Fernseher meines Vaters. *Tzameti* lief schon. Es war ein Schwarz-Weiß-Film mit Untertiteln. Ich sah ein abgelegenes Haus erst von außen, dann von innen. Taschen mit Geld wurden bereitgelegt. »Weißt du, worum es geht?«, fragte ein Mann einen Jungen mit dunklen Locken. »Keine Ahnung«, antwortete er. *Same here.* Ich kapierte nichts von dem, was hier geschah. Meiner Ansicht nach war ich auf irgendetwas hereingefallen, ich wusste bloß noch nicht genau, auf was.

»Papa?«, sagte ich flehend. »Ich will hier weg.«

»Wem hast du deine Brille gegeben?«

»Du benimmst dich ziemlich seltsam«, sagte ich. »Warum kommst du nicht mit mir?«

Sein Ausbruch traf mich vollkommen unerwartet. Er fasste mich an den Schultern und schrie: »Wem hast du deine Brille gegeben, Elvis?«

Ich erschrak fast zu Tode. Mein Vater war verrückt geworden.

»Du hast ihm doch nichts erzählt?« Er schüttelte mich. »Sag mir, dass du ihm nichts erzählt hast.«

»Au! Du tust mir weh!«

Es war, als würde er plötzlich wach. »Tut mir leid. Entschuldige, mein Junge.«

Er ließ mich los und ging hin und her durch das Zimmer, während er durch seine Haare wühlte. Es wurde statisch und stand zu Berge, was normalerweise auf meine Lachmuskeln wirken würde. Aber das Lachen war mir sowieso schon lange vergangen.

»Papa?«, drängte ich.

»Setz dich.« Er zeigte auf das Bett.

Ich rieb mir die schmerzende Schulter. »Jetzt komm, wir müssen ...«

»Setzen!«

Ich erschrak schon wieder und war so verblüfft, dass ich mich auf die Bettkante hockte.

»Wer ist in meinem Appartement?«, fragte Papa. »Weiß er, dass ich entführt wurde?«

»Bist du denn entführt worden?« Warum flüsterte ich eigentlich?

»Antworte, Elvis, sonst ...«

Ich sah mein Gesicht im Spiegel. Es war wie aus einem Comic: ein einziges ängstliches Fragezeichen. Es erinnerte mich an andere Spiegelbilder – die verrückten Sachen, die wir letztes Jahr mit unserer Klasse auf einer Ausstellung von Anish Kapoor gesehen hatten. In dem Saal standen gigantische Spiegel in allerlei Formen. Wenn man hineinschaute, sah man sich selbst und die Umgebung auf dem Kopf stehend oder in Einzelteile zerlegt. Oder man war auf einmal zu zweit und ein Stückchen weiter auf einmal wieder verschwunden, als hätte einen der Spiegel verschluckt. Unser Lehrer nannte das optische Täuschung.

»Jetzt erzähl es einfach«, sagte mein Vater gequält und ging zu dem Glatzkopf, der mittlerweile eine Webcam angeschlossen hatte.

Warum hatte man die Linse auf mich gerichtet? Ich bekam wieder dasselbe Gefühl wie damals bei Kapoor – das Gefühl, meine Augen würden mir einen Streich spielen.

Sie schauten über einen Monitor in einem Hotelzimmer auf einen Film im Fernsehgerät meines Vaters in dessen Appartement – und dass sie dies taten, konnte ich wiederum auf einem anderen Monitor sehen, der in demselben Hotelzimmer stand. Ein Film in einem Film in einem Film. Und als wäre das nicht schon unwirklich genug, stand mein Vater unterdessen einen Meter entfernt und redete leise mit seinem Entführer. Oder seinem sogenannten Entführer.

Außer meinen Augen spielten mir auch meine Beine einen Streich. Ich konnte mich nicht dazu bringen, aufzustehen und wegzulaufen – als würde ich noch etwas erwarten, eine logische Erklärung oder eine beruhigende Bemerkung von Papa, die mir half, die Welt wieder in der richtigen Perspektive zu sehen. Aber das Einzige, das sich in meinem Blickfeld veränderte, waren die Filmbilder von *13 Tzameti* auf dem Monitor. »Ist euer Mann hier?«, fragte jemand. »Ja, kein Problem«, war die Antwort.

Ich stellte mir vor, wie Talisha auf dem Sofa saß, meine Brille möglichst weit auf die Nasenspitze geschoben, damit sie über die Gläser hinwegspähen konnte. Weil sie dasselbe sah wie ich, fühlte es sich ein bisschen so an, als wäre sie hier.

Die Beratung zwischen meinem Vater und dem Glatzkopf war beendet.

»Schweigen ist zwecklos«, sagte der Glatzkopf. »Wenn du jetzt nicht sagst, wer der Kerl im Appartement deines Vaters ist, fahre ich augenblicklich hin und hole ihn.«

Ich krümmte mich. Könnte ich Talisha nur warnen!

»Ich würde auf Keith hören«, sagte Papa.

Keith. Als wären sie gute Kumpel.

Das waren sie wahrscheinlich auch.

In meinem Kopf drehte sich alles, ich wollte aufstehen, fiel aber wieder auf das Bett zurück, denn meine Beine torkelten auch.

»Geht es?«. Plötzlich machte mein Vater einen auf besorgt.

»Kurz was trinken.« Ich schwankte ins Bad und sperrte blitzschnell zu, bevor sie mich davon abhalten konnten.

»Elvis!«, rief Papa. »Mach auf!«

»Ich muss pinkeln.« Meine Hände suchten Halt am Waschbecken. Auf der Ablage waren Gästeseife, Shampoofläschchen und zwei Kulturbeutel. Der blaue mit dem Anker darauf gehörte meinem Vater. Ich sah auch eine Dose mit einer Maske auf dem Deckel. Schminke. So war mein Vater also an seine Verletzungen gekommen.

Ich wusch mir den Schweiß vom Gesicht, während ich meinen Herzschlag bis in die Schläfen dröhnen hörte. Mein Vater war tatsächlich nicht entführt worden. Aber was machte er dann mit Keith in einem Hotelzimmer? Ich hockte mich auf den Klodeckel und massierte mir die Stirn. Mein Hirn war ein einziger Irrgarten und ich konnte den Ausgang nicht mehr finden. Jeder Gedanke, der in mir aufstieg, ging ins Leere.

Ein Trommeln an der Tür. »Elvis, ist alles okay?«

»Fantastisch«, sagte ich trocken und bekam große Lust zu heulen. Dann sperrte ich auf, fest entschlossen, das Hotelzimmer augenblicklich zu verlassen.

Ich konnte es nicht. Nicht, bevor ich wusste, was Sache war. Ich hatte eine grässliche Woche hinter mir und wollte wenigstens wissen, warum.

Aber erst musste ich dafür sorgen, dass sie Talisha in Ruhe ließen.

»Das ist der Obdachlose«, sagte ich. »Für eine Flasche

Whisky wollte er sich gern mit meiner Brille in dein Appartement setzen. Er fragte nicht einmal nach dem Grund. Das ist das Schöne an Obdachlosen, aber dazu brauche ich euch ja nichts zu erzählen.« Um meine Unsicherheit zu verbergen, schaute ich meinen Vater so herausfordernd wie möglich an. Dann setzte ich mich wieder auf das Bett. Hoffentlich schluckte er das ...

34

Tell me why

Du lässt einen wildfremden Penner in meine Wohnung?« Mein Vater war offensichtlich *not amused.*

»Keinen fremden«, sagte ich und verkrallte mich in der Tagesdecke. »Ihr kennt ihn gut. Es ist Yeti.«

»Der einzige Yeti, den ich kenne, ist ein Schneemonster.«

Keith hatte seinen Kopfhörer wieder aufgesetzt, aber schräg, damit ein Ohr unbedeckt blieb und er immer noch mithören konnte.

»John Yeti«, sagte ich. »Ab und zu überbringt er auch Nachrichten.«

Mein Vater schaute von mir weg. »Ich weiß nicht, wovon du redest.«

»Papa, ich bin nicht bekloppt. Entführer lassen dich keinen Kulturbeutel mitnehmen. Und du wusstest auch, dass eine Kamera in meiner Brille versteckt war.«

Er schluckte. Ich sah, wie sein Adamsapfel wütend auf und ab hüpfte.

»Okay!«, rief ich. »Vielleicht hat man dich ja gezwungen mitzumachen, aber du könntest mir doch wenigstens erklären, warum.«

Er schwieg noch immer.

»Ich gehe nicht weg, bevor du mir nicht die Wahrheit erzählt hast.«

»Die Wahrheit wird völlig überbewertet«, sagte er da. »Genau wie die Beatles und die Stones.«

»Hör doch auf mit deinen blöden Sprüchen! Ich will wissen, was los ist.« Auch wenn ich noch so viel Angst vor der Antwort hatte.

Mein Vater seufzte und suchte Keiths Blick. Der nickte kaum merklich. Auf dem Monitor neben seinem Kopf ging *13 Tzameti* noch immer weiter. Der Junge mit den schwarzen Locken stand zwischen anderen Männern und Jungen in einem Kreis. Sie alle richteten einen Revolver auf den Kopf des Mannes, der vor ihnen ging. Alle schwitzten wie blöde.

»In jeder Waffe steckt nur eine Patrone«, sagte mein Vater plötzlich. »Sie haben die Zylinder gründlich drehen müssen, damit niemand weiß, wo sich die Kugel befindet.«

Weil er nicht antworten wollte, schwafelte er einfach von etwas anderem? Jetzt hätte ich *ihn* kräftig schütteln wollen.

»Spannt den Hahn!«, rief der Schiedsrichter im Film – ich ging zumindest mal davon aus, dass er das war, denn er hockte auf so einem hohen Stuhl wie die Schiedsrichter in Wimbledon. »Schaut zur Lampe!«

Die Männer starrten zur Glaskugel. Das Licht war offenbar das Startzeichen zum Schuss. Sobald es aufleuchtete, feuerten die Revolver. Der Knall war so laut, dass ich ihn aus dem Kopfhörer kommen hörte, und ich sah einen Toten fallen. Das war ganz anders als in einem Hollywoodfilm. Die Bilder waren viel schmuckloser und dadurch echter. Ich konnte die Angst der Männer fast riechen.

»Russisch Roulette«, sagte Papa.

»Ja, und?«

»Du wolltest doch mehr wissen? Nun, die DVD war ein *Sign.*«

Er sprach wieder normal zu mir. Ich beruhigte mich sofort und schöpfte sogar wieder ein wenig Hoffnung, dass vielleicht doch noch alles wieder gut würde.

»Ein Zeichen?«, fragte ich. »Was meinst du?«

»Signs sind Hinweise«, sagte er. »Du hast noch mehr davon erhalten.«

Ich kramte in meinem Gedächtnis. Der Notizzettel mit dem Namen Oysterbar und der Uhrzeit vielleicht. Und der Kassenbon von Princess Garden. Obwohl, der hatte zu nichts geführt.

Keith machte etwas am Computer. Der Monitor, der am weitesten rechts stand und zuerst nur geflackert hatte, zeigte jetzt ein klares Bild. Es war keine normale Kameraaufnahme wie bei den anderen Bildschirmen. Ich sah etwa zehn Namen und dahinter Punktzahlen, sich ständig ändernde Symbole und eine Stoppuhr. Es sah aus wie ein Trefferindex oder ein Spielstand, aber eher von einem Wettkampf, der noch voll im Gang war.

»Ihr zockt hier doch nicht etwa?«, fragte ich erstaunt. »Warum gehst du nicht einfach zu Betfred?«

Mein Vater zuckte die Schultern.

»Hast du dort vielleicht auch schon Schulden?«, fragte ich. »Ich weiß, dass du Geldprobleme hast. Onkel Bob hat es mir erzählt.«

Keith grinste leicht. Da wurde mir klar, dass sie das ja auch wussten. Sie hatten alles über meine Brille sehen können.

»Arbeitest du deswegen mit Keith zusammen?«, fragte ich. »Hat er dir Geld versprochen und willst du so deine Schulden loswerden?«

»So ähnlich«, antwortete Papa.

»Ich weiß, dass die Fotos und diese Filme gefakt waren. Du hast dich von Keith benutzen lassen, um mich zum Mitmachen zu zwingen.«

Papa senkte den Kopf.

Dein Vater weiß selbst, dass er ein Schwächling ist, und trotzdem ist er nicht in der Lage, sich zu ändern – das hatte meine Mutter mal über meinen Vater gesagt. Zum ersten Mal wurde mir klar, dass sie recht hatte. Das war die perfekte Beschreibung von dem, was er jetzt in alle Richtungen ausstrahlte. Fast tat er mir leid.

»Aber diese Zettel hast du nicht geschrieben«, sagte ich. »Sonst hätte ich deine Handschrift erkannt.«

»Nein, das war Keith.«

Keith sah sich ziemlich triumphierend um. »Du hast sofort so reagiert, wie ich gehofft hatte. Sobald du beschlossen hattest, dass du deinen Vater retten wolltest, konnte das Spiel beginnen.«

Spiel. Das Wort blieb in Neonbuchstaben im Raum hängen.

Also darum war *13 Tzameti* ein Hinweis oder ein *Sign* oder wie immer mein Vater es auch nannte. In dem Film spielten sie auch ein Spiel. Genau wie der Junge mit den schwarzen Locken war ich Teil eines Games. Eine Art Avatar, aber einer aus Fleisch und Blut.

Ich schaute nach den Namen auf dem Monitor mit dem Spielstand.

Und sie waren die Spieler!

Als ich ein Geldsymbol über den Bildschirm flackern sah, drang es allmählich zu mir durch. Das Russisch Roulette und die Taschen mit dem Geld, die in *13 Tzameti* bereitgelegt wurden ...

»Das ist kein normales Game«, sagte ich wie gelähmt. »Es ist ein Glücksspiel. Sie haben auf mich gewettet, als wäre ich ein Pferd.«

Die Ergebnisse auf dem Bildschirm veränderten sich und die Stoppuhr sprang auf null.

Es wurde immer noch auf mich gewettet! Meine Kehle füllte sich mit Schleim.

»Ich werde dir erklären, wie es funktioniert«, sagte Papa. »Dann verstehst du sofort, dass es alles Elend wert war.«

Um das Zittern meiner Arme abzustellen, verschränkte ich sie fest.

»Die meisten Games werden nach einiger Zeit langweilig. Immer denselben Feind schlagen, zum zigsten Mal über dieselbe Rennbahn rasen. Deswegen hat Keith ein neues Spiel entwickelt. Es ist immer wieder anders, weil es von den Spielern selbst gestaltet wird.«

Ich presste meine Arme noch fester an mich. Wie konnte mein Vater einfach so dastehen? Nicht schuldig, sondern stolz – als hätte er ein lebensrettendes Medikament gefunden und dürfe es nun vor einem vollen Saal präsentieren.

»Die Spieler bezahlen alle das gleiche Startgeld«, sagte er. »Außerdem können sie eine oder mehr Auftragskarten kaufen. Für jede Karte darf man sich einen Auftrag ausdenken, die der *Alivatar* ausführen muss ...«

Avatar, korrigierte mein Gehirn sofort.

»Eine Kombination aus *alive* und Avatar, ein neuer Computerbegriff, den ich mir selbst ausgedacht habe«, erklärte er. »Ein solcher Auftrag kann ganz allgemein sein, aber auch persönlich. Zum Beispiel etwas, das der Spieler gerne machen würde, sich aber selbst nicht traut.«

Zum Beispiel sich an der Ex rächen, dachte ich.

Er legte seine Hand auf einen der Bildschirme. »Und das Schöne ist, sie brauchen keine Angst zu haben, hinterher Ärger zu kriegen, vor allem dann nicht, wenn sie auf der anderen Seite des Planeten an ihrem Tablet oder ihrem Laptop sitzen.«

Auf Barbados zum Beispiel. Wie Crawford.

»Ob der Auftrag auch wirklich ausgeführt werden wird, bleibt natürlich die Frage. Es braucht viel mehr Erfindungsgabe, einen echten Menschen zu steuern als einen Avatar.«

Sie hatten mich gesteuert und mein Vater hatte das gut gefunden. Ich hielt meine Arme ganz fest, um mich aufrecht zu halten.

»Die Spieler hatten dich nie ganz unter Kontrolle«, sagte er. »Aber sie konnten dich durchaus beeinflussen.«

Indem sie so taten, als wäre er in Gefahr.

»Zu Beginn des Spiels bekommt jeder Teilnehmer einige Spezialkarten.« Papa setzte das Wort »Karten« mit den Zeigefingern in Anführungszeichen. »Angenommen, jemand hat gewettet, dass du einen Auftrag innerhalb einer Stunde erfüllst. Dann kann er dir helfen, indem er eine *friend*-Karte einsetzt. Wollen die Gegenspieler dazwischenfunken, können sie ihre *bully*-Karte setzen – die arbeitet nämlich gegen dich.«

Mir schwindelte. All diese fremden Wörter, die er da ausspuckte ...

Mein Vater trommelte auf den Bildschirm. »Zeig mal, Keith.« Es dauerte einen Moment, dann startete ein Film. Er ähnelte einem Trailer, denn die Ereignisse folgten schnell aufeinander und es wurde von einer Szene in die nächste gezappt. Keith hatte den Kopfhörer abgeschaltet, damit ich den Soundtrack hören konnte. *Words* von Elvis. Ich sah meine Hände mit dem Zettel: WIR HABEN DEINEN VATER …

»Wird er ihn suchen?«, fragte eine Voice-over-Stimme – sie klang wie die Stimme von Keith, aber mit viel Hall.

Die Stoppuhr kam auch wieder ins Bild. Die Sekunden begannen zu ticken.

»Place your bets!«, sagte Keith mit seiner Hall-Stimme. *»And let the game begin.«*

Ich sah meine rennenden Füße, die Straßen, durch die ich gelaufen war, Wonkas Laden und das Appartement meines Vaters, und dazwischen sang Elvis den Song *Trying to get to you.* Dann wurde das Bild einen Moment schwarz und es erschien ein Text: DIE SIGNS. Es folgte ein Foto der DVD *13 Tzameti,* der Zettel von der Oysterbar und ein Kugelschreiber, der aus dem White Heart Hotel stammte.

»Den hast du verpasst«, sagte Keith.

»Ach«, sagte Papa, »manche Spieler glaubten, du würdest kein einziges Sign finden.«

Darauf hatten sie also auch gewettet.

Der Trailer ging weiter. Ich sah Officer Jenkins und hörte mich selbst reden.

»Ein extrem spannender Moment.« Papa bekam dieselbe fieberhafte Glut in die Augen, die ich auch manchmal auf der Rennbahn sah. »Du hättest von den Drohbriefen erzählen können und dann wäre es *Game over* gewesen. Manche Spieler wurden so nervös, dass sie ihre *escape*-Karte gesetzt haben. Dann macht man zwar noch mit, sitzt aber nur noch so dabei. Wenn du falschgelegen hast, verlierst du kein Geld. Aber wenn du richtig getippt hast, gewinnst du auch nichts damit.«

Also so einfach war es gewesen. Wenn ich Jenkins gleich von dem Obdachlosen erzählt hätte und ihr den Zettel gezeigt hätte ...

Das Bild wurde – flutsch! – wieder schwarz und erneut erschien ein Text: DIE TOOLS. Jetzt kamen Fotos von einem Umschlag und einem Brief, den Latexhandschuhen, dem Eimer und dem Kühlschrankmagneten in Form einer Küchenwaage.

»Darin befand sich eine kleine Kamera«, sagte Papa. »Der Spieler, der den Auftrag erteilt hatte, wollte gern die Reaktion der Frau sehen.«

So wie sie meine Reaktionen hatten verfolgen wollen.

Ich saß noch immer in derselben Haltung auf dem Bett, aber in mir tobte es.

Auf dem Monitor war ein leeres grünliches Zimmer erschienen. Manchmal schwebten ein paar tastende Arme vorbei. Meine Arme. Das musste diese dunkle Bruchbude in der Killen Street sein. Die Kamera in meiner Brille konnte also sogar Nachtaufnahmen machen.

»Einer der Teilnehmer hatte eine *bully*-Karte gesetzt, damit du im Dunkeln suchen musstest«, sagte mein Vater. »Er hoffte, du würdest sofort aufgeben, wenn du den Auftrag nicht finden würdest. Aber ein anderer Spieler wollte dir helfen und benutzte seine *friend*-Karte, damit dir eine Taschenlampe vorbeigebracht würde.«

Helfen ...

»Carl Crawford wollte überhaupt nicht mir helfen, sondern sich selbst!«, brüllte ich.

»Natürlich.« Keith schaute mich an, als hätte ich etwas ganz Dummes gesagt. »Es geht um sehr viel Geld.«

Auf dem Monitor sah ich eine schneeweiße Küche, die immer brauner wurde, während Elvis *Hound Dog* sang. Es war, als würde mir der Kackegestank wieder in die Nase steigen, und erneut fühlte ich mich ranzig und schmutzig. »Hört auf!«, rief ich. »Ich will das nicht mehr sehen.«

Keith schaltete den Monitor ab.

»Jules?«, fragte ich erschöpft. »Wer hat sie auf mich gehetzt?«

»Das waren verschiedene Spieler. Bei deinem Graffiti-Auftrag kamen gleich drei *bully*-Karten zum Einsatz.« Papa setzte sich zu mir aufs Bett. »Der Mann bei Greswood Parks sollte dir deine Tools wegnehmen.«

Die Nase. Er also auch.

»Als das nicht klappte, wurde Jules eingesetzt. Sie musste ein Piece auf deine Wand sprühen.«

»Und als ich darübersprühte, hat Keith ihr erlaubt, mein Handgelenk zu zertreten.« Ich blinzelte, um die Tränen zurückzuhalten.

»Das war nicht seine Entscheidung«, sagte Papa. »Einer der Spieler hielt es für notwendig, seine *bully*-Karte zu setzen.«

Und wer hatte sich diese lächerlichen Karten ausgedacht?

»Aber als ich wütend weglief, rief Jules mich doch noch zurück.«

»Keith hatte sie angerufen, um ihr zu sagen, dass eine *friend*-Karte gesetzt worden war. Statt dir noch länger in die Quere zu kommen, sollte sie dir jetzt helfen.«

Eigentlich war sie auch eine Art Alivatar. Oder ein Tool.

»Und John Yeti? Warum hat sie ihn eingeschaltet? Jules hätte mir den Zettel doch auch selbst geben können?«

»Natürlich nicht«, sagte Papa. »Dann hättest du ihr nie

mehr vertraut und Keith wollte sie noch öfter zum Einsatz bringen. Manche Spieler fanden es schade, dass du ihrem Charme nicht erlegen bist.«

»Sie haben darauf gewettet, ob ich mit Jules ...« Ich fühlte mich wie ein Vollidiot. Ihr Busen war bestimmt eine Million Mal im Bild gewesen, weil ich sie unbedingt anstarren musste.

»Darauf wurde ein Batzen Geld gewettet.« Papa lächelte. »Aber du wolltest zu Talisha. Der Jogger, der dir den Brief an sie aus dem Rucksack holte ...«

»Vermutlich die zigste *bully*-Karte?«

»Gut geraten. In diesem Spiel kann nonstop auf so gut wie alles gewettet werden. Wird Elvis den nächsten Auftrag ausführen? Wie lange braucht er dazu? Wird er auf dies oder jenes reagieren? Schafft er das nächste Level? Darum wurden die Aufträge auch immer schwieriger. Weil du immer auf das nächste Level kamst.«

Ich dachte an meinen ersten Auftrag in Orchid House. Damals hatte ich noch den Schlüssel und die Adresse mitbekommen. Aber bei Caruso musste ich schon selbst herausfinden, wo er wohnte, und dabei hatte er sogar mehrere Häuser.

Mein Leben wurde von Computerleveln bestimmt. Das klang wie eine Science-Fiction-Story.

»Warum sieben Tage?«, fragte ich. »Und keine fünf oder zehn?«

»Die Kamera in deiner Brille läuft nur eine Woche. Keith muss sich noch etwas einfallen lassen, um die Batterie zwischendurch unbemerkt aufladen zu können.«

Er hatte also vor, mit dieser Art von Glücksspiel weiterzumachen. Wenn Keith ihn auszahlte, hatte er wieder Geld – und ich wusste, wie groß bei meinem Vater der

Spieldrang war. Ganz sicher, wenn es um so ein besonderes Spiel ging.

Instinktiv rückte ich ein Stück von ihm ab.

»Die letzten Tage dienten dazu, das Spiel auszutesten«, fuhr er fort. »Keith wollte wissen, was funktioniert und was nicht, damit er nachbessern kann. Das Demo hat er für zukünftige Spieler gemacht.«

»Also darf sich bald der nächste Sohn oder die nächste Tochter zum Trottel machen«, sagte ich voller Abscheu. »Wie ich. Warum entwirft Keith nicht einfach ein virtuelles Spiel mit denselben Regeln und all den Karten und so? Die Spieler dürfen sich ausdenken, welche Aufträge der Avatar ausführen muss und ...«

»Virtual Reality ist überholt«, fiel mir mein Vater ins Wort. »Ich fand die ersten Games auch großartig, das weißt du. Wie oft haben wir nicht zusammen gespielt? Aber eigentlich ist das vor allem gut für Loser. Sie wollen gern in eine Fantasiewelt entkommen, wo sie ein Held sein können. Aber wir haben immer höhere Ansprüche gestellt. Auch wenn eine Welt ausgedacht ist, soll sie lebensecht wirken. Also machen die Designer Avatars, die sich möglichst natürlich bewegen, und Locations, die sich auf vorhandene Orte stützen, was einen Haufen Zeit und Geld kostet.« Mein Vater strich sich die hochstehenden Haare wieder glatt. »Virtuell ist out. Schau dich doch mal um. Früher gab es große TV-Shows mit viel Glitter und Glamour. Man brauchte nur ein paar bekannte Künstler aufzufahren und die Einschaltquote war garantiert. Aber die Leute haben sich an dieser Rauschgoldwelt sattgesehen. Die Zuschauer wollten sich selbst sehen. Normale Menschen, mit denen sie sich identifizieren können.«

Es war gruselig. Ich erkannte meinen eigenen Vater nicht mehr. Als wäre jemand in seinen Körper geschlüpft.

»Und wenn sie schon Stars sehen wollen, dann am liebsten in ihrer täglichen Umgebung. Wie wohnt und lebt jemand, der berühmt ist? Die meisten Fans finden eine Realityshow interessanter als einen Auftritt.« Er nickte zum Bildschirm hinüber. »Nimm nur mal den Film. Russisch Roulette ist nicht spannend, wenn du weißt, dass es nur ein Spiel ist. Aber wenn es dabei echte Tote geben kann ...«

Ich bekam einen widerlichen Geschmack in den Mund. »Du fandest es bestimmt spannend, als ich diesen echten Hahn umgebracht habe?«

»Das war nicht meine Idee. Einer der Spieler wollte es.«

»Aber du hast es zugelassen. Du und Keith.«

Mein Vater rückte ein Stück näher. »Es war nur ein Hahn, Elvis. Jeden Tag werden Millionen von Hähnen getötet.«

Ich wollte es hinausschreien: Es geht nicht um diesen Hahn, Papa. Es geht um mich! Aber plötzlich klebte meine Zunge an meinem Gaumen.

»Jetzt komm schon, Elvis.« Papa wollte seine Hand auf mein Bein legen.

Ich rückte noch weiter weg, bis ich fast mit dem Rücken am Kopfende lehnte. Dann sah ich sie da liegen – die Pistole, die Keith meinem Vater in den Drohfilmen an den Kopf gehalten hatte – auf dem Nachtschränkchen, halb versteckt hinter der Schirmlampe, wodurch ich sie vermutlich nicht früher bemerkt hatte. Zu meinem Erstaunen spürte ich auf einmal, wie ich innerlich ganz ruhig wurde.

»Wie hast du die Kamera eigentlich in meine Brille bekommen?«, fragte ich.

»Für einen Praktikanten sind hundert Pfund viel Geld. Für diesen Betrag wollte er die Brille nach Ladenschluss heimlich mitnehmen.« Mein Vater nickte zu Keith hinüber. »Und unser Technikfuzzi hier hat die ganze Nacht daran gearbeitet, damit deine Brille am nächsten Morgen wieder am Arbeitsplatz lag.«

»Ich dachte, du hättest Schulden. So eine Kamera und all diese Monitore – das kostet doch einen Haufen Geld?«

»Man muss Investoren suchen.«

»Wen denn? Onkel Bob hat sich nicht beteiligt. Und der Besitzer der Oysterbar übrigens auch nicht.«

»Mein angeheirateter Großneffe.« Keith lachte. »Das tut ihm jetzt gewaltig leid.«

»Musste ich deswegen die tote Ratte in das Restaurant legen?«, fragte ich. »Weil er so vernünftig war, nicht mitzumachen? Und was wird die nächste Aktion? Verrottende Kaninchenleichen im Vegas?«

»Bob ist mein Freund«, sagte Papa. »Dem würde ich so etwas nie antun.«

Ich war total verblüfft. Einem Freund so etwas antun, das ging nicht. Aber dass er seinen eigenen Sohn benutzt hatte, war meinem Vater wohl völlig egal.

Mir wurde eiskalt. »Wer hat sich dieses dämliche Glücksspiel denn nun wirklich ausgedacht?«

»Keith hat es entworfen«, sagte mein Vater viel zu schnell.

»Aber du hast es dir ausgedacht.« Es war nicht einmal mehr eine Frage.

»Sei nicht böse auf mich.« Die Hand meines Vaters, die die ganze Zeit unentschlossen in der Luft hängen geblieben war, landete endlich auf dem Bett. »Ich habe das alles für dich getan.«

Er war verrückt. Wie konnte er es wagen, so etwas zu sagen? Nach allem, was er mir angetan hatte!

Da hielt ich plötzlich die Pistole in der Hand.

35

Heartbreak Hotel

Was machst du da?«, fragte mein Vater.

Ich hatte noch nie eine echte Waffe in der Hand gehalten. Sie war leichter, als ich dachte.

»Elvis, leg das Ding hin.«

Ich zielte noch genauer auf ihn. »Als Keith das Ding an deinen Kopf hielt, hattest du auch keine Probleme damit.«

»Wir konnten nicht anders. Wenn du definitiv damit aufgehört hättest, wäre auch unser Spiel zu Ende gewesen.«

»Hätte ich das bloß getan.«

»Bald wirst du anders darüber reden«, beharrte er. »Dieses Spiel wird uns reich machen. Sobald meine Schulden abbezahlt sind, kaufe ich eine größere Wohnung mit einem eigenen Zimmer für dich. Dann kannst du in Zukunft in deinem eigenen Bett schlafen. Vielleicht kaufe ich ja sogar ein Haus ...«

Glaubte er wirklich, ich wollte nach dem hier noch etwas mit ihm zu tun haben?

»Wird *uns* reich machen ...« Ich wollte ihn mit meiner Stimme in Stücke schneiden. »Und ich sollte denken, Keith hätte dich gezwungen.«

Ich stand auf. Trotz meiner eisigen Ruhe bebte meine Hand. Mein Finger klebte am Abzug und ich dachte an die schwitzenden Männer in *13 Tzameti.* Man könnte meinen, es sei leicht, ein Haus zu verlassen, wenn man weiß, dass man sonst vielleicht jemanden erschießt. Dennoch blieb ich wie die Männer mit meiner Waffe im Hotelzimmer stehen. Es war, als hätte mein Vater irgendeinen Fluch ausgesprochen, mit dem er mich gefangen hielt. Ich konnte mich nicht von dem Mann lösen, der er früher war oder für den ich ihn früher gehalten hatte.

»Hast du mich auf den Pier geschickt?«

Keith lachte. »Du wolltest doch gern einen Sonderauftrag?«

Jetzt richtete ich meine Pistole auf ihn. »War es deine Idee?«

»Es war nicht wirklich ein Auftrag«, sagte mein Vater. »Mehr ein Sign. Genau wie die E-Mail-Adresse und das Elvis-Foto im White Hart Hotel.«

»Die E-Mail-Adresse?«

Keith schaute sich kurz um. »Es wunderte mich, dass sie dich nicht stutzig machte.«

Sylvia_june8.1970@hotmail.com ...

»Sylvia ist ein Elvis-Song«, stellte ich fest. »Aber das Datum?«

»Da wurde er aufgenommen«, antwortete mein Vater. »In Nashville.«

»Du hättest an der Adresse sehen können, dass dein Vater dahintersteckte«, sagte Keith.

»Warum wolltest du, dass ich das entdecke?«

»Nicht sofort«, sagte mein Vater. »Erst gegen Ende des Spiels. Ich weiß, dass ich mich auf dich verlassen kann. Früher hast du mich auch nie verraten, wenn ich dich heimlich ins Vegas mitgenommen habe. Wenn du dachtest, ich wäre echt entführt worden, hättest du zur Polizei gehen wollen. Davor brauchen wir jetzt ja keine Angst mehr zu haben.«

War er blind oder was? Ich wedelte mit einer Waffe vor seinem Kopf herum.

»Warum hast du dann erst so komisch reagiert?«, fragte ich. »So von wegen Wahrheit, die schwer überschätzt wird und so. Wenn du es mir doch sowieso erzählen wolltest ...«

»Wie lange dauert es, bis Elvis entdeckt, dass sein Vater sich das Spiel ausgedacht hat?«, sagte Keith mit derselben Marktschreierstimme wie in dem Trailer. »Sie können jetzt setzen.«

Ich sah meinen Vater wieder mit gesenktem Kopf auf dem Bett sitzen. Er hatte einfach ein Theaterstück aufgeführt. Und ich war so blöd, auch noch fast Mitleid mit ihm zu bekommen!

Meine Eiseskälte bekam ein Riss.

»Und diese Brille?«, sagte ich. »Als du dahinterkamst, dass ich euch ausgetrickst hatte, bist du ganz schön ausgerastet, und das war nicht gespielt.«

»Ich wusste nicht, dass es der Penner war. Vielleicht hattest du einen Freund eingeschaltet, der seine Klappe nicht halten würde. Oder noch schlimmer, deine Mutter!« Er wandte sich an Keith. »Sie ist der Schrecken jedes Mannes: blond und trotzdem intelligent.«

Ich konnte es nicht ausstehen, dass er über sie witzelte. Meine Mutter war hunderttausend Mal besser als er. Sie würde mich nie zwingen, die ...

»Die Haare von Caruso«, sagte ich mit vor Wut erstickter Stimme. »War das auch wieder ein Auftrag von Keith?«

»Nein, der kam von einer der Spielerinnen«, antwortete

mein Vater. »Caruso hatte in seiner letzten Show etwas Hässliches über sie gesagt.«

»Die Tablette und der Kofferraum?«

»Level sechs. Das vorletzte.« Mein Vater hob kurz die Hände, als könne er auch nichts dafür. »Du wirst verstehen, dass es ein wirklich unangenehmer Auftrag sein musste.«

Es dauerte kurz, bevor es zu mir durchdrang, was er eigentlich sagen wollte. Es war so groß und so schlimm, dass es nicht auf einmal in meinen Kopf passte.

Die Spieler kennen mich nur von diesem Spiel, dachte ich.

Und dann: Nur ein einziger wusste, dass ich von allen Dingen auf der Welt kleine Räume am allerschrecklichsten finde.

Alles im Zimmer erstarrte. Sogar die Luft stand still.

Papa hatte nicht nur zugelassen, dass ich in den Kofferraum gelegt wurde. Er hatte sich den Auftrag auch noch selbst ausgedacht. Er hatte mich ganz bewusst in die Hölle geschickt. Vielleicht hatte er sogar auf mich gewettet.

Plötzlich war ich nicht mehr aus Eis. Ich fühlte mich verraten und verletzt, so schlimm, dass es körperlich wehtat.

»Wie konntest du nur, du dreckiger Scheißkerl?«, brachte ich gerade noch so raus. »Ich hätte verrecken können.«

»Natürlich nicht. Ich habe dich auf dem Monitor ständig im Auge gehabt. Wenn es notwendig geworden wäre, hätte ich Jules sofort einschalten können. Sie stand beim Auto.«

»Warum hast du es dann nicht getan? Dass ich ohnmächtig wurde, reichte dir noch nicht?«

»Ich dachte, dass du das gerade weniger schlimm finden würdest. Lieber bewusstlos als in Panik.«

Sprachlos starrte ich ihn an.

»Weißt du, was, ich mache es wieder gut«, sagte er dann auch noch. »Sag nur, was du willst. Einen Plasma-Bildschirm für dein Zimmer? Einen neuen PC?«

»Versuchst du jetzt auch noch, mich zu bestechen?« Fast hätte ich gekotzt, so sehr ekelte ich mich vor ihm.

»Es tut mir leid, Elvis. Wirklich.« Er stand auf und sah mich flehend an. »Ich konnte nicht anders. Du weißt doch, dass ich Schulden hatte. Spielschulden, die ich nicht zurückbezahlen konnte. Ich musste mir Geld leihen, zu einem sehr hohen Zinssatz, und dann konnte ich das auch nicht mehr zurückbezahlen. Weißt du, was die dann mit einem machen? Du kennst die Welt der Wucherer nicht. Das fängt mit einer zertrümmerten Kniescheibe an ...«

»Interessiert mich nicht.«

»Kapierst du denn nicht, dass ich nicht mehr ein noch aus wusste?«

»Selber schuld. Du hast alles verspielt, nicht ich.«

»Du weißt, dass ich nichts dafür kann. Spielsucht ist keine freie Wahl, sondern eine Krankheit.«

»Nur schade, dass du nicht daran stirbst.« Ich sagte es, um ihm wehzutun. Ich wollte, dass er Angst hatte und sich einsam fühlte und dass er sich vor sich selbst ekelte. Selbst wenn er nur den Bruchteil dessen fühlen würde, was ich in der letzten Woche gefühlt hatte, würde er vielleicht endlich begreifen, was er getan hatte.

»Komm schon, Elvis. Das ist nicht dein Ernst.« Er seufzte. »Leg die Waffe hin und beruhig dich. Es ist doch alles gut gegangen. Es ist nichts Schlimmes passiert. Du bist weder verwundet noch erstickt und ...«

»Nichts Schlimmes passiert?« Vor meinen Augen tanzten schwarze Flecken und mein Körper füllte sich mit Wut, er zitterte so heftig, dass die Pistole hin und her zuckte, ganz nah am Gesicht des Mannes mit dem Backenbart. Das war der Mann, der gerade meinen Papa ermordet hatte und nur sein Äußeres wie eine leere Hülle in diesem Hotelzimmer hinterlassen hatte.

Der Mann, der alles kaputt gemacht hatte – sogar die Erinnerungen an Papa wären in Zukunft von einer dicken Schlammschicht bedeckt sein. Oder Hundekacke, *whatever.* Aber jetzt konnte ich ihn kaputt machen. Mein Finger war schon mit dem Abzug verschmolzen. Ich brauchte nur noch abzudrücken.

»Schieß doch!«, hörte ich jemanden rufen. Es kam von der Seite, aber es war nicht die Stimme von Keith. Es war Carl Crawford, der mit seinem dicken Kopf einen ganzen Bildschirm füllte. Seine Stimme war wie ein Schlag auf meine Wange.

Und dann schoss ich.

36

It's over

Ich schoss nicht auf Chris Long, sondern auf den Monitor. Der erwartete Knall blieb aus und auch Carl Crawfords Kopf wurde nicht zertrümmert. Aus dem Lauf der Pistole kam keine Kugel, sondern eine kleine Flamme, weil es keine echte Waffe war, sondern ein Tischfeuerzeug. Das überraschte mich so sehr, dass meine Wut in einen hysterischen Lachkrampf umschlug.

Crawford fluchte.

»Ich wusste es«, sagte der Mann, der nicht mehr mein Vater war. »Elvis würde mich nie erschießen.«

Obwohl ich vorhin ernsthaft erwogen hatte, ihn abzuknallen, hatte er einfach weitergewettet. Das Lachen verging mir schlagartig. »Ihr habt die Pistole absichtlich für mich bereitgelegt?«

»Als du im Badezimmer warst.« Keith nickte zu Crawfords missmutigem Gesicht auf dem Bildschirm hinüber. »Er hat gewettet, dass du schießen würdest, und eine *friend*-Karte gesetzt, um dich anfeuern zu dürfen.«

»Nur die Frauen und ich dachten, du würdest nicht schießen«, sagte Chris Long.

»Ihr seid krank«, sagte ich erschöpft. »Alle zusammen.«

Die Liste mit dem Spielstand war wieder komplett in Bewegung. Ich sehnte mich nach frischer Luft und ging zur Tür. »Es ist vorbei. Ich mache nicht mehr mit.«

»Du kannst ihn nicht einfach so gehen lassen«, sagte Keith. »Der Junge ist viel zu aufgewühlt. Bestimmt kann er den Mund nicht halten.«

Erstaunlicherweise bekam ich keine Angst. Vielleicht war schon zu viel passiert, als dass mich das noch berühren konnte.

»Und was willst du dagegen machen?«, fragte ich. »Mich fesseln und für alle Ewigkeit einschließen? Oder noch besser, schmeiß mich doch aus dem Fenster. Ein Unfall ...«

»Niemand wird dir etwas tun«, sagte der Mann, der glaubte, er sei noch immer mein Vater. »Du glaubst doch nicht, dass ich das zulasse.«

Es war ihm immer noch nicht bewusst, was ich in der letzten Woche durchgemacht hatte. Der Mann war ein Psychopath!

»Aber es wäre schon ziemlich dumm, wenn du nicht schweigen würdest über unser kleines Spiel«, fuhr er fort. »Hausfriedensbruch, Tierquälerei, Zerstörung anderer Leute Eigentum – sie können dir alles Mögliche anhängen, Elvis.«

»Ich wurde dazu gezwungen.«

»Du hättest dich auch weigern können«, sagte Keith. »Das hast du nicht getan und deswegen bist du wegen Beihilfe dran. Ich bin sicher, dass der Richter genauso darüber denkt.«

Kahler Scheißkerl. Meine Hand lag schon auf der Türklinke.

»Du hältst also den Mund?«, sagte der Psycho, der mich einst gezeugt hatte. Irgendwo in mir erhob sich ein rachsüchtiges Monster.

»Das hättest du wohl gern, was?« Ich drehte mich zur

Kamera und kontrollierte auf dem Bildschirm, ob mich auch jeder gut sehen konnte. »Ihr spielt doch so gerne?«, sagte ich zu den Spielern. »Wird Elvis euch anzeigen oder nicht? Ich würde sagen: Ihren Wetteinsatz bitte ...«

Dann riss ich die Tür auf, trat auf den Gang, rannte die Treppe hinunter und flog fast ins Freie. Die Sonne schien und ich atmete tief ein. Ohne mich weiter umzuschauen, eilte ich die Straße entlang bis zu einer Telefonzelle. Ich rief auf dem Festnetz meines Vaters an und hoffte, dass Talisha abheben würde.

Ja! Sie war so clever, nichts zu sagen.

»Setz die Brille ab und verstecke sie gut«, sagte ich.

Geraschel. Dann erklang Talishas Stimme. »Elvis? Erledigt. Niemand kann mich sehen oder hören.«

»Gut so. Du musst da weg. Jetzt sofort.«

»Ist alles in Ordnung mit dir?«

»Gleich, ich möchte, dass du zuerst die Wohnung verlässt.«

»Wo finde ich dich?«, fragte sie.

»Am Pier natürlich.« Ich wusste schon jetzt, was sie gleich sagen würde. Dass mein Vater Hilfe brauchte und die bekäme er nur, wenn ich mit meiner Geschichte zur Polizei ginge.

Talisha lachte. »Okay, ich bin sofort da.«

Sie würde mir den letzten Schubs geben, den ich brauchte.

»Aber ich bin noch schneller«, sagte ich. »Wetten?«

Mirjam Mous

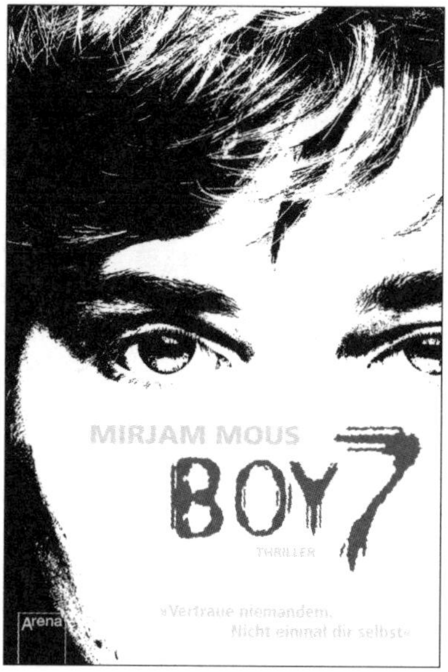

Boy 7

Vertraue niemandem. Nicht einmal dir selbst

Boy 7 kommt auf einer glühend heißen, kahlen Grasebene zu sich und weiß weder wohin er unterwegs ist noch woher er kommt. Er weiß nicht einmal mehr, wie er heißt. Die einzige Nachricht auf seiner Mailbox stammt von ihm selbst: „Was auch passiert, ruf auf keinen Fall die Polizei." Wer ist er? Wie ist er hierhin gekommen? Und wem kann er vertrauen?

Mirjam Mous

Room 27

Zur falschen Zeit am falschen Ort

Fin sitzt in einer Zelle der spanischen Polizei, weil man ihm vorwirft, eine Frau ermordet zu haben. Nur Valerie kann ihm helfen, seine Unschuld zu beweisen. Seit ihrer gemeinsamen Reise durch Spanien denkt Fin nur noch an sie. Aber Valerie ist verschwunden und die Polizei findet immer mehr Beweise für Fins angebliche Tat. Allmählich wird ihm klar, dass Val nicht die ist, für die er sie bisher gehalten hat.

272 Seiten • Klappenbroschur
ISBN 978-3-401-06682-0

Password

Zugriff für immer verweigert

Vor Micks Augen bricht Jerro zusammen. Er wird ins Krankenhaus gebracht, aber als Mick ihn dort besuchen will, sagt man ihm, sein Freund wäre nicht eingeliefert worden. Schon wenige Tage später ist Jerro wieder zu Hause, alles soll nur eine harmlose Vergiftung gewesen sein. Und dies ist nicht die einzige Merkwürdigkeit: Mick hat zunehmend das Gefühl, dass Jerro nicht mehr Jerro ist.

Arena
288 Seiten • Klappenbroschur
ISBN 978-3-401-06758-2
Auch als E-Books erhältlich
www.arena-verlag.de

Salla Simukka

So rot wie Blut

Als Einzelgängerin hält sie sich aus allem raus – bis Lumikki die tropfnassen Geldscheine auf einer Wäscheleine entdeckt und in eine gefährliche Geschichte hineingezogen wird. Was für ihre Mitschüler als dummer Streich begann, entwickelt sich schnell zu einer Hetzjagd auf Leben und Tod. Die 17-Jährige muss sich im gnadenlosen Drogengeschäft zurechtfinden, in dem nur eine Währung zählt: Blut. Wem kann sie noch trauen?

Manuela Martini

Die Insel

Der Job auf der Perlenfarm mitten im türkisblauen Pazifik scheint perfekt – bis Hannah eines Tages im Dschungel der Vulkaninsel auf einen verlassenen Bunker stößt. Und dort jene mysteriösen Worte aus dem Tagebuch ihrer leiblichen Mutter entdeckt, die sie bis in ihre Träume verfolgen: Mete bab ou alatranp – Prepare for what is coming!

Die Rache der Insel

Wie gern würden Hannah und Kanoa eintauchen: in ihre Liebe, das pulsierende New York, das Glück. Nie wieder an diese verfluchte Insel denken – das ist es, was beide sich wünschen. Doch die Schatten der Vergangenheit verfolgen Hannah und Kanoa auf Schritt und Tritt. Die Insel ist lebendig wie nie zuvor. Und sie fordert ihren Tribut.